本书为陕西省教育厅项目"口述陕西新时期文学思潮研究"(项目号2010JK143)成果

陕西新时期文学访谈及研究

邰科祥 著

中国社会科学出版社

图书在版编目(CIP)数据

陕西新时期文学访谈及研究/邰科祥著. —北京：中国社会科学出版社，2019.6

ISBN 978 - 7 - 5203 - 4684 - 9

Ⅰ.①陕⋯　Ⅱ.①邰⋯　Ⅲ.①地方文学史—文学史研究—陕西　Ⅳ.①I209.941

中国版本图书馆 CIP 数据核字（2019）第 136324 号

出 版 人	赵剑英
责任编辑	王莎莎
责任校对	郝阳洋
责任印制	张雪娇

出　　版	中国社会科学出版社
社　　址	北京鼓楼西大街甲 158 号
邮　　编	100720
网　　址	http://www.csspw.cn
发 行 部	010 - 84083685
门 市 部	010 - 84029450
经　　销	新华书店及其他书店
印　　刷	北京君升印刷有限公司
装　　订	廊坊市广阳区广增装订厂
版　　次	2019 年 6 月第 1 版
印　　次	2019 年 6 月第 1 次印刷
开　　本	710×1000　1/16
印　　张	21
插　　页	2
字　　数	301 千字
定　　价	119.00 元

凡购买中国社会科学出版社图书，如有质量问题请与本社营销中心联系调换

电话：010 - 84083683

版权所有　侵权必究

目 录

前言 ………………………………………………………（1）

陕西新时期文学访谈录

【作家访谈录】

陈忠实访谈录（一） ……………………………………（3）

陈忠实访谈录（二） ……………………………………（18）

贾平凹访谈录（一） ……………………………………（23）

贾平凹访谈录（二） ……………………………………（40）

京夫访谈录 ………………………………………………（52）

高建群访谈录 ……………………………………………（56）

冯积岐访谈录 ……………………………………………（61）

红柯访谈录 ………………………………………………（72）

吴克敬访谈录 ……………………………………………（82）

【批评家访谈录】

刘建军访谈录 ……………………………………………（91）

费秉勋访谈录 ……………………………………………（98）

畅广元访谈录 ……………………………………………（106）

肖云儒访谈录 ……………………………………………（114）

李星访谈录 ………………………………………………（123）

李国平访谈录 ……………………………………………（129）

邢小利访谈录 ……………………………………………（135）

纪念"笔耕"文学小组成立三十周年大会发言整理稿
　　——"笔耕"文学组成员集体回忆录 …………………………（145）

陕西新时期文学研究

【文学事件研究】

"笔耕"文学研究组活动的始末及其对陕西文学的贡献 …………（157）
"陕军东征"事件及其文学史意义 …………………………………（190）
"博士直谏"事件的起因与延续 ……………………………………（204）
民间文学社团、刊物的涌动 ………………………………………（220）

【作家作品研究】

族长的形象自觉及其文化学意义
　　——陈忠实《白鹿原》的价值 …………………………………（233）
"意境叙事"的试验及其成功范例
　　——贾平凹的民族化小说探索之路 …………………………（240）
创作观念与创作实践的错位
　　——评高建群的《最后一个匈奴》和《统万城》 ……………（257）
长篇小说的机杼与火候
　　——吴克敬《初婚》评鉴 ………………………………………（267）

附　　录

一　"笔耕"组成员简介 ……………………………………………（275）
二　《陕西日报》(1979—1982年)中有关陕西文学信息 ………（281）
三　《文艺报》目录(1978—1984年)中有关陕西文学信息 ……（285）
四　《延河》(1977—2002年)中有关陕西文学信息 ……………（287）
五　开展文艺评论　促进创作繁荣
　　——记陕西"笔耕"文学研究组的活动 ………………………（312）
六　青年博士直谏陕西作家 ………………………………………（319）

后记 …………………………………………………………………（323）

前　言

历史有很多种记录方式，中国古代有左史记言，右史记事之说。我们常见的历史，尤其是文学史，多以记事为主，记言类的很少。而且，中国古代的"记言"主要是记录皇帝的金口玉言，普通人的话则不大收集。现代口述历史与之不完全相同，它主要是通过历史在场的当事人访谈，企图补叙所谓客观陈述中的细节遗漏。尽管历史事件当事人的言论不一定完全可信，但很多当事人的声音一定能还原或呈现事情的全景。加之，我们辅以其他档案资料，与作者的分析和梳理，就可能几近于真实。这就是本书从口述角度串接陕西新时期文学历史的缘由。

我们不可能也无须如以往的历史教科书那样编年式的详叙历史的过程，只想选择四个有代表性的事件，粗线条地勾勒这段历史的轨迹。

1979年12月，中国共产党第十一届三中全会的召开，正式拉开了中国改革开放新时期的序幕。改革初期，主要是中国的政治、经济、文化生活等各方面回归到正常，所谓"拨乱反正"。很多被诬陷的老干部、知识分子包括作家得到平反，恢复工作，文学的春天开始来临。所以，20世纪80年代初被称为中国当代文学的"黄金时代"。其表现是：无数好作品接连发表；各种文学报刊恢复运转或创办、批评家积极参与研判；广大读者排队购买文学作品。这个时期当红的人群不是影视明星而是作家。这一时期的文学狂热一方面来自中国人民在"文化大革命"十年中所造成的知识与精神的饥渴，另一方面也流露改革开放展现的光明前景给人们带来的巨大鼓舞。

在陕西文艺界最早获得平反的是杜鹏程及其《保卫延安》,时为1978年12月25日,中国作家协会西安分会、《延河》编辑部根据陕西省委指示,为此专门召开座谈会,为杜鹏程及其小说《保卫延安》恢复名誉。时任陕西省委宣传部副部长丛一平到会并讲话。继之是马健翎恢复名誉和胡采等重新工作,这意味着作协机关的功能恢复运转。

但在陕西文学界还有一股力量蓄势待发,这就是1981年率先在全国成立的"笔耕"文学小组。他们中的大多数人并没有受过历次政治运动的冲击,或者偶有受过冲击的,也早已回到作协部门工作。在他们身上积压着一股重整山河的热情,他们意识到,放开臂膀大干一场的时代来临了。

作为陕西新时期文学思潮的第一潮汐,它当然不是从批评队伍的集结或组织的成立角度,而是指蕴积在批评工作者或文学人心中对文学复苏、振兴的强烈渴望与积极推动的志向。这不是一种个人的兴趣,也不是一时的兴起,它是一代文学人,在党的十一届三中全会后被激发的广大文艺工作者不约而同的集体欲望。"日出江花红似火,春来江水绿如蓝。"郭沫若说这是科学的春天,实际上这也是文学的春天。这股春潮翻卷在陕西,就是"笔耕"文学小组的诞生。

陈忠实说:"1978年,我在一个水利工地领工,无意中看到《人民文学》杂志上刊载的刘心武的《班主任》。按捺不住心中的激动就来到附近的河堤上,对着月光,我自言自语,小说还可以这么写。我有一种直感,把小说当作事业的时代就要到来了。"[①]

尽管这段话描述的是作家的心情,但也代表了同代批评家或文学人共同的愿望:"把文学当作事业的时代到来了。"

---

① 参见"陈忠实访谈录(一)"。

白描说："在很长时期里，陕西作协每年都要举办诸如青年作者座谈会、研讨会、读书班、改稿会等活动，老一辈作家、诗人、评论家、编辑家，都出现在第一线，亲力亲为，或授课，或参与研讨，或动手改稿。此后又整合刊物、大专院校、研究机构的文学评论人才力量，成立了全国第一个文学批评家团体——'笔耕'文学评论小组，重点研究陕西作家创作和陕西文学发展。后来驰名全国的一批中青年作家，一批颇有影响的文学作品，就是在这样的文学环境中打磨出来的。"[①]

这些频繁的文学活动就是他们精神昂扬的具体体现。如果说，"笔耕"文学小组的成立及其活动是20世纪80年代陕西新时期文学的春潮，那么20世纪90年代轰动全国的"陕军东征"事件则是陕西文学的"夏浪"。

同样，我们并非从一个文学事件的角度去审视这一现象，而是把它作为文学自身发展阶段的思想趋势：那就是长篇小说创作热。"陕军东征"只不过是一次偶然的作品聚集，而内在的深层，涌动着小说家企图大显身手的巨大冲动。这是文学走向成熟的标志，一个民族的文学发展的水平往往是以其长篇小说的成就来衡量的。

经过了改革开放十多年的恢复、锻炼，我国中短篇小说的创作的质量大步提升，出现了《满月儿》《我的遥远的清平湾》《哦，香雪》《受戒》《小鲍庄》《人生》《棋王》等中短篇优秀作品，但长篇小说的数量很少，技巧也不够娴熟。茅盾先生逝世前专门拿出自己多年的稿费设立了长篇小说奖，旨在鼓励、促进我国长篇小说的创作。茅盾文学奖从1981年首届起评，可直到1986年，陕西尚无一部小说参评，为此，陕西作协专门召开了"长篇小说促进会"。

最值得一提的是于1985年召开的"陕西长篇小说创作促进

[①] 白描：《要有肚量听真话：文学陕军再出发》，《文学报》2014年1月2日。

会"，这次会议，陕西老中青三代作家40余人参加，一辆大轿车，载着与会者从西安出发，会议从黄陵开到延安，从延安开到榆林，最后在毛乌素沙漠中秋节的夜晚，全体人员头顶一轮满月，跪拜熊熊文学圣火，以看似游戏玩闹实则虔诚庄严的仪式结束，我把那次会议称作陕军出征的"沙漠圣火盟誓"。正是这次会议之后，路遥投身《平凡的世界》的创作，贾平凹开始写作《浮躁》，京夫动笔《八里情仇》，程海酝酿《热爱命运》，邹志安有了《多情最数男人》，我也开始了《苍凉青春》的写作准备。其时陈忠实中篇写作正得心应手，原本没有长篇写作计划，但当年冬天，他在写作《蓝袍先生》过程中，突然勾起对早年私塾先生的记忆，写作《白鹿原》的念头瞬间而起。[①]

正是有了这样的意识、行为，特别是具有一定的准备和积累以后，长篇小说的写作才会水到渠成。陕西之所以出现一次长篇的汇集，大概与上面的各种因素有关。

但是长篇小说热的出现，其实是在"陕军东征"所造成的轰动效应之后，对全国作家的刺激以及由此引起的跟进。在此之前，文学的黄金阶段已经过去，热度也在下降，与此同时，影视剧的兴起逐渐把文学推到边缘化的状态。"陕军东征"事件的发生却让人们再一次认识到文学特别是长篇小说的力量。自然，这其中主要与《废都》《白鹿原》的畅销有关。可以说，《废都》史无前例的狂销激发了小说作者的羡慕与仿效；《白鹿原》的艺术深度增强了读者对文学的自信心。也正是这两者的结合，使中国当代长篇小说创作的高潮开始到来。

自然，这其中也潜藏了文学作品的商品化暗流。长篇小说的繁荣只是表面现象，更多的作者主要是看到了长篇小说出版后物质所带来的名利双收。

---

① 白描：《要有肚量听真话：文学陕军再出发》，《文学报》2014年1月2日。

此前，很多文学刊物艰难地维持着生存，濒于倒闭，不少杂志开始征集广告以弥补刊物发行的缺口，更有不少作家不得不放下清高的架子去为某些商人、企业家撰写所谓的报告文学，就连路遥也不例外。

在1993年的3月22日，《陕西日报》刊登了署名张丛笑的文章《文学低谷之缘由》，文中描述："文学作品的市场效应自1985年后，就逐渐走下坡路了。80年代初的'热潮'渐渐退却为今。"这个判断应该是符合当时情状的。

陈忠实在回忆《白鹿原》的创作过程说：

> 当时还有一个非常严峻的问题是，当我快要写完《白鹿原》时，新时期文学第一次面临低谷状态。像我们陕西的文学杂志《延河》，改革开放初期文学热的时候，发行量是80万，此时掉到只有几千册。此时已经出现出书难，作家写的书没人出的情况。那时计划经济刚转入市场经济，不仅作家有压力，出版社的压力也很大，找不到赚钱的书，赢不了利，没有办法运作。不光是文学界，当时的报纸登载过这样醒目的消息，造导弹的不如买茶叶蛋的收入。那个矛盾在20世纪80年代中期很尖锐，反映在文学界也是个矛盾。面对这种情况，我首先想到的是，必须得有人来买你的小说，出版社有了起印数，小说才能出版。①

然而，《废都》的热炒以及"陕军东征"的获利，让很多人看到了纯文学自身的希望。不幸的是，人们只是羡慕《废都》《白鹿原》的荣光，却忽视了在其背后作品质量的内在支撑。今天，时间已过去了20多年，我们静下来反思，就不难明白，"陕军东征"的轰动固然有很多偶然的因素，但长篇小说真正的成功仍然来自作品本身。大浪淘沙，当年的搭车族，如今已经少有人问津，而《白鹿原》《废都》

---

① 陈忠实·《白鹿论丛·我与白鹿原》，二秦出版社2006年版，第188页。

却长销不衰。但不管怎样，由此所引发的长篇小说创作热至今还未回落，近几年全国仍然保持着每年2000部左右的销量，且不管质量如何。毕竟整个中国当代文坛清醒地意识到长篇小说的分量，也许就是在这种态势下，才会有莫言获得诺贝尔奖。

时间跨入21世纪，文学的面貌与格局已经远远不同于前20年，文学面临着新的问题，这就是如何摆脱自20世纪90年代甚嚣尘上的商品化困扰。此时的作家写出一本长篇小说大多要开研讨会，不过研讨会已经不是由评论者帮作者把脉，而是助作者宣传，有时甚至谀辞过度。所谓"红包批评"，"红包"本来是批评家应该得到的劳务费（车马费、评阅费），却被当作作家送给评论家的"好处费""封口费"。在这种背景下，"博士直谏"事件爆发了。这个思潮用一个调侃的词与前面的两次事件对应，不妨称之为"秋波"。

单从事件本身的起因来说可能比较复杂，但是作为一个事件，亦即全社会对文学创作过多的"作品外动作"以及连带批评中的"捧杀"现象的严重不满，却是非常明显的。不管文学面临怎样的困境，对作品自身的打磨，作品质量的提升以及批评的公正与客观原则的坚持永远是文学不变的主题。

尽管这场事件由一个博士引发，其意义却在于所谓"直谏"。且不管其针对的目标是否存在，也不论这种"直面"的批评有无创新，但是，呼唤一种正常的、健康的文学批评风气则无可厚非。

这场事件之所以能引起全国范围内的呼应，正说明创作界的剑走偏锋与批评界的丧失自我现象比较普遍。一种不良的、无序的文学风气正在蔓延，而这种风气的始作俑者就是整个文坛的急功近利的世俗心态。文学恰恰排斥的是这种心态，文学追求的是寂寞，是远离物质的精神充盈。

所以不管这次事件给文坛最终带来了什么，至少在回归文学的本质方面给所有当事人敲响了警钟。

而文学的真正回归，或者说文学之为文学，其实已到了21世纪第一个十年之末。文学的狂热如20世纪80年代初和世纪末，其实都是不正常的现象。文学既不能成为经国之大业,文学也不可能沦落到街头卖艺,真正的文学就是在平静中做好自身,这就是在闲逸中抒情。正如鲁迅所说:文学是余裕的产物。

发达的物质生活往往会带来文学的自由。困苦的文学、革命的文学都是把文学当作工具,文学大多是盛世的产物。春秋战国时期的诸子百家以及唐代诗歌的繁荣就是最有说服力的例证,文学的自由和淡静才是文学真正的常态。

在陕西新时期文学发展的轨迹中,一批民间社团及刊物的兴起正是文学进入常态的符号。"太白书院""白鹿书院""终南学社""中国散文研究所"的成立以及《秦岭》《终南学刊》《紫香槐网刊》的创立出版与发行,就是最好的证明。

首先,它们都不是官办刊物,没有等级限制或者意识形态等条框的制约,文稿的内容自由,有些官办刊物不敢说的话在这里可以放开说,当然不是胡说。

其次,没有人冲着为发表文章的目的而去,并不在乎刊物是公开还是内部发行,更不在乎付不付稿费或付多少稿费。

最后,这是文人的雅集、文学的兴会。21世纪之后成立的文学社团完全变成了同好的集合,刊物所发表的文章全部是真性情的作品。

商业的干扰已经排除、功利的追求变得淡然,同道相聚的乐趣,奇文共赏的氛围真正使文学回到健康、自由、优美的轨道,也许传世的作品将会在这种背景下慢慢诞生。

以上发生在陕西文坛的四个事件,尽管是偶然的,却内在地暗合着文学自身发展的规律。精神的极端饥渴所导致的文学狂热是一种非正常的补缺或平衡效应,这就是"笔耕"文学小组出现的直接契机;长篇小说热的到来是一种必然,当中短篇小说达到成熟阶段,长篇小说就是呼之欲出的结果,只是商品化的潮流以及媒体的炒作,被冠以"陕军东征"的名号,这在一定程度上误导了人们关注的对象,掩盖了文学自身运行的机制。如果说,20世纪80年代,"笔耕"文学小组的成立是文学拨乱反正之后批评界的积极回应,那么伴随着长篇小说炒作的乱象,批评界的吹捧之风渐起,以至于达到失律的地步,这才有了"博士直谏"的发生。正是这样一冷一热的反复交替,才迎来了文学的常态——民间社团和刊物的兴起。

陕西新时期文学访谈录

本部分分别是笔者与七位陕西籍作家和七位陕西籍文学批评家对陕西新时期文学三十年的访谈记录,其中所涉及的问题虽因人而有差异,但基本上涉及了1977—2007年陕西文坛的主要事件和代表作家,其中作者对陈忠实、贾平凹先生分别做过两次访谈,现记录如下。

【作家访谈录】

陈忠实访谈录(一)*

2009 年 3 月 17 日　西安市咸宁路芭蕉树下茗秀

邰科祥（以下简称邰）：您在陕西作家协会正式工作的时间接近三十年，您和陕西的上一代作家柳青、杜鹏程、王汶石等都有交往，与路遥、京夫、邹志安等同代已经过世作家的关系也很"密切"，所以能否谈谈他们分别给你的印象？你们之间的关系是一种什么状态？

陈忠实（以下简称陈）：我和陕西上一代作家的接触说来很有意思。陕西上一代作家各自取得了在中国当代十七年文学中不可取代的地位，令我敬仰！就我喜欢小说写作的艺术形式而言，从情感和兴趣上说很自然就贴近于柳青和王汶石。这两人都是写农村题材的，都是写中华人民共和国成立后中国农村变化的，都把重点放在写合作化以后的农村生活，这种生活恰是我经历的、熟悉的。虽然我比他们小一大截，但对农村的感受有很多相似之处，所以阅读他们的作品就有一种被击中的感觉，不由得为他们的精彩描写叫好。我在农村那些诗意的生活体会在他们的作品中能得到呼应，所以不禁鼓掌。先是阅读《创业史》是这样，后来读其他农村题材的作品都有这样的感觉。我第一次读《创业史》是在我上初三的时候，1958 年开始到 1959 年上

---

* 此文刊发于《文艺研究》2009 年第 11 期。

高一时读完。

《创业史》先是在《延河》杂志连载，后来《收获》发了全文。我当时每周有家里给的两角咸菜钱，为了读《创业史》就把它省下来，攒起来买了一本《延河》，现在还能记得那期《延河》的题头，背景是蜿蜒的终南山脉，山前一条小河，河边一排迎风飘舞的杨柳。当时还不叫《创业史》而叫《稻地风波》。只读了开头的"题叙"即关于梁三老汉在民国十八年年馑时收留梁生宝母子的情景，我就为作品传神的描写，尤其是那样平实、具体的文字所震撼。尽管我没有经历过那个饥饿的年代，但听我的祖辈、父辈经常说起；尽管当时我对苦难的感受还不是很深，但我能理解。上高中后，我托在西安工作的舅舅给我买了一本载有《创业史》第一卷全文的《收获》。在我的阅读生涯中，我大概读了9本《创业史》。后来，描写农村合作化题材的作品不少，如秦兆阳的《在田野上前进》、赵树理的《三里湾》、周立波的《山乡巨变》以及浩然的《艳阳天》等，虽然这些作品在风格上有南北地域的差异，但我更钟情于《创业史》，始终摆脱不了它的影响。

"文化大革命"后期即1974年，我被派到南泥湾五七干校锻炼半年，临行前我带了两本书，一本是组织规定的《毛泽东选集》，另一本就是《创业史》，这是我偷偷带的。当时三个人住一个窑洞，九点半以后电灯就熄了，我为了读《创业史》专门买了一个煤油灯，在别人都睡下后，悄悄拿出来读。虽然，这件事我做得很保密，但不久这本书就被同宿舍的不知哪个人拿走了，他不还，我也不好问。那时可读的书太少，这也不难理解。可以这样说，我走到哪，就把《创业史》带到哪，未必每次都能读完，但一打开随便一章，我都能马上进入书中描写的境界。因此，1973年，我发表第一篇小说《接班以后》，读者、评论界最普遍的反映是：这是学习柳青学得最像的一篇小说。当时，作协刚刚恢复，还不叫作协，叫创作研究室，《延河》也刚复刊，名字改为《陕西文艺》，像柳青、王汶石、杜鹏程等老一代作家还没完全恢复写作状态，能写作的大部分是工农兵中的文学爱好者，我就是这时开始我的写作生涯的。尤其是这篇处女作小说的语言特像柳青，所以有人就怀疑这是柳青换了一个陈忠实的名字来发表作品的。

我总共见过柳青三次面。1966年，我在社办农中当教师，那时学校还养猪，有一次学校派我和另一名老师去西安的郊县给猪拉麸皮当饲料，路经西安时正赶上文艺界的人被游街，柳青就在其中，那是我第一次见他，远远的、隐隐约约的。后来听过他两次报告。第一次是1971年（或1972年）出版社开始恢复，柳青也被允许可以重新写作。我正好被出版社抽调去写一篇纪实文学的稿子，他们在此期间组织了一次业余作者培训会，会上邀请柳青做报告，我就参加了。这是第一次近距离见到他，一个上唇留着浓密的胡须的矮个子，讲的内容现在记不清了，但有一个最深的印象是柳青每讲一会儿就要停下来用一个小喷雾器向嗓子喷一阵药，他有严重的气管炎。每当这时，会场上鸦雀无声，只听到喷雾器嗤嗤的声响。第二次听报告是1975年前后，还是作协组织的业余作者培训会请他做报告。

1993年我刚担任陕西省作协主席，偶然在《陕西日报》上看到一个读者写了一篇拜祭柳青墓的文章，其中写到柳青墓破败不堪、令人惨不忍睹。第二天我就要辆车去了柳青墓。看到农民家的粪土就和他的坟头连在一起，心中很悲哀。回来后马上与有关单位商量先圈一个围墙把墓保护起来，我与当地农村的干部谈判并在一位当地很崇拜柳青的农民企业家和长安县政府的帮助下征下了柳青墓所在的那块地并很快砌上了围墙。当然在这过程中也遇到一些麻烦，这就不说了。不管怎样，我算是对自己一生崇敬的作家做了一件让灵魂安慰的事。

《创业史》在主题上是赞美农民走共同富裕的道路，但它不是简单的图解，尽管集体化并非农村唯一的道路，但这部小说真实地描写了中国农民截至20世纪50年代的生活状态，塑造了各种类型的农民形象，创造出了几个典型。这使它区别于其他同样题材的小说，一个作品能达到这个水准顶够了，我们不要希望过多，这不可能，也没必要。

王汶石的短篇小说对我的影响很大，他也是写关中农民的，很亲切，语言生动而且与柳青有明显的不同，他发现和表现了具有自己风格的形象，他的《风雪之夜》我当作范本不知读过多少遍。其中有一篇《买菜中》描写了一个叫王云和的老汉。王汶石把农民特有的形象写得那样传神，语言相当美，所以到现在我还能记住。1975年前后，他也给我们辅导过创作，一般是柳青先讲，接着他讲。

在新时期，王汶石很关注我的写作。我的小说《信任》在《陕西日报》发表后，正赶上《人民文学》来陕组稿，他们向王汶石要，他当时手头可能没有成品，就推荐了我的《信任》。当时全国的文学杂志特别少，像《小说月报》等还没有创刊，一个年轻作家的作品能上《人民文学》是非常不易的。有意思的是，正是那一期，我清楚地记得是1978年的第7期，与《信任》同期发表的前三篇小说在第二年都获得了第二届全国优秀短篇小说奖。

80年代后期，陕西省委宣传部为了宣传一位农村科学家李立科，安排我写一篇报告文学，我因为《白鹿原》的草稿正在进行，有些自顾不暇。可是《陕西日报》的总编田长山坚持要我写。没办法，我就向他提出一个建议，要两人合写。这就是后来的《渭北高原——关于一个人的记忆》。王汶石曾就这篇报告文学专门写过一篇评论。后来，小说《四妹子》发表后他又以书信的方式对我的小说给予了好评与鼓励，我真要感谢老先生！

我对杜鹏程也很钦佩！只不过他重点是写军事题材，所以从写作倾向来说，与他就稍远一点。其实，我最喜欢的是他的《在和平的日子里》，有亲近感。80年代，杜先生去世的时候，我住在灞桥的乡下，那时不通电话，下雨天车也过不去，作协想通知我根本没有办法，等我知道他去世的消息时已是他的追悼会后很久。

至于路遥、京夫、邹志安这几位同代已经过世的作家，我们的关系与上一代作家当然不同，不存在下对上的敬畏，主要是同代人的平等和随意。我们认识时都在1973年前后，作协恢复，《陕西文艺》创刊，常办业余作家培训班，大家就在此相遇。那时我们的起步水平都低，发的小说也很幼稚，阶级斗争时代的印痕明显。这些人真正大展艺术智慧已到了新时期。尽管大家在个性上差异较大，但当时的关系非常友好、坦诚无忌。

总之，很少有后来人际关系的复杂，因为大家的心思全部集中在创作上面，这之外的事很少去想、争。再一个，也由于大家一般都分散在各地县，所以隔较长时间见一次面都很亲热。

这些人在80年代后各自呈现出自己的面貌，他们的过早去世真是生命的悲哀，无可奈何！

邰：最近看到您在《寻找自己的句子》——《白鹿原》写作手记中有一段描写，正好涉及柳青的《创业史》以及关于三中全会后农村政策的改变对您的巨大冲击，您好像有一种被历史嘲弄的意味，这种思想上的大困惑以及由此所催生的思考和最后的彻悟是不是您决定写《白鹿原》的主要动因？或者说，您对1949年后农村的两次巨大变化的思考并不想用现实的题材加以表达而有意选择了历史的（近现代史）视角，也因此在《白鹿原》之后，你反复说你再不想上这个原了，也就是说无须写所谓的续篇，因为这个原既是历史也是现实甚至还是未来，我的感觉和理解对否？

陈：我对农村政策的变化感受的确很深，这也是促使我思想发生转折的重要一步。不只是因为受了《创业史》的影响，还由于我经历了中华人民共和国成立后农业合作化的全过程。我所在的村子在1955年完成合作化。在此之前，农村的艰难困苦、贫穷落后我感受深切，而且当时学校也整天宣传这种制度的优越性，所以从内心里很喜欢合作化，能接受集体化的理论。后来，我一直泡在农村，背着铺盖卷从这个村到那个村抓阶级斗争，带领农民学大寨，所以与集体化的情感联系始终未断。尽管也看到数次政治运动对农村的冲击，也发现了集体劳动方式的不少弊端，但在情感上一直没有动摇集体化的信念。所以在80年代初再次经历拉牛散社的情景的确在思想上一下子转不过弯来。当时，我的妻子、孩子的户口都在农村，包产到户后，我家也分了5亩地，生产队的时候牲口本来不多，承包的时候都是把牲口估成价用抓阄的方式重新分配，我家因为没有养牲口的地方也就没有参与抓阄，这样一来，种地的时候就得人拉犁，把人当牲口用，我就是这样黑水汗流地拉着犁艰难地耕作，那时孩子小帮不上忙，连溜种也不会。虽然是这样不大情愿地进行着个体化的劳动，但来年庄稼的丰收却简单地改变了我的唯集体主义的思想。麦场上堆了那么多粮食，这是此前合作化时期从未出现过的情形。所以，我就想，中国农民为什么要在一棵树上吊死？

但这种困惑与《白鹿原》的创作动因无关，我专门有一篇小说《最后一次收获》描写了这个思想转变的过程。至于我说"再不上这个原了"的意思是我的那段生命体验已经全部完成了，此后不会再去纠缠在那个话题上。

邰：《白鹿原》一定有提纲，对吗？这个提纲能否让我翻阅或拍几张照片？它是否与路遥的《平凡的世界》的提纲形式很相似，基本上把每一章节的主要情节或事件都标示了出来？换句话说，《白鹿原》的构思在您动笔之前，其轮廓已基本分明？能说说您的提纲以及在创作过程中的随机改动情况吗？

陈：不是我故意这样说，还真的是没有提纲。倒是想给作品中的主要人物每个人写一段传记性的文字，不要太长，主要是把他们是什么角色，与其他人物的关系摆置清楚，包括从其他人物的角度如何看这个人等信息，但就是这也只写了一两个就写不下去，不想写了。一个觉得没必要，一个没耐心。因为经过两年多的构思，这些人物不知在头脑中过了多少遍，早已烂熟于心。当然也担心过没有提纲会使复杂的人物关系前后混乱，但最终还是没有写。

也许这样做是为了给自己减压，毕竟是第一次写长篇。为此，我甚至有意不用稿纸，不趴在桌子上写，不把所写的叫草稿而叫草拟稿。主要是把人物和事件的框架基本合理地摆置出来，完成每个人的生命史，特别是每个人的重大痛苦情节、标记下他们个性化的语言。

第一次写长篇小说，人物多、事件杂，但这都不是问题，对我压力最大的是结构。西北大学已故教授蒙万夫是20世纪80年代最早研究我作品的人。《白鹿原》的草拟稿很不成熟，当时只有他和另外极少的几个人看过。蒙万夫看完后说了一句话："长篇小说是结构的艺术。"他还作了一个形象化的比喻："如果结构不好，提起来一串子，放下去一摊子，是一堆没骨头的肉。"这给我的印象太深了。长篇最重要的是结构合理，每个人生命的历程合理，人物事件相互交织在一起不要有隔阂的感觉。

出乎意料，《白鹿原》的草拟稿写得很顺畅。我当时用的是十六开的日记本，坐在让农村的木匠刚打好的沙发上，把笔记本摊开在膝盖上写，总共用了8个月时间，写了一个半笔记本，大概有四十万字。后来的正式稿基本上保持了草拟稿的原貌，只是在文字上进行了全面的润色。

邢： 我在西安思源学院为您开设的展室中看到《白鹿原》定稿的复印件，开头一个字包括后文凡是涉及白嘉轩姓的地方，您都用笔做了涂抹，我曾经猜测白姓是您后来改就的，但在其他文章中注意到你的解释，那其实不是姓，而是白嘉轩的外号"锅锅"两字。这就是说，您在动笔前白嘉轩挺直的身板、刚正的人格形象早已形成，用"锅锅"的外号是为了形成反衬的效果，同时给读者留下悬念。

陈： 是这样，后来之所以要改主要是考虑到一起笔就给主人公，而且是一个严肃、正派的主人公带上一个外号，太不庄重，容易给读者留下一种小丑的第一印象，与整体行文的基调也不谐调，所以直接恢复了他的本姓。

邢： 我一直很关心的几个问题是，在《白鹿原》动笔之前，您从理性上是否已经很清楚您要描写的白嘉轩这个"好地主"或"新地主"（传统术语）形象是中国现代文学史上从未有过的，或者说您要自觉地反叛以往对这类形象的描写？您要大胆地对中国现代革命的真实历史（或中国现代史）进行反思或还原？特别是关于中国人的文化心理结构，您已经完全理清？这几个问题恰恰是您的《白鹿原》能够在文坛耸立和备受推崇的主要因素。

陈：你这个问题提得好。很多评论者都提到白嘉轩是一个好地主、新地主形象。如果放在文学史上地主类人物的形象画廊中去看，他的确与以往的形象大为不同。但是，实际上一开始我根本就没有这个意识，我没有想着去塑造一个新地主的形象，更没有想着把白嘉轩与南霸天、黄世仁等有意区别开来。我想得最多的是，处于封建制度解体、民国建立这种改朝换代的特殊区间的中国人到底做了什么？我们传统人格中一个完整的人是什么样的？

我有一个很清醒的理念：那就是如果传统人格、文化全是腐烂的、糟朽的，在乡村具有重大影响的人都是黄世仁、刘文彩，那封建社会还能延续两千年吗？虽然有些朝代的皇帝昏庸无能，但总体的传统文化精神没有改变，绝不能简单地用腐朽一词来概括。王朝更替，人的文化心理结构不变。准确地说，支撑我们民族延续几千年的文化因素是最优良的基因与最腐朽的基因的结合物。

我没想着写一个地主，而是要写一个族长。中国古代封建的官僚体制没有细化到乡村这个层面，在乡村最有权威的人是宗族势力，它的代表人物就是族长。至于保甲长也与现在乡长、村长不一样，他们其实没有行政权。尽管这样，也不是谁都可以做族长，一般来说族长不会是穷人，当然也不一定是大地主，常常是我们称作"财东"的人为多。他们没有国家赋予的行政权，他们主要依靠一个宗族自己制定、延续的乡约来规范和约束族中人的行为。这个乡约其实是儒家思想的通俗化。我在《白鹿原》中抄录的那篇乡约还是咱们陕西人第一次创造的，他叫吕大中，是关学的传人。这个乡约后来普及大江南北。

所以，我没有自觉地反叛以往地主类形象的写作意识，而且在我的观念里，我并不否认现实中真有黄世仁之类的地主。我只是不想用以往的阶级斗争的观念去描写人物，如果非要说有反叛的话，这一点可能是明确的。我在80年代中期接受了一个文艺理论家的文化心理结构学说，我是用这个理论来塑造人物的。

文化心理结构在我看来是一个深层的人性特征。中国人和西方人在外形上好辨别，差异不大，无非一个是黑眼睛、黑头发；另一个是蓝眼睛、黄头发。这些很表面，真正的差别在心理结构，尤其是做人。《白鹿原》中提到的乡约实际上就是普及中国乡村的心理结构，它能判断人和事的好坏、高下、是非。我思考的是面临新世纪的到来，白鹿原上的人的心理结构会受到怎样的冲击？鹿兆鹏很快会接受刚刚兴起的新思想——共产主义；白孝文不会接受新的理念而是作为族长的接班人被设计的，但通过更常见的社会现象、个人命运的不断冲击，他最后变得没有任何信仰，完全成为以个人利害取舍自己行为的流氓；田小娥因为没受过教育，她的文化结构是个人心理本能的冲突，人性与命运的错位，一个女人正常的人生乐趣都得不到还要受老秀才的作践，她当然要寻找机会反叛，但这种反叛是本能的；白灵则受过新文化的教育，她之逃离家庭完全是自觉地追求新生活理想的结果。

诸如以上这些关于人的文化心理结构的思考的确是很清晰的、自觉的，在动笔前都有较为详尽的设计。

邰：在《白鹿原》动笔之前，您和李下叔的交谈中曾经发生了一幕严重走神的情景，就是您突然不说话而且目光飘忽，精神完全沉浸在"黑娃被枪毙的场面中"，当您被李下叔打断时，您问他："听到一声枪响了吗？"类似这样精彩或经典的构思场面在后来的创作中发生的次数多吗？由此也可看出，当时《白鹿原》的构思已经基本完成，是这样吗？

陈：除此之外，还有一些类似的情形。你知道尽管那些重大转折的情节包括一些关键的细节在构思时反复斟酌过，但写作和构思还是有差别。比如田小娥被杀的场景就有写不下去的感觉，当我把这段终于写完后，眼前是一片模糊，好长时间缓不过劲来，我试图借抽烟让自己平静，但似乎意犹未了就顺手拉过一张纸写下：生的痛苦、活的痛苦、死的痛苦。其实包括写到所有死亡的情节时心情都很沉重，每到这个时候，我就会走神，跳不出故事。鹿三的死让我感到其莫大的孤独，但对他我不能用孤独这个词。我通过白嘉轩的嘴发出了感叹：白鹿原上最后也是最好的一个长工走了。总而言之，每写一个生命的死亡，精神上都要受一次折磨。

事实的确是，在这个时候，小说中重要人物的生命转折、细节包括一些极富个性化的语言都在构思中完成了，至于日常的事件只需通过实际写作就可以连缀起来。

邰：很多人都问过您《白鹿原》之后还写不写长篇小说这个问题，您许多次的回答都是，还没有进入状态，特别是没有那种进入新的生命体验并冲动不已的状态。但是唯有一次，您对一个记者说，"这两年有一些想法和念头，打算封闭起来，写一个长篇，构思时间比较长"。由此可见，您所期待的那个状态已经到来，那么能不能透露一下这个长篇的某些信息？以您目前的生活习惯，您还能像《白鹿原》写作的时代一样再次封闭起来吗？

陈：这是很早以前的事了，李星在《白鹿原》之后不久问的，不是最近。

邰：您的创作进程恰好与我国改革开放的历史同步，当代文学上的许多重大事件您也不同程度地经历、参与甚至处于中心的位置，那么对1978—2008年中国文学的巨大变化，您有哪些最深刻的感受？换句话说，在您30年的创作生涯中有哪些事件或现象可以作为标志？

陈：前一问难以回答，我谈后面的问题。从我喜欢文学到"文化大革命"前这段时间，我只想能成为一个业余作者就满足了。偶尔能发表几篇散文,心里感觉特别好。但是这种感觉没持续多久,"文化大革命"就开始了。再一次提笔,已到了1973年。在1973—1976年四年间,我主要是参加一些文学爱好者创作辅导班,再就是每年写一篇小说和几篇散文,我这时的愿望很简单,就是想过一把文学瘾。文学的兴趣压抑太久就像抽烟的人被断了烟的感觉一样,发表一篇作品所获得的心理满足、愉悦与过烟瘾很相似。这样每年一篇小说的慢速度既与这种放松或兴趣的心理状态有关,也与我当时的主业有关,那时我担任着公社的副主任,行政事务比较烦琐,整段的时间很少,每年只有一个机会,就是集中给各村干部和积极分子办政治学习班的日子,往往是白天学习,晚上没事干。我就把平时思考、感受的内容整理成小说。说真的,那时根本没有把写作当作事业来干。

1978年,我在一个水利工地领工,无意中看到《人民文学》杂志上刊载的刘心武的《班主任》。那时在工地上大家睡的都是草铺,我就是躺在草铺上一口气看完了这部小说。读完后按捺不住心中的激动就来到附近的河堤上,对着月光,我自言自语,小说还可以这么写。我有一种直觉,把小说当作事业的时代就要到来了。因此,这个工程一结束,我马上向组织打报告要求调到一个比较清闲的单位,就为了有充足的时间开始写作。事实也果如所愿,我调到了区文化馆,这是1978年夏,这是我人生的第一次重大转折。

在文化馆比较务实,那个时代"左"的文学观念对作家的影响不可能摆脱,我又没有接受过高等教育,完全是凭兴趣写作。所以在我这个文学自觉的时期,我首先想做的是把自己对文学的理解回归到真正的文学,也就是要摆脱"左"的观念。为此,我专门选择了两个我最喜欢的西方作家,一个是契诃夫,另一个是莫泊桑,我把文化馆里收藏的这两人的全部作品借过来,整整读了一个秋天。在这两人中,我相对而言更倾向于莫泊桑,因为他的作品好理解。契诃夫的小说重视人物和结构;莫泊桑的小说注意故事和情节。契诃夫难度大,莫泊桑容易学。在读过我能找到的他们的所有作品后,我又从中精选了十几篇反复阅读,体味不同的结构和人物塑造。大概到了这年的冬天,经过这一番功夫之后，我对文学的理解有了新的感受。1979年春，我产生了写小说的欲望。我后来的创作过程也一直是这样，往往是其他人写得红火时，我一点都不焦急，我需要做必要的准备，急是没有用的。正是这样，在这一年，我连续发表了10部小说，在我迄今为止的创作生涯中，这是我一生中少有的高产期。其中《徐家院三老汉》我印象最深，我在这篇小说中有意锻炼人物塑造的基本功，我想看看自己能不能写出同类人物的差异来。这篇小说在《北京文学》发表后，评论家阎纲正在住院，他看到这篇小说后很高兴，意识到我明显的变化。

1982年《人生》发表了，作者是近在咫尺，每天抬头不见低头见的路遥，虽然在此之前，他的《惊心动魄的一刻》已经获得全国性小说奖，但当时他在陕西的影响并不大。可是《人生》发表后对全国的同行特别是我带来了巨大的冲击。一方面，小说开辟了农村题材的新视角；另一方面，我当时也正在寻找描写农村生活的突破口，正好两者撞在一起。正是在这一年，我出版了自己的第一个短篇小说集，收了19个短篇。在这个时候我自己就有寻找突破的念头，正在此时看到了《人生》。首先从中看到了新的视角。当时描写农村题材的作品很多，但都局限在极"左"路线的模式下，包括高晓声的陈奂生系列也摆脱不了从政策角度写农民，这个很自然，我也写了不少这样的作品。但《人生》一出来就不一样，从个人人生追求的角度写，太真实了。其实在生活中有不少人比高加林有过之而无不及。由此觉悟到小说更应该写人的心理、精神追求，即使写政策的伤害也要落脚到情感的伤害。我这时正写自己的第一个中篇《初夏》涉及体制改革的内容，写得很不顺，索性就放下。转写另一个中篇《康家小院》，对农村重新思考，是探索的视角。后来《康家小院》倒先发表，并获得上海第一届小说奖，而《初夏》则成了第二。

80年代中期，各种文学思潮综合影响，这一时期文坛最活跃，各种文艺理论、流派都被介绍，作家们也在进行各种试验，且不管其成功与否，但见识了文学的各种形态，对这一切，我都不拒绝，至于是否要那么做，不一定，主要是开阔眼界，我就想他们各派中总有一些对我有用，所以认真地读，选择于己有用的。

其中文化心理结构学说对我写人物有重大的启发。恰好这时在构思《白鹿原》，它就派上用场了。以前苦恼的是不知怎样塑造传统理论中的典型人物，这多难啊！中国现代有几个作家创造出典型？没有。柳青的梁三老汉算一个，鲁迅也不过创造了一个阿Q。而且总觉得中国人的典型让古典的四大名著弄完了。像莽撞的李逵、智慧的诸葛亮等。我们还能写出什么呢？

邰：其实文化心理结构理论为作家提供了一种塑造典型的新思路。

陈：好长时间为典型困扰，写不出。可文化心理结构救了我，使我找到了写人物的途径。心理结构成了我解析白嘉轩、鹿子霖、田小娥等人的密码的钥匙。我甚至给自己立下一个规矩，在这个长篇小说中不写人物的肖像，要通过对人物心理的描写让读者分辨出相互的不同。事实上后来的作品中也的确是除了对两大家族外形的一个生理特点有一种预设之外，其他具体的人物都没有描写，这个家族的肖像特点是白家的鼻子突出，鹿家的眼睛深陷。

对我写作产生了重大影响的两部作品，一个是米兰·昆德拉的《生命中不能承受之轻》，另一个就是加西亚·马尔克斯的《百年孤独》。昆德拉的作品截至90年代以前出版的我都读过，从他的作品中，我理解了什么叫生活体验、生命体验。《玩笑》写捷克的极"左"路线，属于现实主义的风格，也是生活体验层面的作品，故事完整、人物生动。《生命中不能承受之轻》虽然与《玩笑》主题相似，但已深化到生命体验的层次。当然要完全从理论上区别这两个概念我可能说不太清，但我能感受到。

第一次读《百年孤独》汉译本的时候读不大懂。当时我还未开始写长篇。他对拉美地区历史文化、人生形态的概括、叙述太了不起了。后来有不少作家模仿他，但都表面化。他让我思考，作家如何完成对本民族的生存的真实形态进行概括，人变甲虫、长尾巴的现象拉美有。可中国没有魔幻，中国有的是鬼神，是它统治着乡村甚至城市。但鬼神不是魔幻。也就是这部小说让我再次审视中华民族的语境。鹿三在杀田小娥之后的灵魂附体就是中国的民间文化，当然我对此进行了科学的阐释，鹿三的疯癫表面上是田小娥的鬼魂报复，其实从心理的愧疚和恐惧上完全能够理解。

邰：说到这里，诸如灵魂附体的事件您遇到过吗？怎么解释？

陈：确实遇到过，但至今弄不清。对这些文化现象，我当时也给自己定了一个原则，可解释的就写，不可解释的一概不写。

邰：您是怕被指斥宣扬迷信吗？

陈：要有这个防备。我在写《白鹿原》的时候，为什么要去查县志就是受了寻根文学和魔幻现实主义的影响。一个作家连自己生存的县区历史都不了解，还怎么谈得上写中国。县志上记载的很多事件让人惊心动魄，特别是涉及民国时期的一些重大事件，包括一些回忆录。

邰：20世纪80年代末在全国几所高校相继办起了作家班，陕西的西北大学也曾经招了几届学生，这些人中有不少后来在当代文坛成为响当当的人物，但是也有很多人并无什么作为。请问，就您了解的情况当时开办作家班的初衷是什么？为什么后来又迅速叫停？作家能不能专门培养？

陈：西北大学几届作家班的开学典礼我都参加了。西大当时的中文系主任刘建军、蒙万夫在他们第一届作家班招生时还请我也参加作家班的学习，但是我当时因为家里的事情太多、孩子老人一大堆，负担很重，实在离不开，就是上了，也坐不住。所以没有去。

邰：这就是说你从内心也希望系统地学习一些创作的理论、补补课？

陈：是的。我们的新文学发展到一个爆发期，很多作家没有接受过高等教育，有的连中学都没有完成。但都喜欢写作，也有些人需要知识的填补，从这个意义上说办作家班是一个有创意的举动。

现在大部分作家都受到良好的教育，作家班是特殊历史时期弥补性的措施，很多作家踊跃接受教育值得肯定。至于你说到上过作家班的人有的功成名就，有的销声匿迹，这其实很正常。这与读作家班没关系。作家很难齐步发展必然要分流。进入社会后他们会如何发展，这有很多综合因素在起作用。如果要继续在文学上发展，生活的感悟能力和表达能力至关重要。

说到作家能不能培养，一般说不可能，但我觉得从丰富作家的知识角度，上作家班也是一种培养。自然，创作的成就更多地取决于作家对生活的敏感程度、深刻程度和表现形式的独特程度，这些东西是任何高明的老师也解决不了的。

陈忠实访谈录(二)

2010年1月3日晚8时前后,陈忠实打电话来问我有无时间喝茶,我知道,那是他惦记着答应我的承诺要兑现,故意给我找的借口。我很高兴,说:"没什么事,我在楼下等你。"他和我在一个院子住着。下来后,说今年(2009年)事情很多,但有一件事情总觉得对不起我,就是我们相约的第二次访谈。我说没关系的,今天正好,他问,咱们去哪里,我说,那就在附近那家熟人开的茶秀,他说那里环境不太好,我知道他无心喝茶,就顺势说,算了,咱们不喝茶了,随便走走,外边还畅快,这时街上的行人不多。我们就顺着家属院门口的长兴路散步,边走边询问我上次没有谈完的话题。下面的内容是回到家里,根据当时的记忆整理的,这份访谈稿在2015年12月17日曾于陈忠实在西安石油大学的工作室中交与他审定,遗憾的是,时间不长,他就住院并永远离开了我们。

1. 您和蒙万夫老师的交往是什么时候?

大概在1979年前后,我才发表了几篇小说就引起了蒙先生的注意,他通过一个熟人约我见面,在西北大学校园边转边聊,那是我第一次踏进西大校门。我在灞桥区举办业余作者讲座,曾请他去讲,完后,我请他吃饭,他推却不去,说在街上碰到什么就吃点什么,像猪头肉、猪下水等等,你不用管。那时自由市场刚刚兴起,也只有这点东西,他保持着农民的生活习惯。那时,有一个"笔耕"文学研究小组,他们各人有各人的倾向,大致上每一个评论家关注一个作家,那时的评论家风气正，没有功利心，完全是客观的批评，好处说好，有问题就指出来。

2. 对于陕西现在的文学批评，你有何意见？

我给李星说过，评论要关注全国的形势，要对在全国有影响的作品和作家发出声音。这话，我不知说了多少遍，他也有所关注但基本上还是省内。（我明白这句话也是对我们这一代评论工作者的期待和告诫）

3. 您现在有无想写未写或不便写的素材呢？

有。那就是1949年后农村的生活。这段生活相对于《白鹿原》中所涉及的1949年前的生活，我是直接经历者，体验也很深。之所以一直没有写或者不能动笔，主要是没有穿透这段生活。现象之类的故事很多，但总不能只写这些吧，没有一个线索，一个中心把它们串联起来。当然，也不排除某些政治的担心，比如合作化的政策反复，作为乡镇一级的很多干部在思想上是很难转弯的，他们不是僵化，而是很真诚、智慧的，但他们想不通，为什么自己坚守的东西又要自己来粉碎。我对现在写农村生活的作品很多不大满意。

4. 想不想写传记？我说，有些个人的隐私或秘密只有自己公开，大家才能明白。

几年前就有人给我说这件事，我都拒绝了，觉得没有必要。也不是有什么隐私，倒是有一些生活经历现在还没有人写过。

5. 你对中国古典文学作品谈得少也读得少，为什么？

我有两篇谈读书的文章，提到我三次重要的阅读经历：第一次是在"四清"过程中（1965年前后），有一个中学的校长，曾经是我的地理老师，和我一块搞"四清"，他当时没被结合进领导班子，靠边站了，管理着学校的图书室。我就问他有无书可读，他说都是收缴的、被禁读的小说等等，我就央求他找几本解闷。一天晚上，我打着手电在那个图书室拐角的书堆里翻出了不少世界名著，像《悲惨世界》，还有俄国写多余人的小说。晚上，别的同志打扑克、下棋，我就关门在宿舍读小说，那是完全的一种欣赏阅读，没有任何功利心，没有想从中学什么东西，就是一种情感的愉悦和满足，这种阅读无形中影响了我的人生观念和文学观念。

第二次是1975年前后，我调到文化馆以后，前面说过了。第三次是在1976年前后，在西影厂改编《接班以后》的剧本期间，听说有一个苏联作家的作品主要供高级领导干部作为反面教材阅读，我就向厂长请示借来参考，有《州委书记》《到底要什么》，作者是柯切托夫，这个作家的变化很有意味，先写英雄赞歌，再写生活中的问题，进一步深刻地揭露和批判。到新时期，翻译过来他一部小说，我就看不懂了。

在此前，《红楼梦》我算读完了，也没什么特殊的感觉；《水浒传》读了前半部分，后边的因为情节雷同读不下去了；《三国演义》写古代战争，刀枪棍棒，我不大喜欢。当然，那些人物性格都很鲜明；《西游记》小时候读过，主要是看热闹。对我来说，以后的写作主要是受外国文学的影响。

6. 最近在忙什么，写序还是散文？

主要是给人写一些序。我准备把手头这两个序写完后再不写这类东西了，太费时间。我一般都要看完作品才能写，有时要特意从作品中寻找要说的话。很多业余作者连名字也没听过，通过各种方式找上门来，有一个作家也写西安解放前这一段的生活，与《白鹿原》的区间一样，一下子就写了70万字，好家伙！

7. 《白鹿原》有评点本吗？

有。雷达做过，但太简单。我的中短篇小说也有，是请何西来做的，很认真，有点评，有总评，散文也有一个叫古耘的人做的，这个人与我通过一次电话。

8. 您的生活习惯有无规律？

现在午休已经雷打不动了。最好是二十分钟，长不过一个小时，再长，整个下午就什么也做不成。《白鹿原》之后，我的写作时间都变成了白天，晚上看看电视，主要是新闻和体育节目，不看电视剧，再就是处理一些杂事。中午在石油大学的职工灶简单地将就一下，一般情况，中午绝不出去应酬。除非外地来人急着要走，多数安排在晚上。前两天，你见我的时候，刚参加白鹿原上的一个公园的开园仪式。老板是在供销社时就认识的一个女人，很能干，单干后办厂赚了不少钱，现在在塬上圈了两千多亩地，做一个观景公园。

9. 写作《白鹿原》时，创作心态是不是很好？

我的创作心态比较平稳，不急躁，也不拼命，很放松。我延续着在农村的作息习惯，早上起床先干活，再吃早饭，中午两三点吃午饭，晚8点后再吃点东西，然后休息。

写之前，我先喝砖茶，熬的，喝的肚子咕咕响，小说中的人物就又被我召唤回来，每天写四五千字，然后就和老乡下棋，我要用下棋赶走还活跃在我大脑中的人物，所谓清仓。我听过一个人的经验，喝些酒，一兴奋就可以转移注意力，我喝酒就是从那时开始的，也便于睡眠。天热时，晚上到塬上去捉蚂蚱、蝈蝈，漫山遍野的蚂蚱声。塬上要比塬下高几百米，稍凉快一点或者去河里游泳、洗澡，完全地放松。

10. 说说您 1976 年以前的写作。

那时发表了作品不敢张扬,把杂志压在抽屉里,不能让同事知道,怕人说不务正业,不好好工作;那时也没稿费,最多是编辑部给几沓稿纸,完全是为了过写作的瘾,根本没有成名成家的思想。

1976 年前后,《人民文学》复刊时,在全国找了 8 位作家进京进行文学交流,规定每人要交一篇作业。我当时不想去,后来有人说,你体验一下坐飞机的滋味。当时是苏联的伊尔飞机,能坐二十多个人,轰鸣声震耳欲聋,下机后,我差点要吐血。当时,也许是年轻吧,用了几个晚上写了一篇《无畏》,内容是关于"反击右倾翻案风"的,编辑部专门包了一家高级宾馆改了一个晚上,发表后引起很大的轰动。

时间不长,"四人帮"被打倒了,这下给我带来了很大的麻烦。有人说,我们 8 个人是江青点名组织的写作班子,我所在的灞桥区成立了专案组对我进行审查,后来杂志社证明根本不是那回事才算作罢,但这件事对我的冲击很大,是一次挫折。

《接班以后》写出来后给了《延河》编辑部,当时还叫《陕西文艺》,曾经引起一片赞叹,几个编辑说,这篇小说的语言风格很像柳青,柳青听说后还改过稿子中的几页,编辑部后来把柳青的修改稿寄给我看,我当然没什么意见。只可惜那时没有保存这些珍贵文稿的意识,后来也不知丢到哪里去了。所以,我虽然没有面对面地接受过柳青的指导,但他是给我亲自改过稿子的。

11. 什么是作家最大的遗憾?

我在写《白鹿原》的时候就想,如果把自己意识到的内容写不出来或者写不好,那是最大的遗憾和失败;如果是自己意识不到,那没办法;意识到了而又没写好,那就等于浪费了一笔宝贵的素材(矿藏)。

贾平凹访谈录(一)*

2008 年 6 月 20 日　贾平凹的书房

邰科祥（以下简称邰）：贾老师，我受《文艺研究》杂志委托对您近期的创作情况进行采访，希望我们能畅所欲言，少所顾忌，实话实说，让读者看到一个真正的名作家的心理世界。为了节省您宝贵的时间，我有一个简单的提纲，您先看一下，然后咱们开始。

贾平凹（以下简称贾）：《文艺研究》还有这样的栏目，我想这种杂志专门发表学者们的理论文章。

邰：这个杂志开辟这个栏目已有不少时日了，有艺术家的访谈也有著名学者、文化人的专访，这个栏目已经在学术界产生了很大的影响，也成为他们的一个名栏。也许您对这个杂志不大熟悉，这个杂志在全国同类刊物中是很有分量的。方宁主编负责本刊后，严把质量关，不只对文章的水平有很高的要求，就是对编辑部同人的工作也要求得更严，听说在他们内部，每发现编辑出现一个失误，包括一个错别字都要扣奖金的。

贾：哦，那这个杂志应该得到尊重，我以后要常翻翻。不过，你

---

* 此文刊发于《文艺研究》2008 年第 11 期。

提的这些问题都不好回答。

作品获不获奖不重要，首先要继续活着

邰：这是一个框架，我们只是顺着这个思路谈就行，无须受什么约束。那就从我们目前的生活状态开始，记得是汶川大地震的前一天，我们还在一起聚会过。那么，5月12日，当地震发生的时候，您是在哪里？对这种突发的自然灾害于人类的影响或者观念的改变，您是怎样认识的？我记得，您在很多文章中都写到一个细节，衡量一个男人对女性的爱有多深，地震发生时的反应和行为最有说服力。

贾：当时我就在这个寓所的十三楼，晃得特别厉害，我平时收藏的一些宝贝也被摔碎了不少。这种自然灾难，突如其来，人是一点办法也没有，在这个时候，人类显得特别渺小。但是，这个事件是否对人们的生活观念有所改变，我看不见得。人最容易健忘，刚发生的时候还注意一下，但是过不了几天，没有什么动静，大家又都回去了。是不是会把世事想得开，比如说改变以前吝啬的生活方式，不一定。中国人缺乏这种思考或习惯。人考虑得最多的事还是生存，以前强调人定胜天，自然环境遭到很大的破坏，天人不能合一，现在虽不那样提了，但实质没多少改变。我们面对这种突发事件，只能顺应，然后重新恢复。在一些散文和小说中，我是写过这个细节。

邰：传媒报道影视界不少人想以此现象拍电影，成龙极力指斥，您认为作家对此应该做何反应？

贾：当国家出现灾难时，文艺工作者应该第一时间投入对这个事件的关注之中，这是一种使命或义务。至于有人想以此题材拍电影也未尝不可。

邰：天灾人祸对人类来说属于突发性偶然事件，其实人们更多面

对的是吃喝拉撒、波澜不惊的琐碎日子，那么，对作家来说，这两方面哪一种更适合作为创作素材呢？

贾：文学作品中大量的写日常生活，也有写突发事件的，两者无所谓高低之分。从人道主义、责任上应该去关注这种突发事件，当然它不是文学的全部。从文学史或艺术史来看，有写突发事件而成为经典的，也有写日常生活成为名著的。这没有规律，看各人的情况吧，有的人就擅长写突发性事件，有人则喜欢日常生活，我大概属于后者。

邰：这一说就回到日常叙事的《秦腔》，陕西省今年为第七届茅盾文学奖的评选重点推荐的作品就是您这本小说，您对此次获奖的概率如何估计？因为您已经有两次提名，其中一次据说就差那么一个名次？是这样吗？

贾：以前评奖的状况我记不清了，这次是否能够获奖，谁也说不清。评奖其实与作家无关了，作家只负责把作品写好，至于获不获奖那是评委会的事。

邰：根据《秦腔》出版后连续获得国内几个大奖的情形，再结合评论界对这部小说的极力推崇，我个人觉得这次胜算的把握在95%以上。

贾：（笑）这个很难说，就像足球比赛，有很多不可控制的因素，包括运气等，有的队虽然很强大，夺冠的呼声也高，但总是得第二名，这没办法。

邰：您说得很有意思，也确实有一些不可预知的偶然因素，但我们从趋势和必然性方面估计应该差不离。而且，我个人以为，对您来说获不获这个奖关系并不大，只不过觉得凭您在新时期文学上的持续劳作和杰出的贡献获得这个奖毫不为过，因为很少人可以在这两方面与您相媲美，所以授不授这个奖对您个人虽无所谓却在一定程度上检验着文学批评的正义性。即使《秦腔》不获茅盾文学奖，您也有资格获一个终身成就奖，目前咱们国家在文学领域还没有这种奖，影视领域好像有。

贾：这话可不敢说！每个作家都希望自己的作品获奖吧，一部作品写出来，不是作者想怎样就怎样，也不是几个评论家说了算。作品要经过时间的检验。有些作品在一时很热闹，但过了这段时间就不觉得好了。作品起码五十年后还有人谈，那才算好作品。当下看一些作品往往受各种因素的影响。再说文学很难有个批评标准，沈从文当年曾经被当作二三流作家，后来又成了一流作家。

邰：说到批评标准问题，这也是学术界最近重新讨论的热点。在您的以为里，似乎否定统一的标准？

贾：不是否定，是批评标准每个时代都有，但不一样。

邰：您的意思就是标准当然是有的，只是没有固定不变的。我最近一直也在思考一个问题，尽管每个时代具体的批评标准总在发生变化，但也有一些超越时代的"要素"比较稳定，如：人性的深度、形而上的传达、形式的创造等，我这里不用大家现在很忌讳的"标准"一词，我用较为稳定的要素，不知您是否认同？

贾：我相信文学有一种基本的东西，或者就是你所说的超时代的因素吧。这个东西我尽管不能准确地像理论家那样表述出来，但我能感觉到。这大概就是我们常说的文学观吧，我认为文学是人的一种精神活动，要传达作者对世界、人类的一种感悟。可是现在的文坛常常是在其他方面大做文章，把一些事情弄玄了，最后弄的文学也不知成了什么东西。就说沈从文、张爱玲，他们的小说也没有什么宏大、深刻的东西，还有外国的福克纳、海明威等，他们的作品用现在一些人的标准去衡量，就觉得也没有什么呀。可偏偏他们是大师，他们的作品，有文学最基本的东西，最好的东西。

邰：您说的文学最基本的东西是否就是我们理论上说的审美性或者文学性呢？

贾：也许吧。我用足球来打比方，最近正在举行欧洲杯，大家都在讲什么战术问题。认为足球的好坏，包括中国足球为什么不能进步都是这个因素。但是我不这样看，你就说德国足球队，他们确实踢得好，但战术从来不变，永远是四四二。足球是什么？就是用人的足部踢球的运动，它最基本的东西是身体、体力，足球是靠身体过活的。讲究这，讲究那就不是足球。没有实力，怎么都不行。中国足球的问题就在这里。

邰：贾先生就喜欢用作家的思维，爱比喻，很生动。我大概也能明白您所说的意思。文学就是用语言传神的艺术。有的文学作品现在连这种最基本的东西都不具备，更不要说其他。

贾：我这几年有个体会，作品能不能获奖先放在一边。首先，作品要继续活着，只有活着，才能让人记着你，大家才能关注。

邰：您的意思是作家要不断地有新作奉献，这样才能表明作家的存在，不然，很长时间不写就可能被读者、文学圈所淡忘？

贾：不是这个意思，你理解错了。如果是指作家要不断地用新作巩固自己在读者心中的记忆，那还不把作家累死。（笑）我所说的"继续活着"是指作品被读者不间断地阅读着，不能是发表的当时看一下，此后再没人看了。

邰：我明白了。就是您以前说的不光要做畅销书作家，更要做长销书作家。畅销可能是一阵风，而长销才能证明作品的价值。

贾：我感到欣慰的是我以前写的作品被很多出版社反复印着，而且每部都有六七个版本，《秦腔》到去年有六个版本。我的意思不是说我怎样，我当然清楚，也一再讲，成名不一定成功。

邰：是呀，长印的作品不一定能长留。有些可能出于商业的考虑，作品的可读性很强，是很多出版社喜欢重印的一个因素。

贾：你说的也有道理，但我只是说作品首先要活着，才能让人知道，只有知道，才能得到较好的评价。沈从文的作品如果在"文化大革命"期间没有在海外活着，他就不会得到人们的重新重视。

邰：如果您以沈从文等作家为例，那么我觉得这与时代的文学观念有很大的关系。也就是在那个过分强调政治标准的年代里，确实有误评的情形。但是现在不一样了。应该说，我们正处在一个非常适宜文学发展的时期，许多观念得到矫正，恢复到本真的状态，评论者更多地从文学自身思考问题，所以像以前对很多作家、作品的误读现象会越来越少。

贾：尽管现在政治上比较清明，文学观念也在恢复正常，但并不表明评论就没有偏差。人都处在具体的环境中，不能不受到当时的各种思潮的影响。就像"文化大革命"，当时有多少人能认识到它的危害呢？我们常说芸芸众生，也就说大家中普通人居多，一个时代先知先觉的就那么寥寥几个。很多人像小树一样，东风来了，就向西倒。虽然也有个别长得直的，也有冬天不落叶的，但毕竟是少数。有时候，在特定的情景下，当评论家的文学观念定型以后，即使后来证明这些观念有问题，但在当时这些批评家却很真诚，他们绝对意识不到自己的错误。所谓当事者迷，就是这个意思。因此，我仍然说，作品的价值需要经过50年左右的光景才能确定。

邰：我能理解您的担忧，只是我没这样悲观。我不完全认为一个作品必须经过半个世纪之久才能作出判断。真正好的作品，只要是当时的评论气氛比较正常就能够被发现并得到重视，以后的时间是发挥一个不断巩固和反复验证的作用。您刚才从作家的角度认为只要作品不间断地被阅读或流传，就意味着这部作品有比较高的价值；而我从批评者的立场出发，觉得有些作品如果能反复被人评论着，而且肯定的声音远远超出否定的声音，那么历史就会证明，这部作品就有可能成为经典。

贾：不管怎样说，我的写作是自己需要，有我的乐趣，不是为了让人肯定，若是那样恐怕会适得其反。

邰：这大概就是文学的无功利性吧，这也是好作品产生的前提。顺便问一下，您对批评家的期待是什么？

贾：批评家是不可缺少的，批评对作家任何时候都起作用。作家能从批评中醒悟一些东西。我希望批评家要认真阅读作家的作品，不要翻着看。说话要说到作家的痛处。要说好的，也要说不好的。但要具体，从写作角度看应该具有建设性，就像大家都说川菜好，批评家要说出怎样做川菜才好。不可否认，有的批评家完全是为了建立自己的批评体系用某些作家作为例证。评论家不应是作家的附庸，要有自己的独立性。但完全脱离所评论的文学作品的整体性，我想这也不对吧。批评要帮助作家提高，使作家幡然醒悟，多从理论上点拨。而且要为作家多鼓劲。为啥体育场上大家爱喊"加油"，因为这样能激发人的潜力，所以不能一味地发嘘声，创作过程往往是个情绪化的过程，发嘘声、喊下课，这会打击作家的情绪，足球比赛（其他比赛一样）

讲主场就是这个道理。当然，作品不好，硬要鼓励是另一码事，那就不是好作家也不是好批评家。

很少人能跳出时代这个框子，要关注当下

邰：我们换个话题，您觉得决定创作成败的关键是什么？

贾：一个人写作品，不是你想咋写就咋写，要看上苍赋予你的才能、环境和材料有没有。

邰：您的意思是造就一个作家的条件有先天的、后天的还有一些偶然的因素。就像您以前在一部小说的后记中说的，"好的故事是天地间早有的，就看你有没有宿命得到"。

贾：大概是这样。但我更强调作家所处的时代环境。

邰：对您来说，这个时代应该说是最适合创作的一个时期。

贾：中国目前虽适宜创作，但也还有很多东西在限制着，不只是政治上，也有文学自身的一些传统等，总之，文学是个复杂的东西。

邰：以您之见，作家永远都跳不出"如来佛的手心"？

贾：那倒不见得。按自己的体会去写，写不经意的东西就可能摆脱这种制约。我去年出版的长篇小说《高兴》有人就指责它没写出整个城市的全貌。对我来说，只是想写一个故事，把我所想到的写出来，我不是在写一部城市发展史呀。这就是说，有人或者时代的某些观念总是要求作家必须怎样写，有的作家也就不得不这样写了，可是也有人不理这一套，那么他就可能独特。

邰：这么说来，您所说的时代因素更主要指的是负面的状态？

贾：不是，我也强调对其正面意义的重视。作家应该关注你所处的这个时代的进行状态。作家在写作时，尽管各个时代对文学有不同的要求或提法，但是作家始终要把握住这个时代的进行状态是怎样就行了。包括我们经常说人性等，人性在各个国家、各个时代的内涵也不一样，你写的必须是你这个国家、时代的人性。现在作家不关注当代，难道让后人来记录这个过去的时代吗？

邰：有道理。但是人们担心当代人距离太近恐怕不能准确地把握当代的本质，为现象所迷惑。所谓"当代能否写史"，不是曾经争论过一番吗？文学对当代的描写会不会出现这种隐忧呢？

贾：这不一样，文学就是要及时地记录这个时代的各种现象，只要你真实地作了记录，本质就可能潜藏其中。如果当代的作家不记录，下一代作家就只能完全凭想象了，那样会真实吗？我看过一些写农村的作品，他们更多的是在想象，少有生活实感和自己投入的感受，读起来热闹，形式上花哨，读后却没有让你心悸动的东西。

邰：您说的这个意思，让我想起一段话。在《高兴》的后记，包括在冯积岐的小说《村子》的研讨会上，您都表达了同样的意思。"在这个年代的写作普遍缺乏大精神和大技巧，文学作品不可能经典，那么就不妨把自己的作品写成一份份社会记录而留给历史。"这段话的意思是不是您在创作上示弱的表现，即为自己的不能突破寻找下台脚？或者说，这是您深思熟虑的一个文学观点？特别是我们觉察到您对当代文学能否产生经典产生了怀疑。

贾：我不是示弱也不需要找下台脚，这个观点应该算我经过较长时间思考的结果，但对不对是另一回事。至于说到当代文学能否出现经典，我并不是简单否定，我觉得很难，因为这个时代严格说来人心比较浮躁、商业气息过于浓厚，是一个不适宜于产生经典的时期。所以说不大可能并非说绝对不可能。而且，这段话的动机不是说经典而是说当今文坛的一个普遍问题：时代，就是上面提到的，当代作家要关注当下。

邰：作家的思维和理论者的思维差距真的很大，我们从中领会的是两个意思，一是您对当代文学经典的否认；二是您把文学的功能降低为记录。而您现在却说您的主要意思是关注当下。由此看来，此后，对作家谈创作之类的话不能简单采纳，作家在任何时候都使用形象思维，表述的观点模糊，不追求准确。

贾：思维是不一样。（笑）我说的记录不是指一般的文字记录，文学记录和文字记录不一样。我说记录也不是降低文学的功能，只是一种低调的说法，目的在强调文学的现实感。再说，能做到真实的记录也不是容易的事，或许这个记录是伟大的，关键看你怎样记录。因为大家都在说这个时代不可能经典，那干脆换个说法：记录吧。

邰：但不管您怎样界定记录，这个词本身很容易引起误解。我们称现在是读图时代，记录的功能完全可以由摄像机或者说影视艺术来完成，在这一点上文学是没有什么优势的。您说对吗？

贾：那倒也是。不过，我的记录恐怕还有一层意思就是作家的创作态度要老实。不要张狂着说我要打造经典、要去冲击什么大奖，你老实地写就行了，也许在这老实的写作过程中或者记录活动中经典就诞生了。宗白华好像说过，马腿的美是跑出来的。马在不断地奔跑过程中也许腿跑断了，也许变得健美了。很多东西是不能言说的，整天说你要写经典，到最终也写不出来，这不惹人嘲笑吗？作家总是想把自己手里的活弄好，他一直的文学追求不可能变。

邰：您的意思是您的创作目标从来就没动摇过。

贾：那当然。

邰：文学达到真实就行了吗？

贾：还有神圣性。

邰：神圣性是指作品的思想深度吗？

贾：可以这样理解，但也包含其他东西。

邰：我觉得以您目前的功夫，怎么写已经不成问题，而写什么是应该重点思考的。比如中篇小说《阿吉》在艺术上真正达到了行云流水、天然自成的境界，但内蕴上仍然需要进一步经营。

贾：我现在是在思考这个问题。

邰：那么如何实现神圣性呢？

贾：无法用语言说，只能在写作中去做。搞创作的不能条理化，想清楚后就做不成了。

邰：这么说作家是跟着感觉走。您以前强调的意象是不是实现神圣性的一种方法呢？

贾：是，但不完全是这一种。

创作像挽藤条，不管怎样挽，最后一定要成为一个笼

邰：您在某次答记者问时透露，下一部小说的题材是有关"义化大革命"的，是这样吗？

贾：是。

邰：为什么选这个题材？

贾：首先我经历过这个年代，再者写了几十年，这个题材一直也没写过，所以想写。

邰：这个题材比较敏感，20世纪80年代有不少作家写过但都很浅，这些年写的人少了，可能有很多不便，难写。您准备怎样切入？

贾：难写是难写，我按我的感受写，也许写出来后难发。近几年，余华、王安忆等都写过。我的生活与他们不同，写出来后结果可能大不一样。我不想也不可能从整体上去写，整体来写，把握不了。我只是写乡下的一段经历，在"文化大革命"中，我受的影响很深，也有不少想法。

邰：截至目前，对"文化大革命"的叙事未见到从总体把握的。您从侧面迂回的方法很巧，会有四两拨千斤的效果。

贾：我希望写得从容。不一定把什么都写上，那样很笨。我要只写一个村子，但这个村子一定要写得饱满，它完全是一个独立的丰满的世界。《红楼梦》中的大观园就很丰盈。也就是说大背景是这个时代，但要虚构一个很妙的故事能折射这个时代。这也是我对小说的基本看法。

邰：我理解您的意思，小说选择的表现角度或者题材要有极大的辐射性，不能就事论事。这样就可以以少胜多。

贾：基本上差不多。

邰：说到这里，我们是否可以具体一点，谈谈您的小说技法问题。现在写长篇仍然有提纲吗？

贾：都有。

邰：我觉得这些年小说的写法虽然不断地变化，但小说的三个要素始终没有被丢弃。就像您的小说，这些年尽管一直强调故事要简单，但再简单还是有故事。

贾：对！小说不能没有故事。

邰：不过，您的小说并不有意追求一个整端的、曲折的具有因果联系的故事，而是喜欢搜罗无数的有趣的细节。这固然没有什么不可，但这样写难度很大，也就是我们现在说的日常叙事。

贾：这种写法不好操作，弄不好就会软弱无骨。

邰：我倒是赞赏您这些年来在这一方面的不断探索，也肯定您以《秦腔》为标志所取得的成功。但是，我有点担心，过多的细节描写可能导致一种小气的感觉。

贾：那不一定。你见过山沟里一大片的黄菊花吗？一朵菊花比不上牡丹，但一大片，那种美是有震撼力的。我在陕北看到过整个一面坡都排列着窑洞，那可真叫壮观！在这里，比你花很多的钱盖一个豪华的魁星楼更有气派。

邰：再说到环境的问题，我发现您的小说从20世纪80年代以来，人物的社会环境都特别简单，具体表现为这些人几乎都没有正常的家庭背景，或无父无母，或有父无母，或有母无父，或父母早亡，您有没有注意到这个问题？

贾：我倒没有认真考虑过这个问题。

邰：我曾经联系您童年的经历推测您有一种"弃儿"无意识，就是您在三岁左右父母都不在身边，由大伯和三婶照管，可能是您产生了这种近乎弃儿的心理，所以在你成人以后的小说中很多主人公的家庭背景就不自觉地被设置为这样的干净。

贾：你这样说很有意思，不过，我在写作时没想到那么多，只是觉得这样好进入，枝蔓很多也好，但简单又有简单的好处。我小说的叙述人大都是一些干净的人物。

邰：又说到了人物。人物是小说的核心，能看出您也用力最大，但我发现在您的小说中往往是次要人物比主人公更生动，如《高老庄》中的高晨堂、《怀念狼》中的烂头以及《高兴》中的五富等。

贾：这个现象大概就是像演戏一样，戏台上往往丑角最生动。我估计像五富这样的形象在大家心目中已经定型容易勾起大家平时积淀的东西，如勤劳、无赖、吝啬、不卫生等习性，就像当年流行《渴望》中的刘慧芳一样，符合广大人群的审美需要。而刘高兴这个人物是一个新型农民形象，他和以前人们心目中的模式已大不一样，所以反倒一下子不能被接受。实际上，总是一号人物难塑造。你既要写出自己的东西，又要生动丰富，两方面兼顾很难。

邰：不管是主人公还是次要人物，您笔下的人物性格因素中智性的成分是否过于突出？这与您的个人情趣是否有关？您一直喜欢那些有趣的人物。

贾：是这样。我不愿意酝酿高潮、集中矛盾，逐渐推进到高潮的那种戏剧写法，所以恐怕会给人这样的感觉。

邰：典型理论其实没有过时，而且它作为小说这种叙事体裁的最高境界仍然发挥着其召唤作用。

贾：我一直写平常的生活，普通的人，他们都不是大善大恶，是小善小恶。但这并不意味着我写人物是随意为之，蝇营狗苟。写小人物也能写出共性呀。我现在写人的方法与原来不一样，至于怎么不一样，我自己一下子还说不太清楚。需要你们搞理论的来总结。

邰：按您的说法，您在长篇小说中对人物基本上是平均用力，那么就没有主人公吗？比如说《秦腔》的一号人物是谁？

贾：《秦腔》的一号人物严格说不是一个人而是一群人。而且一号也不是固定的，就说夏君亭吧，在一个村子里，他是支书，按官阶，就是一号人物，但在家里或在其他地方他就不一定是一号。我觉得要说《秦腔》中的主人公应该是这几个人：引生、白雪、夏家四兄弟。夏君亭不是主人公或中心人物，他只代表农村中的新势力，如果在这部小说中以他为中心，《秦腔》就变成了改革小说。

作家都希望自己的作品成为一句成语

邰：说到底，您觉得小说最重要的因素是什么？

贾：必须传达一种东西，一种情绪或精神。

邰：您说的莫不是我们传统文论中的"主题"吧？

贾：我觉得小说不能缺少两个东西。细节有趣才能让读者阅读下去，小说无神则不能立起来。

邰：您强调的是小说的可读性和思想蕴含。

贾：《秦腔》就是围绕农村正在衰微的意识写，适合这个意识的就保留，不适合的就舍弃。这种精神就像提线葫芦的线。

邰：您在构思小说时把重点和精力是否都用在这一方面？

贾：构思最难的就在这一方面，然后才去审查那些材料能用不能用。

邰：我觉得您目前在小说上最大障碍就是精神的酝酿，我正在做的一个课题就是研究妨碍您近年来的小说创作不能实现突破的因素，也许我们最终的结论不一定恰当，但是我希望对您的创作会有所帮助。

贾：很欢迎你们做这个工作。我一直在思考这个问题，如何使小说的意蕴更加丰盈、深厚。我经常阅读经典作家的作品，从中琢磨的就是这个。大家都说鲁迅写《阿Q正传》的目的是揭露国民的劣根性。但是，我觉得在创作初期，鲁迅只是觉得这个人物的言行很有意思，就那么写了，因为他写得传神，写出了共性的东西，才成为经典。

邰：《阿Q正传》的写作缘起的确是打算写一组幽默故事。由此看来，您虽然说不喜欢典型环境中的典型人物理论，但您还是一直向这个目标努力。

贾：我不喜欢那种戏剧写法。谁不希望自己的作品中出现一个典型人物？一个作家被当作一句成语对待，那是很难的。说阿Q就等于在说鲁迅，说浮士德就在说歌德。历史上有几个人能达到这一点？大家都在追求这个东西，作为一个奋斗目标，每一个作家都希望自己的作品成为一句成语。而实际上，一个作家一辈子能创造出一个就不错了。把"典型化"加强，这是我以后的目标。

邰：虽然我们仍然用了这样一个陈旧的文学术语，但您的意思大家都明白，您在毫不松懈地向着文学的最高境界努力攀登。由于时间关系，我们今天就到这里。谢谢您接受我的采访。

贾：谢谢你和广大读者对我的关注，还有《文艺研究》杂志社。

贾平凹访谈录(二)

2009 年 9 月 2 日　贾平凹的书房

郭科祥（以下简称郭）：2008 年 12 月 30 日—2009 年元月 20 日，由陕西省作协、西安市文联、陕西人民出版社、华商报社、西安建筑科技大学联合举办的"30 年贾平凹获奖作品展"活动在一定程度上就是对您 30 年的文学历程的简要回顾，不难看出，68 个奖项是对您杰出贡献的最好证明。但更有趣味和价值的是，您 30 年的获奖历史（即由 1978 年《满月儿》的获奖到 2008 年《秦腔》的获奖）恰恰是我国改革开放 30 年所走过的道路，所以您是改革开放 30 年历史在文艺界一位典型的见证者和实践者。那么由您来谈这个话题既恰切也意义非凡。记得有一个批评家写过一本书《一个人的文学史》，他好像是以他个人的眼光叙写了 1983—2007 年中国的文学大事，而您本人的创作历程实实在在构成了一部"一个人的改革开放 30 年的中国文学史"。您有没有想过，借此机会对自己走过的道路进行一番全面和清醒的总结与回顾？换句话说，改革开放 30 年中，您的创作有哪些刻骨铭心的事件？

贾平凹（以下简称贾）：改革开放的 30 年正是文学上说的新时期的 30 年，我有幸生活在这个社会大转型的时期，亲历了这个历史阶段。我从 1978 年开始正式步入文坛到现在仍然在坚持写作，所以改革开放的 30 年也就是我个人创作的 30 年。我的作品写的大都是现实生活，所以改革开放30年的时代痕迹在我所有的作品中都能找到，文学上的各种思潮，无论是伤痕文学、改革文学还是寻根一直到近些年的底层写作，我也在其中，倒不是我多么自觉而是适逢其时。要说30年中刻骨铭心的事应该有这样几件：

一是改革文学。这个概念不大准确，也就是80年代创作的反映改革开放政策的作品对我以后的文学道路影响很大。我是农村人，农村的改革所焕发的生机勃勃，我感受得特别强烈，因此写了《鸡窝洼的人家》《腊月·正月》《小月前本》《浮躁》等的"商洛系列"，这些作品可以说是写改革的，也可以说是文化寻根。这无关紧要，关键是这些作品的发表使我建立了自己的创作基地，拥有或者发现了自己的写作宝库，从而使我找到了创作的方向，"商洛"从此成为我创作的根和源。

二是《废都》的出版。这部小说是写改革开放30年中期社会和人的转型作品，引起的风波太大，被禁了17年，直到前段时间允许再版，被禁事件可以说极大地影响了我的个人生活和创作。

三是改革开放30年的最后几年，农村出现了新的问题，我写作了《秦腔》和《高兴》等，这些作品围绕整个农村出现的农民离乡进城现象进行了深层的思考。不管我的思考对不对，也不管我是怎么思考的，但我紧密关注现实、国家民族的重大问题这种思路越来越明确、自觉。

邰：改革开放30年中文艺界发生了很多重大的事件，与您相关的就有不少，比如"《废都》的狂销和被禁"事件就是中国当代文学史无法绕开的话题，而且现在又可以重评《废都》，我们暂时抛开文本，就谈这部作品的出版为什么在当时会引发这样剧烈的反应？我想这绝不是一个简单的文学话题，它同时也是一个社会学或文化命题，它无疑包含、折射着很多信息。另外，我也听到一些同行的说法，认为在您目前的所有作品中《废都》最有价值，甚至超过《秦腔》，不知您对这个问题怎么看？

贾：《废都》为什么会在当时引起那么大的反响？这个问题现在来看和在当时的情况下来回答这个问题会有所不同。现在可以说是时代的观念不一样，那个时代的环境与现在也不一样，所以在那个时候的问题现在就不成问题了。当时人们的传统观念接受不了小说中描写的情形。前段时间《废都》再版时很多人问我当时有无预见。实际上，每个作家都有预见的成分。就像观察河流一样，水向东流，最后流入大海，大的趋势是能够预知的。再比如，冬天的树和春天的树就不一样，只要你认真观察都有规律可循。正因为作家观察生活的时间长了必然就会有一种先知，这是作家这个职业的特性决定的，而不是说作家比别人聪明、特殊。如果一个作家整天写一些无关痛痒的作品，那还有啥意思？在世界范围内，好的作品都是和它所处的时代有所摩擦。作家始终关注的是生活的未来，将要发生的东西。这些东西当时可能还是萌芽，所以很多读者可能就不能接受。

回想起来，我迄今为止出版的所有作品都有过争议。而读者对作品各有各的看法这很正常。一个作家的作品始终只给部分人看的。就像开饸饹馆的就卖饸饹不可能卖饺子，开饺子馆的不卖饸饹。一个作家始终只针对部分人群，不可能把所有人的口味调剂起来。有人爱《三国》，有人则喜欢《红楼》。

作家对于自己发表或出版的作品已经无法把握，就像自己的孩子长大以后家长无法控制一样。如果硬要我自己对比一下《废都》和《秦腔》。我只能说，《废都》之后，文学观念有所改变，即和《浮躁》时期已不一样，主要是写法，从《废都》之后这种写法一直延续下来。《秦腔》写得混沌、丰富，《废都》更有激情，毕竟它是我40岁左右写的，而《秦腔》我已过了50岁。

邰：您刚才提到作家往往是和他所处的时代发生摩擦，是不是说他们的思想常常与主流的思想有所不同？

贾：是这样。作家的职业决定了他的思考总是朝前的，而管理者则是现在时，他们考虑的是稳定。文学中总是有预知的东西，就像下围棋，思谋的总是下几步。文学作品的功能就在这里，它能给人启发也是因此。作家不能当马后炮，除非他写历史小说。

邰：20世纪90年代初在全国引起广泛关注的"陕军东征"现象，您是其中的主要参与者，这个现象为陕西文坛在全国扩大了影响，也有力地刺激了当时的中国文坛，在某种程度上也标示着文学创作的明确转向，与此同时诞生了两部很有分量的长篇小说《废都》和《白鹿原》。时过境迁，对这个现象的出现您以为纯粹出于偶然，还是有其必然的原因？另外，这个事件在一定程度上正好赶上了应运而生的媒体炒作浪潮，所以有些作品因此搭车而受益，但这些作品实际上质量并不高。听说当时还有作家因为自己的作品搭不上车（挤不进"陕军东征"的作品系列）恼羞成怒与刊发这个报道的记者寻衅，而事后又有作家为谁最早提出这个名词争功邀宠。请问您怎么看待这些行为？如何评价"陕军东征"现象？

贾："陕军东征"这个现象已经过去17年了。它的出现应该说既有必然的东西也有偶然的因素。必然的因素有两点：在那个时期，陕西正好有一大批作家开始写作长篇小说，这些作家写作水平这时也比较成熟；另一个是这个时期的文学热点开始转变，80年代热中短篇小说，这时开始热中长篇。也就是说，陕西的文学就像进入秋季的植物到了收获期，不管是苹果树、梨树、枣树在这时都要结果。

"陕军东征"的某些作品在出版伊始并未热销，最热的时候是从《废都》开始的。而在此之前，整个中国的长篇小说也都不热闹，从这个事件之后，中国的长篇小说一直热到现在，中、短篇的被关注度从此衰落。

说到这个事件偶然的因素应该说与当时书商和媒体的介入有关，大概从那个时候开始，图书市场发行的作用越来越明显，炒作从此开始。可以说，没有书商和媒体的介入，陕西作家的这些长篇小说也凑不到一起。如果把这些作品单独分开来，可能有的能热卖，有的就不能。有的作品明显沾了炒作的光，因为当火烧旺之后，干柴能燃，湿柴也能燃。

"陕军东征"提法的出现其实很偶然，我也听说后来有人相互争夺这个提法的首发权，对此我不想评论。我的意思是正好陕西作家的长篇小说在这一年不约而同都出版了，因此敏感的记者就把它作为一个现象用这个词汇概括加以报道，应该说它并不涉及对作品的评判，就是说并非进入这个系列的作品就都是好作品，但后来好像造成了这样的误导。也听说有人因为自己的作品未能被记者划入而发火。这个现象与"长安书画"的提法一样，长安书画也是因为一次巡回展出而引人注意并被作为一个派别。但是，我觉得这都不是根本。一个事件或现象不是靠媒体提出一个概念就能走红和持久的。要产生广泛和持久的效应必须有真正能扛得住的作品，这一点我们只要回顾一下历史上的所有思潮就不难验证。必须天时、地利、人和三者都具备，缺一不可。

邰：2000年在陕西文坛爆发了一场"博士直谏"事件，当时陕西文坛的批评家和作家大都参与了这场讨论，这场讨论后来在全国范围内又引发了关于批评的动机、策略、尺度、方法等一系列具有共性话题的深度探讨，也因此激发了您和李建军博士的尖锐论争，对这场文学争论以及与李建军个人的矛盾，您有何看法？它对陕西文学以至中国当代文学的健康发展有何作用？

贾："博士直谏"事件由很多原因促成，有些背景不好说，说不到桌面上。但在这次事件后，李建军基本上就完全批评我了。不过，总体上我不恨他，他给我的是另一种力量，从这个意义上还得感谢他。创作需要一种反动力。对作家来说，经历的批评多了，对那些一味说好或是一味说不好的情形，我都持怀疑态度。自己有总体的把握，哪些该坚守，哪些该修正，我心中有数。

但话说回来，评论绝不能一边倒。只说好话，固然有鼓励的作用，但也容易销蚀作家；反之，骂一个作家对他当然有打击，但也会促使他振作。这要看作家个人的定力如何，不会吸收就有可能毁掉。这17年来，我始终有一个做人和作文的原则：要善良、宽厚、坚持、自信。作家应该对自己有起码的把握，不是评论家说你好就好，说你不好就不好。当然评论家要怎么说，我们也没办法，因为各人有各人的性格，做派，这是正常的，各人都有各人存在的理由。

邰：《满月儿》在1978年的获奖应该是您第一次被中国当代文坛正式认知的标志。现在回过头来看这部作品，时代的印痕特别的明显，在一定程度上，其模仿的、趋时的因素很多，真正的个人风格还没有表现出来，好像当时的很多作家都是这种状态，那时能写出这样的作品已经是凤毛麟角，由此可见改革开放初期中国文学的平弱。不妨结合刘心武的《班主任》等作品谈谈30年前您对文学的理解和当时文坛的状况，今天，您的文学观念有哪些改变？

贾：中国文学在"文化大革命"结束的时候，也就是改革开放30年初期，文学的水平的确不是很高。当时的文学承载的东西太多，像伤痕文学作品，从文学的意义上是弱一些，但它的社会学价值却很大。文学史上凡是开风气的作品往往不一定水平很高。五四时期，胡适的白话诗现在看来简直就不算诗，但在当时却了不得，没人写过。所以，刘心武的《班主任》等作品开风气的意义很重要。

我的《满月儿》其实不属于这个系列，它和伤痕小说不一样，给当时的文坛有清新之风刮过的感觉。改革开放30年来的文学严格说来发展很快，是世界上进步最快的民族文学。把现在的作品与30年前比较一下差别很大，水平有了质的飞跃，这也可以说是改革开放的政策所带来的成果。以前文学承载的政治等成分过多，但文学毕竟是关注人的事业，在作品中表现的主要是人性而不是其他。现在已经回到正路上。

邰：1980年前后，当代散文写作基本上承袭着杨朔的模式，写法、风格都比较单一，可是您的《商州三录》发表后却在散文界掀起了一阵波澜，请问您当时是很自觉地改革散文的写法还是无意识地、模糊地试验或者完全是本真地记录恰逢散文写作转向的时机，从而被作为一种先行者加以推崇？我个人觉得，您当时还没有那么清醒，对吗？

贾：创作和理论是两回事。创作往往是朦朦胧胧，但不是无意识，而是觉得要写这个内容于是就写了，同时也感觉到这样写法别人没有用过。《商州三录》之前散文不是回忆文章就是杨朔的抒情风格。可是，这个系列所写的大都是乡下的事情，单纯用抒情方式似不大合适，就增加了纪实的方式。所以，后来编辑在处理这些作品时就有点混乱，有时把它收入散文集，有时又收入小说集。由此看出，当时对散文的界限不是很清楚，但我是按散文写的。

这里面可能存在着散文能否虚构的观念问题。一般说散文要写真人真事，不允许虚构，但我个人觉得散文也可虚构，只要大体真实就行。

那个时候创作比较自由，什么都可以写，怎么写都行。我就试着写，写着试，凡是别人没写过或没有这样写的，我都去摸索。我觉得创作没有规律，我总在寻变化，不停地折腾，我觉得这样才有出路。

邰：20世纪90年代初期发表的《太白山记》是您小说写作自觉转向的信号，我感兴趣的是，您是完全站在个人创作的角度所做的一次调整还是在考察了整个文坛的形势以后与时俱进的动作？如果说主要是后者，那么能谈谈您对90年代中国文坛转向的总体认识吗？

贾：《太白山记》是在医院写的。当时正是文坛上各种新的试验，各种文体喷涌的时期。为什么会有这种潮流？这正如春天来了，天南地北的树都开始发绿；当人类发展到一定阶段，不管是非洲人还是半坡人都会用尖嘴壶提水，文学也一样，到了这个时期，大家不约而同地试验各种新的写法。我之所以这样写这组小说是想试验但又不想模仿当时盛行的先锋主义，想写意念性的东西，就是把虚的写实。

我不能清楚地说出90年代中国文坛到底要怎么样或为什么要这样。也许有生命的规律在其中，就像女孩子到12—13岁要来月经，男孩子到14—15岁要长胡子。毕竟我在文坛的时间长了，生命在这个时候必然要有所变化。这是不可抗拒的，土豆不管理在哪块地里、埋多长时间，有些可能就会发芽，这有必然性。

所以，你问我为什么要写《太白山记》《废都》，说不清，只是觉得这个时候要写这个东西。

邰：长篇小说《高老庄》的出版好像是您创作中的一个复归，即把您从描写城市生活的道路重新拉回到农村题材的持续关注方面。此后，您相继出版了《秦腔》和《高兴》并获得了巨大的成功。这里有一个问题，您从《废都》开始试图描写城市，《白夜》《病相报告》甚至《土门》都可以算作城市小说，但好像不大被批评界所认同，那么回到自己擅长的老路，有没有认输的意味？其实我知道，您从不认输，那么是有其他感触？另外，对农村的持续关注意识，对您来说也是从不自觉到自觉，并不是您很早就有这种长远的思考和追求，是这样吗？

贾：《废都》之后我受到批判，当时的巨大压力和复杂心境，现在的年轻人根本想象不来。在那段时间，我的名字都不能出现在报刊上，所以紧接着《废都》出版的《白夜》虽然我个人很满意，但当时却几乎见不到一篇评论。在你上面列举的所谓城市题材的作品中，《病相报告》是临时增加的，写的是一个具体的人。

至于为什么由写城镇转回写农村并不是因为受到了批评。主要是这组城镇生活的作品写完后，中国农村出现了新的情况，我也产生了想写的冲动。

说是写城市也不是纯城市，我一向反对把城乡完全分清，没有纯粹的乡村作品，也没有完全的城镇小说。我觉得不管写什么东西，写出来就行。以后如果我还要写城市也不会把重心放在只关注城市上，至于我为什么更多地写农村，这与作家的出身有关。我喜欢把城乡混杂在一起写，文学思考的是大的社会问题，它不仅在城市存在，在乡村也存在。

我并没有清醒地规划好现在写什么，以后写什么，而是逮着什么就写什么。比如我最近写"文化大革命"就是因为我以前从来没写过这段生活，想写。

邰：这部作品的草稿写到什么程度呢？

贾：第一稿已经出来了，但是很慢。我的作品初稿哪里有写了两年的？

邰：进入 21 世纪，作家越来越多，不算那种在网络上发表作品的广义作家，就用成为省级作协会员的人数来说比起 30 年前也是翻了几十番，这种情形在一定程度上无疑体现了文学的繁荣态势和整个社会公民文学素质的提高，但是同时也有一种"文学边缘化"的观念反复被业内人士提及，那么，您如何看待这种边缘化与繁荣状的矛盾？是否可以说当今有一种作家泛滥化的趋势？与此相关还有一个问题，当下文学作品的数量越来越多但读者却无暇阅读，那么文学创作的意义何在？这是否意味着文学的一种悲哀或者隐现着文学发展的新动向？

贾：为什么会出现文学边缘化与繁荣状的矛盾，原因很复杂。一方面文学的地位确实在边缘化，另一方面作家在批量增加。这很正常，在经济社会或者说在所有社会阶段，文学都不应该成为中心。至于作家的大量涌现也是一个社会进步的表征。同时也是一个无法抵挡的自然规律，就像每个人都能唱歌，每个人都爱运动，网络的出现激发了人的这种功能。以前摄影只是少数人的事，现在每个人都拿一个照相机，每个人都唱卡拉OK，但就是这样仍然有摄影家，有歌唱家。道理是一回事，这就像把所有艺术回归到民间，人人都能进行艺术活动。但越是这样，对专业的要求会更高，原来大家不唱卡拉OK的时候，有些歌手的水平很高，但唱的人多了，你还保留在那个水平就不行了。这就逼着歌手进行专业训练，必须唱得特别好才能出来。写作也一样，现在只要你写都能发表出来，网络没有限制，写的怎样也没人审查。只要你会唱就可去歌厅唱，也没人说你唱的怎样，你就是唱得不好或许还有人为你鼓掌，说你今夜高昂，但也不排除有些优秀歌手是从歌厅和夜总会走出来的。只要是人才总会出来，不是人才咋都出不来。

这是社会发展到了这一步，不是作家泛滥，我们没有理由去指责，谁也没权利去指责，现在开会时人人都带个照相机，80年代只有几个人，拿照相机只有专业摄影师，就像原来司机的地位很高，私家车普及了，司机的地位一落千丈。道理是一回事，写得好的自然会冒出来，写得不好必然会沦落。

邰：您以为1978—2008年中国文学发生了哪些巨大的变化？换句话说取得了哪些成就？同时还有哪里没有解决的问题？可以结合您自身的创作来谈，比如文学观，读者接受观等。

贾：30年的最大变化主要是文学观念。文学再不是政治功能的宣传品。当然在转变过程中也可能出现各种问题，会引起文坛的争论，一会儿批评这一会儿批评那，但整个形势是向前走。一个新观念的产生不是短时间能形成的，都要随着社会的发展不停地修正、完善，现在的文学观变为关注人的问题，不是社会问题、政治问题。

现在作家成名的道路与以往有很大的不同。50年代以前的作家包括稍年轻一点的我们这一代，作品都是在报刊发表再交给出版社，然后开研讨会，再进行签名售书，通过这些活动逐渐成长或成名。但80年代以后的作家其作品很少在报刊发，而是直接与出版商结合，也不开研讨会，但开新闻发布会，或者直接与读者见面，也就是走市场运作的道路。这是一个重要的变化，那么这个变化就预示着以后的文学会越来越个体化、社会化，我所说的社会化就是娱乐化、商业化、消费化，这也无法摆脱。这就提出一个问题，文学容易走市场化道路，这也是世界趋势。

但任何时代、民族的作家，伟大的总是伟大的。该长成大树的，山顶也能长，河畔也能长。不该长、长不成的就是在肥沃的平地上还是小草。这就要求作家要关注现实、社会、国家、时代的重大问题。因为市场化的运作容易导致什么能卖钱就写啥。所以还得一部分人坚守对时代的关注。为什么我刚才说作家中有天生伟大的品种，因为他们不管你市场怎样运作，他不受影响照样走自己的路。往往这类作家不是很多，但一定有。

我在一次会议上曾说过一句话，现在的物质生活水平很发达，食品很多，但不管食品多么丰富，人活着，还得吃米和面。米和面是人类最基本的食物。如果说大家都不吃米面，都去吃水果和蔬菜我估计也不行。穿衣也一样，颜色款式各种各样，衣服也有娱乐性的、炫耀性的功能，但它最基本的功能是取暖。文学同样需要更多地关注它的基本功能。

邰：您觉得和现在的青年作家相比有无不及之处？您至今都不触网，仍然坚持传统的纸媒写作方式，是否有落伍之慨？您固守笔写是习惯所为还是有对书法的自恋或者有其他原因？

贾：我现在越来越羡慕年轻人、年轻作家。现在的高科技、新产品，好多东西，我都不会，就说网络，我为啥不用？不是不愿意，主要是我不会拼音，我小时候没学过拼音。前些年没有拼音输入法之前我也学过五笔输入，但要求记很多东西我记不住，也就搁下了；另外，当时还有个奇怪思想作祟，我说一个人一生能写多少字是有定数的，都叫电脑写完了还能干啥，所以也就排斥电脑。

我当然知道网络之所以流行必然有它的方便，但同时垃圾也不少，浪费时间得很，我有一次让老婆打开过电脑浏览新闻，一看就是几个小时，放不下，啥都想看，就像我现在早上看报纸一看就放不下。我想这还能行？时间消磨不起。

但话说回来，我确实有些和这个时代不合拍的地方。

邰：你现在不是能写短信了吗？你以后可以用此收发邮件，这样与外界的交往就特别便利。

贾：我是用手写笔写啊！我以前买过五六次电脑，也买过手写板，但太慢，识别率低，还没我用笔快，这就破坏了我写作的胃口，以后就不再用了，电脑也让别人拿走了。我现在手机的很多功能都是让我的小女儿给教的。现在这些年轻娃好像天生就会这些东西，也没见人给他们教过，拿起来折腾几下就会了，哎，我们老了！

邰：精神永远年轻，成为廉颇将军了，哈哈！

京夫访谈录

2005 年 8 月 13 日　陕西省作协办公室

邰科祥（以下简称邰）：为什么选择"京夫"这个笔名？为什么不叫荆夫？

京夫（以下简称京）：20 世纪 60 年代，我被分配到商州腰市中学教语文，由此开始写东西，向《商洛报》，西安的报纸投稿，那时说用一个笔名，就谐音我的真实名字荆富为京夫。其实，在商县师范读书时就用过一个笔名叫"满江红"，意思是"欲文艺创作事业闻名全陕"。至于为什么用"京"而不用"荆"还是刚才的那个意思，想在全国打响。夫和夫子相通。说起这个笔名，在后来的政治运动中还闹过笑话，1963 年，我的日记被查抄，查抄的人把夫字看成大字，就质问我，你还想京大？你想干什么？

邰：能否回忆一下您的创作简历？

京：我的处女作发表在《商洛报》，是一首五言诗，题目叫《咏核桃》，时为 1962 年。后来又写了杂文《注意小节》在《陕西日报》发表。1963 年试着写中篇小说，后寄给《文汇报》被退稿。从此以后，由于前面介绍的"日记"事件的牵涉，我被迫中断了写作，这中间，除过戏剧《老门卫》在商洛地区会演外，其他再无作品。直到

1975年才恢复。

　　1975年正值《陕西文艺》（前身是《延河》）恢复，我被邀参加省上的创作会，带去了一篇作品，名为《蛟龙》，4月和6月两次在《陕西文艺》刊发。1976年11月，我被借调到《延河》编辑部看稿，写了《高度》《深深的脚印》，待了半年，回到原单位。1979年参加在省党校办的创作讲习班，这个班后来被戏称为陕西作家的"黄埔一期"。小说《手杖》在此期间写成，《延河》1980年1月发表，1981年获全国优秀短篇小说奖。这部小说的写作过程是这样，当时，我住在党校招待所的五楼，有一天在校园看见一位高级干部从小车上下来，打开车门时，手里拄着拐杖。手杖触地的画面猛然间使我想到干部与人民的关系就像手杖与大地的关系，由此触发了我早已积累的彭真在商洛下放的生活素材。

　　1985年10月调到省作协成为专业作家。现在回想起来，我的短中篇小说创作都是在商洛完成的。到西安后，主要写中篇和长篇。中篇小说《娘》的创作缘于1980年在西安省委招待所一次遭遇的启发。当时有一个宗教访问团也住在那里，有一位研究宗教建筑的专家和我交谈时说：当人睡不着觉时，你就想躺在娘的怀抱里有种安全感就能入睡。这句话诱发了我对母爱题材的思考：作为个人需要安全感，作为社会也要有安全感。自己感觉《娘》比《手杖》好，但没获奖，陈世旭为此很感不平，他专门向我慰问。

　　《文化层》（长篇）写文化馆的生活。《新女》从儿童角度写商洛的解放战争。《八里情仇》本来是写还债的故事，背景并不在商洛而在四川的白帝城。《红娘》这个长篇本来是完成出版社一项名著改编任务，我负责的是《莺莺传》，在此过程中，又看了《西厢记》，随后，以一个次要角色为题写了这个20万字的长篇。

　　最近写了一个长篇，是有关生命、生态的题材，讲鹿的放养，描述人与鹿的共存话题。（出版后名为《鹿鸣》——笔者注）刚写完，还没改，先放着冷却一下。

邰："文化大革命"中受整对你的创作有无影响？

京：那是无疑的。人生的逆境对每个人都会产生深刻的影响，你经过运动就很害怕。我当时的人生理想就是做一名语文教师，可是现实是你连教师的资格也保不住，甚至面临开除公职、被逮捕的危险。所以当时觉得人生很悲哀。不过，后来吉人天相，形势变化后，这种恐惧和悲事却成为一种财富和积累。

的确生活中沉重的东西直接影响我以后在作品中注重写苦难的、沉重的方面。人都要在逆境中求生，个人是不能决定自己的命运，受因袭传统文化的影响。只能抗争不能摆脱。一个民族在相对意义上可以把握自己的命运，个体不行。在你自由的时候，你能相对地把握自己的命运。这时就要多做一些事情，好好把握自己的追求。人生的经历决定你的人生命运和作品的风格。人生有苦难感、命运感，结局往往是悲剧。《八里情仇》《红娘》的结尾都是这样。封建社会个人再聪明也无法改变你奴仆的地位。

邰：您的家庭好像是一个纯粹的农民家庭，你的祖辈有无文化人，怎么会出你这样的作家？

京：祖辈没见过。好像是有文化的人，家谱上显示我们是郭子仪的后人，从华阴迁到山中。爷辈识字但无成就，很强悍，入过狱，我没见过，五十多岁就去世了。父早年在外爷家借读过，念过私塾，看戏识字，跟一个阴阳先生学过风水，买过很多字典和四大名著，唱本。他自己能写字，有一定文化。他看小说的习惯影响了我，小时候，他经常给周围的人讲《说岳全传》，博闻强记。书放在床头，我上小学时就看。我在腰市上小学时有一个老师（复式班）没教材，就把自己的作文念给学生，很不错，文学的胚芽由此萌生，开始阅读《兴唐传》《说岳全传》。上师范时，同学中不少爱好写作，沈庆云写长篇小说、田涧菁写诗，而且有很多人发表过文章，老师中也有，自己受到这种影响也写，最早登在学校的墙报上，从1957年到1960年毕业一直没有间断。

我共上过十一年学，初小三年，完小两年，初中三年。当时家里穷，上完初中就没上高中而是直接进了师范。1960年，学生都是从家里拿粮食，每月9元。工作后，试用期工资每月33元，教中学后涨到42元。也许是这些艰苦的环境影响了我的性格以及文学的风格。

高建群访谈录

2013 年 5 月　丈八沟宾馆

邰科祥（以下简称邰）：高先生，第一次看到您的外形，再联系您的作品内容与文风，很容易把您当作匈奴人的后裔。可是，您的家乡却在临潼，那么，你们家族究竟有无少数民族的血统呢？

高建群（以下简称高）：这个不好说。我翻过《临潼县志》，一共有五个版本。最早的是明朝嘉靖年间修撰的，当时，我的家乡，高家村还不存在，或者说，在此之前没有这个名字的村庄。但是，游牧民族的后裔，现在西安城一圈都有遗存，而且以陕北鲜卑人居多，他们后来都并入汉族，匈奴也有，现在的长安、蓝田不少。我遇到一个企业的老总就叫赫连名利，显然，他就是匈奴人的后裔。这一宗族，是在"统万城"被破之前就来到西安周围的，是赫连昌派来的。鲜卑、匈奴、党项，这些少数民族到处流窜，西安有很多。党项的前身是羌族，他们在汉族中零星居多。历史上人口最多是唐朝，少数民族几乎占到总人口的十分之一。

我一直是汉族。不过，长江以北的汉族基本上都是"混血"，280 年的五胡十六国之乱，这片土地长期为少数民族统治，鲜卑等少数民族无论从穿衣、礼仪、姓氏、语言等方面慢慢被完全汉化了。比如北魏的拓跋姓就改为汉族的元姓。对少数民族来说，只有接受汉化或者中原文化才能生存。所以，我也茫茫然，分不清自己是少数民族还是纯汉族。

邰：你们家族有无家谱？

高：没有。有很多人像你一样，也说，从我的面相上看，我应该是哈萨克民族，我在新疆当兵的时候，就有很多人这样说。对此，我只能借一个人类学家《金枝》的作者弗雷泽的话来回答：用今天人类的思维去推测远古人类的思想可能比较接近，也可能谬之万里。

邰：您出生在临潼但却在陕北长大？

高：我是在渭河边出生的，不到一岁就到了陕北。我父亲是老革命，在延安工作。我就随着母亲来到延安，住在清凉山的一个万佛洞中。童年的记忆就是修延河大桥，石匠唱着凄凉的歌曲。正修着，广播里传来斯大林逝世的消息。

我当兵在阿勒泰草原的乌苏，就是少数民族与汉族第一次通婚的地方，汉朝的解忧公主和细君公主被嫁给乌孙王，这是最早的民族通婚。

邰：谈谈您的创作经历。

高：我最早的作品《遥远的白房子》是写草原的边疆生活，当时在新疆当兵。离开部队以后，我回到延安，在延安报社做编辑部主任7年，然后开始写作《最后一个匈奴》，所以，这本书是献给陕北高原的一部史诗，1993年5月开研讨会，我给媒体介绍，陕西已经有几位作家的长篇小说很快也要出版了，像陈忠实的《白鹿原》、贾平凹的《废都》、京夫的《八里情仇》等，关于这次研讨会，首都媒体的报道是以"陕军东征"为标题，之后，《陕西日报》在第二日的头版中间位置全文转载。

在这部小说之后，我写了《六六镇》《古道千斤》《大店》《雕像》《刺客行》等小说，还有8本散文集《胡马北风》，再就是《统万城》，当时，我对这个题材很有兴趣，但缺少严密的（史料）。我有宏观恢宏的视觉，把握那段历史，展开想象。

《大平原》写了一年零一个月。几十年来，我一直拒绝参与评奖。因为《最后一个匈奴》进入茅盾文学奖入围名单后，有很多人告状，最后入选资格被拿下来了，后来写文章就拒绝所有评奖，听天由命。《大平原》在第八届茅奖评选中止步于22名，说明评委还是有良心的。去年，《大平原》获得五个一工程奖，北京市委五个一工程奖第一名。所以说，好的东西埋没不了。

邰：说到"陕军东征"这件事，你与韩晓慧还有一段争论，这是怎么回事？

高：这个事情的由来是这样。首先，在"陕军东征"的几部小说中，《最后一个匈奴》出版早；其次，这个提法是由《最后一个匈奴》的研讨会而引发。后来为此发生了一些小争议纯属误会。是咸阳作家程海（《热爱命运》的作者）与韩晓慧打电话所导致的误会，这个概念，韩晓惠说是她提出的，我说行。后来很多人对此有很多微词，蒋之龙说：我是陕军东征的得益者。对此，我是不高兴，有人是得益者，却把矛头针对我，也是针对韩。有一次，在北京，见到她，我想对她解释这件事，她却避而不谈。说，事情过去了，都是朋友，不说了。我说，这个事情必须说清。她说：咱吃饭吃饭。现在来评价这个事件，我觉得"陕军东征"是文学纸质印刷的最后一次辉煌。当时洛阳纸贵，从此以后，文学逐渐边缘化。

《最后一个匈奴》当时印了100多万册，总共支付几万元钱。《十月》也再版了多次，但是我得到的稿费也不多。

邰：《统万城》的写作最初名为《鸠摩罗什》，为何后来变了？

高：大约在四年以前，草堂寺筹备为鸠摩罗什大师举行1600年纪念活动，寺庙的主持约我为鸠摩罗什写传，主持当时为我吟了四句诗。后来，我写了一部分，在《江南》杂志发表。接着，榆林的统万城遗址引起了我浓厚的兴趣。赫连勃勃与鸠摩罗什是同时代的人，有可能两人也见过面。我就想，如果把这两个人写出来就等于把中华民族五胡十六国的断代历史呈现出来。也就是赫连勃勃退出人类的舞台，而鸠摩罗什代表的汉传佛教在中国确立。这两件事恰是中国文明史的两个节点和拐点。我在写作的时候，就想写出一个大恶之华和大智之华。

这本书出版以后，批评界有很多鼓励与肯定的声音。李星认为："这是白话文以来中国小说真正意义上的史诗。"以前，大都是不符合史诗的文本。但《统万城》与西方荷马史诗的传统相连，是真正意义上的史诗体、圣经体，使用的是《圣经》《古兰经》的文笔，给人以崇高的感觉，而这一点正是中国文学最缺乏的。

邰：您感觉《统万城》是否达到了您的预期？

高：基本上达到了我之前的预想。不过，现在年龄大了，缺少写作《最后一个匈奴》时的激情，没有了倚马千言的感觉，写得很吃力，强自为之。我很满意第一部开头的写法：《歌》。

邰：为什么《鸠摩罗什》没有独立写下去而要改成两个人的合传？是资料不足还是其他原因？

高：不是资料有欠缺。是有两个顾虑。一是这几年与佛教界的人士接触多，这些人很难缠。写一个虚的人物，不能太玄，也不能太实。有一种哲学的东西：人物的出生、成长、动荡，在时代变化中能展示其骁勇的身姿。二是游牧民族的历史也不能写得太深。恐怕有人对号入座，所以我拿捏得很好，以前吃过这种亏。对这部小说，我斗胆地说，中国当代小说从五四以来将近百年，应该有成熟的作品出现。那么

《统万城》就是这个成熟期的产物,所以,对它怎么估价都不过分。

中国文学一直夜郎自大,好像一个铁屋子,没走出国门。我们要把自己的作品打入欧美社会,要能摆在西方人的书架中。我希望《统万城》翻译成西文后成为影响西方的一部重要的书,一部厚重之作。这是我的期待。

邰:祝愿您的目标能够实现,谢谢您接受我的访问。

冯积岐访谈录

2010 年 12 月 6 日　陕西省作协办公室

邰科祥（以下简称邰）：冯老师，我在通读了你目前出版的所有作品之后发现，你有一种深厚的"文化大革命"情结，我想知道，你之所以反复表现这种情结是因为"文化大革命"给你留下的疮痛无法抚平还是想对这段历史进行多层反思？

冯积岐（以下简称冯）：的确，我有一种深厚的"文化大革命"情结。因为"文化大革命"伊始，我就被迫辍学。这不是指大多数人的那种因搞运动而停学，而是我个人由于家庭成分是地主，不让读书。这个打击对一个初中刚毕业的少年来说实在是太沉重了。我眼前一片茫然，不知道从此以后自己人生的路将会怎样走。一下子由一个未成年的学生马上就要转化成一个农民，我在心理上接受不了。更不用说在整个"文化大革命"时期经常被批斗、被训话，人格受到凌辱，又连续两次目睹家产被抄，我的尊严遭到无情的践踏。而且这个时候正是一个人记忆深刻的阶段，所谓成长的年代，所以这一切给我留下难忘的印象就很自然。

我为什么要在作品中反思这段历史，还有一个原因就是我觉得目前中国大陆的文学作品对"文化大革命"这段历史记录有所偏差，特

---

* 此文发表于《宝鸡文理学院学报》2011 年第 2 期。

别需要从人性的角度进行反思。如果我们这一代人集体失忆,是对民族的不负责。

邰:山子、达诺这两个人物在你的作品中多次出现,似乎有你本人的很多影子,他们的有些事迹是以你的经历为原型吗?

冯:这两个人在很多小说中出现,自然是有自己的个人体验的。不能说全部以自己为原型,但一部分有自己的影子无疑。之所以取名"山子"和"达诺"一是我的少年生活与大山分不开,二是在写作上,我追逐的是获诺奖的作家。

邰:难怪!看来你的志向不小。你的很多作品都涉及自己家庭的地主成分,能看出你的祖母对你影响很大,那么,你和父母的关系如何?

冯:我祖父是地主分子。但我父亲其实应该是老革命。他1949年参加工作,1958年遭遇干部上山下乡运动,也是由于家庭的成分问题被迫回乡,也是在二十四五岁开始当农民,这对他的打击之大可想而知。后来与他同时参加革命的人不少都当上了处级干部。

我的祖母对我影响非同一般,以至于我在小说中表现出一种"恋母情结"。我从出生的婴儿时期一直到我结婚的前一天晚上,都是和祖母在一个炕上睡觉的,就是结婚的当天晚上,我都不愿意和祖母分开,硬是在她的劝说下才进了新房。我祖母之所以要从小带着我,一是我母亲生我的时候年龄小,十七八岁,不会带娃;另一方面是祖母当时年龄也不大,四十多岁,她是我祖父的第二个老婆,祖父去世的早,她年轻轻地守寡,心理上和生理上都很孤独,我又是长孙,所以她喜欢我,我就一直陪伴着她。

我对父亲不是不爱,我爱父亲。但是,在文学作品中,我的视角是"审父"的。父亲性格有缺陷,他固执、偏激、自尊而又自以为是；而祖母宽厚、仁义、勤劳、忍让而且能干，用农村话说，礼廉得很；我母亲最大的一个特点是能忍耐，把很多痛苦放在自己心里从不外说。我举几件小事，你就能看出来。我父亲要借邻居一个东西，他常常自己不去非要我母亲出面。在他看来自己以前当过干部而且是正科级，咋能低着头向人借农具。在这种情况下，我母亲从来没有说过不，丢人就丢人，她认了。还有就是在我7岁左右，我母亲当时二十四五岁，带着我去磨面，那时村里没有电磨，只有邻村的祝家巷有一个水磨，它的速度比牛拉石磨能稍快一点，要磨一斗麦子得整整一天时间，母亲一个人既要倒面还要箩面，那个活儿是需要非常的耐心和韧劲的。我记得自己在面柜上都睡了一觉，醒来后发现母亲还在忙个不停；1976年夏天，正是生产队搭镰收割的大忙时节，我和父亲、妻子都去地里割麦子了，等到中午吃饭回家时，却发现找不见母亲，母亲本来是留在家里为大家做饭的，现在是饭未见做，人也不见了。我们只好又累又乏地坐着等，过了很长时间，母亲回来了，原来她是去别人家讨要面去了，我们已经到了揭不开锅的地步，可是我母亲从来不给人说，我父亲也不从来不管，一切都是她默默地在扛着。我母亲说起来真是命苦，一辈子没享过什么福而且活得年龄也不大，61岁就过世了。我从母亲身上看到了忍耐、学会了坚韧，不管生活多么艰难，我都能坚持。这都来自母亲的影响。我父亲做不到，他脾气暴躁，还经常训斥我母亲。

邰：你个人的经历也很有意思，你好像既没被招工也没上过大学，但你现在是陕西省作家协会副主席，干部身份，请问你是哪一年参加工作的？是通过什么方式？

冯：我参加工作应该是在我的家庭成分被改正以后，评论家李建军写过一篇文章《压迫与解放》其中说到这件事。大概是1983年，当时我已经发表小说，我的写作才能受到了乡领导的重视，把我推荐到岐山县北郭乡广播站当通讯员，所谓乡镇的"八大员"之一。其实不是正式干部,是半脱产,身份还是农民。1988 年,我考上西北大学的作家班,1990 年毕业,开始在《延河》杂志编辑部帮忙,一直到 1994 年,陕西省人事厅采取特招的政策办理了我的干部转正手续。

邰:你的做人比较低调,不愿去凑文坛的热闹,坚信"将灵魂铸成文字"的目标,你也一直在为此努力,是不是一点都不受名利的影响?

冯:你说我一点不受名利影响吧,也不符合事实。人在名利场不可能逃避。不过随着年龄的增大,作品越来越多,对名利慢慢就看得淡了。其实名利是不可强求的,写作水平到一定程度,名利自然就来了。我崇尚老作家孙犁的观点:"背对文坛,面对文学。"作家离文坛近,就必然离文学远,离读者远。所以,成功者不一定成名,成名也不等于成功,有些成名的作品不一定能长久的留下来。

中国文坛的某些作者疯狂追逐名利的做派以及对作家和作品不公正评判的现象是由多种因素构成的,一是某些作家素质较低;二是当代作家不塑造读者;三是杂志社、出版社完全以发行量和挣钱为目的,文学成了他们牟利的一个载体和手段。

作家要取得成功首先要与本国的主流文学保持距离。主流所推崇的、赞赏的并不是优秀的、伟大的。主流按照他们的审美情趣和意识形态的需要选择作品、选择作家,并不是站在世界文学的高度去筛选作品和作家。世界文学史早已证明,越是想追逐本国主流的作家和作品越是距离文学本身越远,如近些年诺贝尔文学奖的获得者略萨、库切、大江健三郎等,更不用说布尔加科夫、索尔仁尼琴、帕斯捷尔纳克等,作家的责任是批判现实。20 世纪三四十年代,鲁迅不是国民党政府的主流,主流是张恨水等人,但鲁迅留下来了。

我希望自己实至名归,但种种因素不可能实现。我崇尚凡·高、毕加索、达利等艺术家。但我不希望做凡·高,不希望活着的时候穷愁潦倒,取得身后名,我希望像毕加索、达利一样在生前得到承认、肯定，可是，这只是一厢情愿的事情。有些艺术家注定生前不被人重视，尤其是苏联斯大林时期，不少优秀的作家被枪杀或监禁，作品被禁止出版、发行。这种事情也曾在非社会主义国家中发生。福克纳生前就不曾被美国看重，直至获诺奖前三年，作品在美国出版也不畅销。略萨的作品也曾遭到当局的禁止出版。帕慕克也曾在本国遭此厄运。所以，我觉得，我的骨子里还是有世俗的想法的。要想出大作品就必须和世俗的想法"分手"。

我有时感到很凄凉，有一种惨败感，就像匈牙利获诺贝尔奖的作家凯尔泰斯所说：这是一种"无法选择的命运"。我渴望世俗意义上的成功但做不到。我的作品读者面广，但为权力和官方机构所不接受。坦诚地说，我的作品是写给未来的，不是现在。

邰：你对文学的认识是"一个好作家描写的不是人的内分泌而是人的灵魂，作家应该用作品说话"这固然都不错，但是能否具体到写灵魂的哪些方面？

冯：一个作家的优秀作品应该都是写人的灵魂而不是内分泌，内分泌只是本能，而灵魂是指人精神中最隐秘的地方、看不见的地方。比方说，人性的阴暗，这些内容是最难表达的。我最近的一个短篇《一双布鞋》就是写一个二十多岁的青年对继母的复杂情感：既有渴望又不能表现，所谓母爱和性爱交错。我觉得比较完美地表现出了这种"隐秘的真实"。好作家要能表达边缘的东西，表达人的最复杂的心理和情感，那些不能用道德去廓清的东西。小说的境界有很多层面，最深的层面是心理、文化和哲学层面。社会、历史层面容易抵达。我国当代某些小说的失误就是仅仅停留在社会层面，批评话语也一样采取这个标准，比如对《三国演义》的研究就多注意社会层面而忽略了人物心理的研究。

邰：你有两个所谓点的提法，一是"背靠点"；二是"支点"，背靠点其实就是我们以往说的作家的根据地，你的根据地是松陵村，你说这是"我精神的土壤，是我写作的源泉，我力图从这个背靠点上透视我们的农民我们的文化我们的民族"这个想法不错，每个作家都应该有自己切入生活的角度和自己素材的仓库，由此而推广放大，方能揭示生活的深度本质，但是这里有一个融合的问题，如果拘泥于这个点则会放不开、挖不深，你有这个感觉没有？

你对支点的解释是作家精神的向度，所谓"自觉担荷人类精神的苦难"，大意我能够理解，能不能具体谈一下？这种苦难的担当是指作家要善于体察人类的苦难还是要指点人民脱离苦海的道路还是思索人类的终极关怀？

冯：
"背靠点"和"支点"用冠冕堂皇的话说就是指作家的"生活来源和思想来源"。其实作家不需要体验生活，我想，在华语世界之外恐怕没有"体验生活"这个词。因为我们每天都在生活之中，还需要体验吗？一个作家的生活经验在童年和少年时起就已经基本形成了，成年以后的经验只不过是童年和少年的补充，童年、少年时期是一个人的世界观、人生观塑形的时期。

每个作家，特别是成功的作家都有自己的背靠点或生活的地方，如福克纳的杰佛逊镇、马尔克斯的马孔多，我的背靠点就是松陵村，这里的生活体验，我永远也写不完。我认为一个作家整天背着背包到处去收集素材是很可笑的，也是写不好的，就是写出来也是应景文章，或者只是符合国家主流的意识形态，只是内分泌，不是来自灵魂深处的文字。沈从文的湘西和鲁迅的鲁镇的乡村生活是他们的"背靠点"。

担荷人类精神的苦难就是对人类的一种终极关怀。作家的使命不是只对某个政党和团体负责，主要是为大写的人，要有悲天悯人的大情怀，要为人类服务。如果只是为政党，那样写出来的就是遵命文学，大作家一般都不会有这个思想。

邰：你说"坚持写自己喜欢写和愿意写的文章并不是一件容易

的事"，因为"坚持写自己喜欢写和愿意写的文章是心灵对自己的盼咐"你的意思是这是内心的真实愿望或者兴趣而不是外在的功利需要，对吗？

冯：现在对作家诱惑的东西太多，名利权色，很多人为此坚守不住了，当然就不写自己愿意写的东西。不过，顺从名利的诱惑就可能大红大紫。

面对诱惑能坚守住自己实在不容易。文学的规律是只能写自己体验最深刻的东西，而诱惑的东西往往有自己的框框，你照着做就能实现。可是要成功却要面对文学、面对未来。我觉得现在真正好的作品可能不在出版社的编辑手里而在作家的抽屉里。

我们生活在一个充满谎言的世界里，按说作家有责任去戳破这个谎言，但是很多作家做不到，不但做不到，反而成为谎言的维护者。优秀的作家首先要有说真话、敢于说真话的勇气。我的长篇小说《村子》为什么能被邵燕祥、陈忠实等作家所推崇，就是因为说了真话。

邰：你笔下写得最成功的人物多是"变态或心理扭曲"的性格，这一种类型在中国当代文学画廊中还不多见，那么，为什么正面的人物没有成为你用力的所在呢？

冯：我笔下大多是被扭曲的形象，这点是对的。面对人的劣根性，当代作家不能逃避，他应该把创伤揭示出来以便治疗。心理变态、人格扭曲的现象不能遮掩。也许写人性的美好是另外一些作家的目标，但我更愿意写这些阴暗。这与我的性格和体验有关，就像福楼拜说："包法利夫人就是我。"我们要敢于正视我们自己，我们自己每天在面临着异化，但要正视，遮掩就失去了作家的良知。不是我看不到美的东西。美是客观的也是主观的。我主观上也喜欢美。但总体说来，我写人的缺陷为多。为什么要用正面人物或反面人物这个道德评价去简单地诠释人物呢？

邰：在你的几部作品中都曾写到主人公的突然失明（《大树底下》《唢呐王三》），这种失明似乎只有心理学的依据，但却缺乏生理学的支持，请问这样写真实吗？这样写有什么用意？

冯："突然失明"的意象是为了表现这个世界的荒谬、荒诞。荒诞的东西不能用理性解释。我们已进入一个非理性的时代，非理性到处存在，就像"六月飘雪、冬暖花开"，生活中这种非常的现象越来越多，我很奇怪，为什么生活在荒谬的时代就不能表现这种现象？我只是正视了而已。

邰：史曼的形象是曾经深刻影响过你的一位中学老师吗？在几部小说中都出现过。但是，《敲门》中的师生恋是否有些离谱？类似的这种不伦之恋在你的小说中反复出现，比如与姑姑、后母、祖母等的故事都是为了展示一种青年的性觉醒还是有其他用意？

冯：史曼的形象完全是虚构的。师生恋在生活中也很普遍。我这两年的小说中是出现了一种乱伦情结。这可能与我童年生活在祖母的怀抱中有关，在我对祖母的爱中也许包含着性爱。这种情结在福克纳和米勒那里也都有。人的情感是很复杂的。作家的任务是探究其复杂性。

人的心理层面、道德层面是很多作家不敢触及的雷区，很多人以为这只是外国人才有，其实中国人也有。中西文化有很多不同之处，中国神话中的人就是神，西方神话中的神具有人的性格。中西文化也有相通之处，比如对爱情的追求。

邰：在你的小说中，把周原大地上的女性处理得都很淫荡，并且以周公庙会的"野合"传说为根据，似乎不大符合周礼文化诞生地域的民俗，怎么看这个问题？

冯：写"野合"为了写百姓的民俗文化，揭示关中西府文化的虚伪性。西府人爱面子到了虚伪的程度，明明只有半斤肉，非要把肉切得薄薄地苫在菜上面给人一种肉很多的感觉。周公庙是个神圣的地方，但是有人在这个地方干虚伪的事。这不是西府普遍的风俗，只是少数人的一种陋习。读一读我的短篇小说《去年今日》，就会有一种透彻的理解的。

邰：你的小说更多地在宣泄一种情绪，甚至是个人家族的怨恨，这似乎有点不大合适，小说是传达一种普适性的情感或心理。

冯：你说这是我个人的情绪也对，但它更是具有典型性和普遍性的情绪。"文化大革命"不是给少数人，而是给上千万人造成了一种压力。所以这种描写就不完全是个体的行为，至少代表着一个阶层，在人数上大概有中国当时的十分之一差不多吧，这么一个巨大的人群就不能说是我个人的情绪了。当然，我的文字中可能流露着狭隘，表现一种个人怨恨的情绪也是事实。你说让这些经历了十多年精神凌辱的人对那个时代唱赞歌恐怕不可能，也不真实。这种仇恨是理性的、是有原因的。"文化大革命"总体来说是一种恶的表演，坏人唱主角的时候多。

邰：对基层干部的描写是你的擅长和成功所在，特别是写出乡镇干部的霸道和盘根错节的官官相护，很耐人寻味。

冯：在我的小说中乡镇干部都很复杂，不能简单地用好坏来界定。仔细分析，乡镇干部的"坏"是腐败的环境所造成的。如果我在那个环境可能也与他们一样。比如说，大家晚上要去喝酒，你不去就马上成了另类，就会被孤立。这样一来，大家所具有的毛病你也必须具备。如果不从众，别说得罪领导，生存都难以保障。

邰：在你的作品中对普通百姓的被欺侮、无助感写得尤其准确，但是没有正面地、专意地去铺陈，这是非常遗憾的，包括知识分子的轻飘和无能都很真实，但就是没有展开。

冯：我的很多东西都是虚构的。我的想象和虚构能力比较好。我在《村子》中塑造了不下六七十个人物，但从来没有一个人被对号入座。我实际上是一个体验型作家，在已知世界可以游刃有余，但在未知世界却常常漏洞百出。但国外的大作家几乎同时能在已知和未知两个领域都有作为。而且对未知世界的描写更能体现一个作家的能力，《西游记》的作者就很了不起，他写的是未知世界。

当很多故事在深层面不能展开时，只能在想象中完成。然而，当我进入未知世界，我又感到笔力不逮。所以作家的长处恰恰是他的短处。我很佩服"80后"作家，他们能写出玄幻小说，主要是他们的想象能力好，很飞跃，与"60前"的作家截然不同。"80后"使用想象弥补体验不到的东西，所以不能简单地否定他们。

邰：你对农村的描写似乎很在意"历史的记忆"对人性格的影响，比如农村人的"复仇"意识，但这种"历史记忆"往往比较短暂，缺乏一种悠久的文化感，同时，你的目光更多地集中在有限的历史区间中，即民国以后到1990年前后，把人物性格的根源也放置在这个背景中去解释，这固然不错，但忽略了周原大地几千年悠久的文化传统，不知你对此如何解释？

冯：周原文化几千年很悠久。我也写过20世纪三四十年代的故事，但写得不透。要写好这些就必须查资料，我不愿意做。自己的地里有金子却硬要扛着锄头在别人的地里去挖，没有必要。我觉得我的地里还有很多金子没有挖掘完，现实的生活我都没有写完写尽，我不必要向历史开凿。

我现在困惑的是如何把人的灵魂描写与社会层面的展示有机地融

合在一起，很困难。但国外很多大作家都做到了，如司汤达、福楼拜等，他们既写出了心灵的世界，也写出了当时的社会历史。陀思妥耶夫斯基影响和成全了福克纳这一代作家，福克纳又影响和成全了大江健三郎、略萨这一代作家，现代主义是从现实主义中诞生的。

红柯访谈录

2012 年 1 月 5 日　红柯家的客厅

邰科祥（以下简称邰）：我一直对你去新疆的动因很感兴趣，为什么好好的不留校任教而要去开辟另一个无法预测的天地？

红柯（以下简称红）：那个时候，我的主要兴趣在诗歌，没想到向小说发展。可能与我当时的年龄以及社会的氛围有关，20 世纪 80 年代是一个理想主义，具有浪漫情怀的时代。新疆的遥远、辽阔对我具有很大的吸引力，我觉得要写诗就应该到自由无羁的大漠去。这种地域的特点适合诗的思维，相应的，儒家文化的发源地周原或者再扩展一下陕西更适合小说，小说需要理性思维，要有所节制。当然，从物质上说，新疆的工资高也是一个因素。

邰：你到新疆后好像还是在学校工作，之前有没有去过其他单位？

红：直接到伊犁，向往异域情调，伊犁大街上有汉人、有维吾尔人、有哈萨克人，还有马车毛驴车，商店里播放着维吾尔人的音乐，空气中弥漫着浓厚的水果香味。而且这里的人买苹果不论斤，用桶量，就是用计量单位也不像内地用斤而是公斤或者公尺、千克等。

邰：现在看来，新疆十年的经历成为你人生特别是文学发展的宝库,你目前的很多重要作品都离不开新疆,这与你作为一个外地人的身份有关,即是对新奇的民族性格和风情的崇敬与迷恋,还是反过来,少数民族或者多民族交融的天山文化深深打动了你?

红: 应该说两者都有,从主观上对新疆的民族风情很好奇,后来待的时间长了,就在客观上真正喜欢起这里的文化。首先是与内地完全不同的时空感。你到过新疆就知道,刚开始两个小时的时差,很多人就不习惯。到了冬天,夜晚更长,五六点就黑了,可是第二天八九点天还不亮,你躺在床上等着天亮,是不是有点着急?当然习惯了就好。空间上,你从西安坐火车过了兰州,看到大片大片望不到边的戈壁滩,你自然会体会到天地之大。正是这种地理上的特点,所以日本人往往来中国最喜欢去的地方之一就是新疆,因为他们的领土太小,到了新疆,他们就会直观感受到地球的辽阔。其次,新疆独特的生活习惯。简单说一个例子,骑自行车,你可能觉得,这有什么,汽车都可以闭着眼睛开,自行车还有什么难的。其实还真不容易,特别是冬天,路上的冰像玻璃一样光滑,你掌握不了要领,就根本骑不成,只会跌跤。我是在当地的同事指导下才慢慢适应的。一般说来,在冰路上骑车,不敢拉前闸,只能慢慢地带住后闸,还不能一下拉到底。尤其是骑到两个大卡车之间,你如果掌握不好速度与平衡很可能钻到汽车轮子下去。还要学会挖菜窖,新疆的物产丰富,水果蔬菜很多,平时都是单位给每个老师分发,到年底一人半只羊,还有一个牛腿,食油20公斤,苹果一次就是100多斤。我爱人和我在一个单位,你能想象,一次要分多少东西。这些东西地下室堆不下,有的菜怕受冻就必须挖地窖。但这并不是抢着镢头就可以完成的,要学习。

邰: 在20世纪80年代,一次发这么多东西,真让人眼红。我也是从这个年代过来的,当时内地的物资真没这么丰富。我记得,80年代初,我们一家七口人,一年才能吃几斤食油。

红：所以说内地很多人不了解新疆，以为这是一块不毛之地，很荒凉，实际上正好相反。这么大的地方，随便种点东西都吃不完。是美丽的天山养育了幸福的新疆人。冬天雪下得厚，到夏天融化后，水可以随便用，只需要从河道里把水引入田地就可排灌。当然，要把水引好不大容易。如果说在关中，犁地是门学问，那么在新疆浇地是门技术活。弄不好，你就不能保证水从这边地头流到那边的地头，土地太大了，人们干活只需要走个单趟就下工了，根本没时间打来回。往往是几百亩或上千亩为一个单元，中间用林带隔开，一个单元种一样作物，棉花、葵花等。这种辽阔的土地，丰饶的物产很自然地形成了新疆人的豪情，他们好客、大方，从不吝啬，吃西瓜只需一分两半，就可拿着勺子吃，家里来客人了，随手从床下摸出一个，吃完了再取。维吾尔人待客就更排场了，长长的桌子要把各种瓜果摆满。所以，生活方式决定着人们的思维方式。

还有是新疆多元的文化交汇。可以说，新疆有五大文化。首先是中原文化。儒家的传统，周秦汉唐的中原文化通过丝绸之路早就传播到这里；另外伊斯兰文化是当地的主流，维吾尔族、哈萨克族基本上都信仰真主；蒙古族信喇嘛教，特别是还有一种文化，很多人都不大注意的，是希腊文化，也曾经在这里流布。正是这种多元的文化氛围使新疆人与中原地区完全不同，以至他们建立起自己独有的人性化的生活氛围。我想这一点是最重要的。在新疆，人再贫穷，可是他们热爱生活的态度不会改变。或者说乐观的、温馨的生活习俗让人沉迷。新疆人的房屋设计就是考虑了他们的生活习惯。宽敞的门廊看起来可能有点浪费，对他们而言却是一种必需。他们爱跳舞、聚会，很多人在一起必须有一个较大的空间。他们的聚会不只是在逢年过节，而且是隔三岔五就聚一次，几乎天天都有，今天在你家，明天在他家。人们相互串门，并不在乎吃什么，只要有些水果、奶茶就行，这两样东西对他们来说完全是家常便饭。所以根本不需要特意准备。这种把生活艺术化的做法让人流连。如果说，我来新疆前对新疆的向往完全是皮相的，现在已经完全内质化了。

邰：你这样一说，我有点坐不住了。我虽去过新疆一次，但没有深入到这个地步，所以还没有产生过很深的感情，今天听你一说，我很神往，巴不得现在就搬到新疆去生活。不过，我有一个疑惑，既然新疆如此美妙，为什么十年后你又重新回到生活的原点——宝鸡？如果，我没记错的话，你的天山系列也是从这个时候开始的？为什么不在新疆期间进行，是反思还是远观？

红：1990年我把间断了三年的创作重新拾了起来。我写了三组作品，一组陕西农村题材；一组校园文化；一组先锋小说，总共有80多万字，20多个中篇，还有些散文等。基本上是一种实验，只要能发表就行。当时主要投给《当代作家》《红岩》《北京文学》等刊物，因为发表的数量多也较集中，开始引起当地文坛的注意。1992年，我加入了新疆作家协会并成为作协重点培养的作家。1994年秋，新疆建设兵团的《绿洲》杂志，希望我去做编辑，恰在这时，我收到宝鸡文理学院时任校长杨异军的一张贺年卡，他说我如果想重新回来，可以直接和他联系。

我权衡再三，还是决定回到母校。因为，父母年龄大了，我在外漂泊十年，一直没有回来过。那时交通很不方便，我往返一次要花半个月时间，更别说不少的路费，所以平时，父母也不主张我来回跑，我常常把省下来的钱寄给家里。但是作为家里的长子，我不能不考虑我肩上的责任。

我真正写新疆的确是回到宝鸡以后。这大概就是所谓的距离产生美，我如果还留在新疆可能还无法写出新疆的风采。应该是1996年，我的小说《奔马》在《人民文学》发表。这一下才引起全国文坛的注意。从此以后，文学中的新疆在我的意识中开始苏醒。

邰：在《生命树》中，我发现一个现象，您开始把边塞与内地，把异族与故乡交织在一起，特别是语言上，故乡的方言俗语被嫁接到新疆人身上？一般人恐怕不大注意，但作为周礼发源地的一个老乡，我的感觉非常明显,怎么解释这个现象?

红:以前更多地注意边塞与内地的差异性。现在我越来越强烈地意识到新疆与故乡有很多关联。我们现在回过头去看历史书,不难发现,从周朝开始,秦地与西域,包括新疆一带本来就密不可分,古代的长安与甘肃、宁夏、青海、新疆几乎是一体的,这个一体主要指文化的相融。新疆很多汉人区的方言都是陕西话,秦腔在新疆也很流行,被称为秦剧;新疆的著名音乐十二木卡姆中就有秦腔的节奏,同样,唐代的破阵乐中又有不少的西域音乐元素。因此,有了这个发现后,我就有意识地写两地的关联。

邰:看了《好人难做》之后,我感到非常高兴的是您的写作领域开始回到故乡,我始终觉得这是一块宝地,是未开垦的处女地,是未拾掇好的水浇地,我也觉得您抓住了周地的某些特征,如"凉女婿",但是没有写好,太散?

红:《好人难做》太集中了,你可以看一下北大左岸评刊对《好人难做》的文章还有《小说评论》2011年第6期,《扬子江评论》2012年第1期上的文章。我再说一遍,小说结构是有层次的,凉女婿是外结构,还有另两层更深更内在,你应该明白。

邰:噢,您早期的作品,我看得很少。一开始注意到您,就发现您在写新疆,这是我阅读不到的原因,不好意思。

红:这很正常,现在很多人都以为我是新疆作家,我在全国引起注意也是由于新疆题材的作品。所以,你说我回到故乡也有道理。不过这个回归已经是第二轮的审视,而不是第一次注目。大概,每一个作家最初都是从故乡写起的,我也不例外。对故乡的审视主要是对陕西民间文化中幽默地发现。"凉女婿"就是典型的代表。我觉得中国的主流文化没有幽默，但是民间有，特别是陕西的农村人很幽默。中国的文人比较庄重，不苟言笑，而老百姓却会笑。陕西作家对儒道文化、革命文化继承得多，可是对民间文化的很多元素还远远没有穷尽。民间文化中有很多先锋的东西，我们要使之焊接，把民间和现代文化熔铸在一起。

邰： 在方言使用上似乎有很多可探讨的地方，对词的选择和书写，以及对注音的重视等，在这中间，怎么做才是最佳的方式，这是需要琢磨的！如"歪人"是否为"威人"，"廖天"大概为"寥天"，"狗蛋"应为"尻蛋"。

红： 我考虑的是谐音。语音很有意思，我以前看《静静的顿河》，发现译文中，经常把方言的发音专门注出。这些发音往往有特殊的韵味，就像我经常强调把"下"读成"哈"，如果只考虑语意的因素就会失去很多表现的效果。新疆的少数民族有时能把汉语的某些方言运用得非常贴切，这让我感到很惊讶。这就是我现在特别注意引用方言的原因。当然，很多记取的方式只是我自己的。

邰：《生命树》这部小说，我读到第25—28页时，非常激动，我在心里说，这个小说要这样写下去必然成为茅盾奖的作品！书里有句话："人比书要紧"一下子激灵了我。可是，遗憾的是，小说后来写走了，写散了，并没有沿着这个"思想"写下去？我想知道，您究竟打算在这个小说中传达什么？是不是三个女性代表了三个层次，马燕红的肉体被强奸了，王蓝蓝的精神被强奸了，徐莉莉的梦想受到质疑，还有一个李爱琴的牺牲让人扼腕。

红： 这个问题，我觉得你自己基本上已经回答了，"人比书更要紧"在王蓝蓝和徐莉莉身上体现得更深刻、更集中。我是在写四个不同的女性，就像树一样。她们是这棵树上分出的四个股岔，是对生命的不同诠释。从肉体到精神的损害，是文学的层次问题，就像《红楼梦》里贾宝玉的情感层次从袭人、宝钗到黛玉，也是从性欲、情欲到灵魂、心灵深处的上升过程，是但丁、歌德所说的伟大女性引领我们上升的层次。马燕红只是个引子，但是她的命运深深地影响了王蓝蓝和徐莉莉的命运，而且你也发现了，两个所谓的知识分子的生活反倒不如一个没上过大学的农妇的生活。你说有点散，我觉得不散，她们是一棵树上伸展出来的枝叶。至于李爱琴是为了形成一种对照。原本这部小说的名字就叫《玖宛托依》，后来才改的。关于这一点，你可看一下《南方文坛》2011年第4期有篇文章《新神话写作的四种叙述结构》，我觉得他的理解基本符合《生命树》的内涵。

　　文学不能用理论理解。土地就是生活，文学就是土地。土地里能长庄稼，但是土地不能吃，庄稼也不能直接吃。只有把庄稼做成饭才可以吃，但饭不是文学。把庄稼酿成酒，酒就成了文学。可土地不产酒，酒是人加工出来的，饭也是人加工出来的，酒是文学因为它是粮食精华，饭能吃但它最多是报告文学，太实了。你问我到底要传达什么，不是生活本身而是生活中的灵魂或者精华。具体到这部小说来说，玖宛托依即少妇的婚礼，做女人是很幸福的，这是欧洲及日本的文化观，也是中国西部游牧民族的女性观，汉族女性从来都以做女人为苦不为荣，也是《生命树》要表达的，这部书中宇宙的创造者是女天神。

　　邰：你这样说，很有意思，我也明白了你的意图。只不过，我觉得你如果顺着"人比书要紧"这个思路写下去会更完整、集中、强烈地传达这种意味，现在的这种处理固然不无这种考虑，但我总感觉你淡化了或者转移了一个中心。比如，牛禄喜的故事原本很有意思，但是，把这个故事和其他三个故事连在一起，更多地让人想到，你是用新疆的游牧文化批判传统的周礼文化，或者说用后者衬托前者？

　　红：你已经读出了马燕红是肉体伤害，王蓝蓝、徐莉莉是精神伤害，书是什么？书是精神啊。小说应该写人的精神，不是肤浅的故事会。王蓝蓝、徐莉莉身上"人比书重要"更强烈更集中，不要把小说当玄学，小说太朴素了，灯下黑吧！纳博科夫《文学讲稿》里讲：小孩喊狼来了，狼真来了，这是纪实新闻；狼没来，这是文学，是小说人物产生了有关狼的想象啊。马燕红被强暴了，反而没多大灾难，知情人王蓝蓝、徐莉莉却身陷在苦难中，就这么朴素这么简单的结构原理。你说是批判，我觉得用反思可能更正确。我们有句古话：礼失求诸野。我们的主流文化在历史的传承中可能丢失了很多宝贵的东西。这些东西恰恰在边疆存在和保留。以前，我对这个观念不是很明确，现在感到越来越清晰。草原文化、西域文化中有很多是我们中原文化所欠缺的。比如，草原民族家族观念较淡，但却有部族意识。而部族意识最容易形成公共意识。这些特点与西方很像。蒙古族把成吉思汗当神，汉族人把刘邦当成啥了？流氓。草原民族世代追念着部落以及民族英雄编成史诗世代传唱，比如《江格尔》《玛纳斯》等。草原民族对年轻人很看重，在特殊时刻，他们首先考虑的是青年人而不是老年人。这并非说明他们不重孝道，而是他们认为青年是未来，是部族发展强大的依靠。中原文化以农业文明为主，依靠的是老年人的经验；但逐水草而居的草原民族不断流动，他们为了生存经常要与异族人战斗，他们当然要依靠年轻人。当然，这是在特殊时期，和平时期，他们也是以长者为尊的，走在路上，年轻人必须给年长者让路，年长者从不给年轻人侧身。

故乡的周礼文化或者中原文化有很多落伍的东西，礼节过多有时就成了虚伪。牛禄喜的悲剧即由此形成。他太爱面子，兄弟们就利用这一点对他实行物质与精神的双重盘剥。而新疆人的一些礼节却能化解人与人之间的矛盾。春节期间，他们也流行相互拜年，在一个单位、家族里，尊卑也是非常讲究的。但有一点是故乡文化中没有的，这关系不好的同事与朋友之间必须相互拜年，目的是化解矛盾，把平时结下的梁子一笔勾销。这当然是一种美好的传统，未必每个人都去做，但大部分人都是这样。新疆地方大，自然的环境决定了人与人之间朴素诚实的关系。

邰：我们前边也谈到了您小说的结构，但您似乎并不承认它们有些零散？

红：还是纳博科夫的狼来了但没来的典故，这种结构方式是现代艺术与中国古典美学的接通，很简单不复杂。就像树一样，有主干，股岔是由此分出去的。也许股岔之间的相互关系不是很清楚，但他们都受制于一个主旨。这是没有疑问的，这需要慢慢琢磨。

我专门研究过《红楼梦》和《安娜·卡列尼娜》的结构。我觉得《红楼梦》是一种双线结构，即成人视角与儿童视角。而且后者的因素更重。为什么小说那群女孩子都怕结婚就是因为他们对成人世界有一种莫名的恐惧。很多人觉得曹雪芹写了80回，没有完成是个遗憾。我不这样认为。我觉得80回是完整的，足够了。就因为它更多的是从儿童的角度观照成人的世界。

传统小说的结构都是紧紧围绕主人公的故事展开，主人公死了，故事也就完了。可是《安娜·卡列尼娜》却不是这样，安娜卧轨自杀后，小说还有100多页的内容。我好长时间不理解，现在明白了：安娜死了，但生活还在继续。

也就是说，我最初写《西去的骑手》时采用的还是欧洲传统的严整的结构，所有故事的收结都紧紧围绕主人公，到了《乌尔禾》就变了，《生命树》更加明显。我把它称为多线条的内在呼应式的结构，中国书法上所谓的笔断意连。我不可能用巴尔扎克式的方法结构当下小说，我曾在一篇文章《现代派文学的误读》中详细谈过。

邰：在您的创作过程中，什么人对您的影响最大？

红：有两个人，一个是商子秦，一个是李敬泽。商子秦先生是我在宝鸡师范学院上学期间对我帮助最大的人。我当时在他供职的《宝鸡文学》上发表了五六首诗歌，从此认识。为了鼓励我继续创作，他给我免费订了全年的《星星》诗刊，作为大学生，那时感到很风光。也许因为20世纪80年代是文学的黄金时期，社会上各种文学的会议很多，商子秦所在的宝鸡文联就经常给文学爱好者开办各种讲座，年尾还要请这些人到饭店聚餐。在一次金秋诗会上，我的一篇诗作还被评为诗会二等奖，这一下激发了我想当一名诗人的幻想。

李敬泽应该是我创作道路上的贵人。1994年，我创作了一组以新疆为题材的小说，我用了心，加上这十年的沉淀，有几篇自我感觉很满意，所以就投给了国内顶级的文学刊物《人民文学》，当时，李敬泽看到了我的这组作品，其中有一个名为《表》的短篇，他特别欣赏。但是他觉得某些内容上的敏感性，不便在这个刊物发表，他就推荐给河南的《莽原》杂志，并给我回了一封信，多有鼓励。同时，还希望我以后再有作品，可以直接寄给他，这就有了后来的《奔马》。也正是这两篇小说使我为全国更多的读者所关注，也使我开始把写作的重点放在新疆，放在小说上。

吴克敬访谈录

2011 年 12 月 15 日　吴克敬家中

邰科祥（以下简称邰）：您最早从事创作是什么时候？《渭河五女》是您的成名作吗？您的创作好像有很长一段时间的中断？

吴克敬（以下简称吴）：最早应该是1981年前后，短篇小说《小墨》，发表在《青海湖》那一期的头题。《渭河五女》已经是1985年前后的事情。

我的创作就是在《渭河五女》之后停滞下来。准确地说是，突然明白了，不想写了。具体的因缘是1985年秋，省、市作协在扶风县为我的作品开了一次研讨会，当时王愚、白冠勇等评论家都肯定了我的创作，但李星的一句话使我如梦初醒。他说：一个作家的创作道路过于平坦未必是好事，它容易导致故步自封。换句话说，此后如果不再加强、充实自己，就可能只是保持这个状态。我也意识到，以我当时的学识和积累，再写下去，不过是对柳青的模仿，不会有大的变化。另外，我长时间在基层生活，视野必然受到限制，我必须在生活、艺术方面做较长时间的准备。所以，我决定暂时不写了。

邰：那么您这段时间做了什么？

吴：我想学习，充实自己，正好在1987年，西北大学开办作家班。我就作为第一期学员参加了。而且在第二年,还考上了西北大学现代文学的统招研究生,张华老师是我的导师。三年后,我顺利地通过答辩。说起来,真不容易,我们那一届一共招了十几个人,但拿到学位的只有个别几人。毕业以后,我就直接被分配到媒体工作,这一干就是十六年。直到2007年,我才把主要精力转到文学创作,这中间已经过去了有二十多年时间。当然,一些小的写作,散文呀,随笔呀的,没有完全中断,只是没写小说。

邰:在文化馆的几年,您都做了什么事情?

吴:我在扶风县文化馆与别人合编了两个秦腔剧本。由宝鸡市秦剧团和扶风县剧团排练上演,在省上还获了奖。一个是《梅松图》,另一个是《古道赋》。

邰:您的干部身份确定好像到了20世纪90年代以后,这一点似乎与另外一个西府作家冯积岐很像。

吴:是的。1991年研究生毕业后,到《咸阳日报》工作。1981—1990这十年间,我一直是合同制干部。

邰:相当于现在的招聘人员?

吴:还不完全一样,主要是不转户口,其他待遇差不多。

邰:那么在这十六年间,您主要的工作好像由记者逐渐转到管理,当领导?

吴:基本情况是这样。主要的契机是我遇到了一位贵人。那是我到《咸阳日报》工作的第三天,因为采访的关系,第一次接触到当时的咸阳市委书记祝新民，他很平易地邀请记者一起吃饭。我因为刚到一个新单位，又是第一次和领导在一起，显得有点局促，有人嫌我没有眼色，不给书记敬酒。我说了一句话，可能让书记觉得我这个记者还有些想法，第二天我把采访稿送审时，书记便留我聊了一晚上，就聊《三国演义》中的权谋，其他什么都不谈。正好那一年东欧发生了政治剧变，书记就问我对这个形势的看法。我陈述了我的观点以后，书记说：我介绍你入党吧！

邰：打断一下，您当时说了什么话引起了领导的注意？

吴：我是对那个以为我不懂礼貌的人说的。我说：领导让我害怕是一种境界，领导让我尊敬这是更高的境界，而领导让我心服口服则是最高的境界。今天书记如此平易让我十分尊敬，你却要我害怕书记，这反倒是一种不尊敬。

邰：看来有思想的人往往不是突然有想法的。接着刚才的话题，您怎么回应书记的热情的？

吴：领导这样器重，我自然不能辜负人家的好意。我说，让我想想，给您答复。就是因为祝书记，我的命运发生了改变。几天后，我就被提拔为咸阳报社政文部主任。祝书记后来在国家电力部门工作，干得很好。

邰：您是哪一年到了西安？

吴：三年后，就是1994年4月，《西安日报》复刊，在社会上招聘了40多人，从其他报社调了五六人，我属于调入的人员之一。7个月后，我被任命为总编室兼基建办副主任。报社的生活对我后来的创作帮助很大。通过新闻平台，可以接触各色人等，丰富了我的生活体验，锻炼了观察、把握人心理的能力，同时也培养了我的精神气质。

邰：您当《西安日报》副总编是哪一年，好像到了这一步，您的精力不由自主转到行政方面？

吴：1999年，我开始担任副总编。行政事务的确多了。但从内心说，我的理想不是当官、从政。我的文学梦一直没有动摇。一直到2007年，我在媒体工作的间隙，主要是做文学的准备。虽然没写小说但写了不少的随笔、散文。

邰：记得您最早获过一个冰心散文奖。

吴：是的，我借助散文写作训练自己的语言功力。早期的柳青对我的影响太大了。二十多年来，我所做的一切练习都是为了完成一种遗忘。忘记柳青，忘记以前的情感表达、语言方式。语言的遗忘实在太难了，少年、青年时期柳青的语言影响已经深入我的骨髓里。不过，现在，我基本上完成了这个蜕变，我的语言在朴实中不乏一些小幽默、小诙谐。

邰：这一点，我在《状元羊》《初婚》中都有感觉。下面，我们换个话题，您的小说中为什么写得比较成功的都是女性形象？比如《渭河五女》《手铐上的兰花花》《初婚》等。

吴：这一点也有人说过。我想可能与童年的生活有一定关系。我在我们家七个子女中排行最小，有四个兄长，两个姐姐，其实应该是四个姐姐，只是另两个在刚出生时即被我父亲溺死在尿盆里。父亲请一位游方道士给他算了一卦，说他命中有五子，人生五子富。所以，母亲一连生下四个儿子后，接着又生了大姐，父亲尚能容忍，但老六、老七还是女孩，他就受不了，二话没说就溺死了。到了八姐，父亲也许对命有五子的说法不大相信,也许是心有不忍,碎姐的命才保住了。没想到,母亲一定要争这个气,我的出生终于圆了父亲的五子梦想。所以,因为我最小,又是父亲眼中的宝贝,外婆、母亲就非常溺爱,两个姐姐成了我的保护神,家里面、村里头,谁都不敢惹我,谁要把我惹哭了,我的姐姐会和他们拼命。到了七八岁,我开始念书,一放学,我还要奔到母亲跟前,把头伸在她的衣襟下寻奶吃,经常招来两个姐姐用脚轻轻踢我屁股,说我不知害臊。

邰:这么说来,有点"女儿国"的味道,看来父亲和兄长一般都不管你。这也符合西府农村的传统。我看到过一个文友的博客,其中还提到你的爱人,她也写过小说,只是后来从了政。听说文字功夫不弱于你,那么,她对您笔下的女性形象绝对有影响,对不对?

吴:我爱人可以称得上是一个完美的妻子。她是我在西北大学作家班的同学,她的文字在给我文集写的一篇序言中,你能够感觉得到。她现在政府部门工作,公务繁忙,但家里的活她一件都不让我干,无论洗衣、做饭,打扫卫生。她说这是他做女人的本分,女人嘛,首先是把孩子养好,其次是把丈夫照顾好,再下来才是社会职责。

邰:听您这么一说,我猜测嫂子一定是咱们西府人?

吴:是扶风人,我是瞎雀儿碰上了好谷穗。

邰:难得,难得!既有同好,又如此贤惠。正好说到了我们共同的文化背景——周原。我始终有一个困惑,就是目前陕西的三位西府作家,您、冯积岐、红柯,也都不同程度地写到了故乡,可是,我总觉得你们对滋养我们成长的周礼文化很少涉及,这可是我们的根啊!《白鹿原》写出了关中东府的文化氛围,可作为周文化的诞生地西府与东府其实有很大的不同,可惜目前还没人传达出它的深厚,这不能不说是一个遗憾。

吴：我在准备。正在创作的长篇小说《巴掌》就是直面周礼文化，只不过我非单纯地弘扬而是用批判的态度加以审视。我的参照点是陕北文化，这也是我这几年一些作品涉及陕北的缘由。

邰：我正想问这个问题，您怎么离开了故乡，写起了陕北？

吴：周文化，我们讲了几千年。这不足为奇，可是，少有人想过，在陕北有一个周文化与游牧文化碰撞的交融地区，在这里形成了中国新的文化形态，周的内敛和游牧民族的奔放得到了互补。比如路遥的性格就兼有两种文化的优长。生命个体内在的自信与要强与外部的粗犷气质，只有陕北人才有。所以，当我重新写起小说，我就很注意陕北文化，我要用游牧文化烛照周文化，发现周文化。可以说，我是通过陕北养气，但最终打梁盖屋还是要回到关中西府。

邰：我们还是回到长篇小说《初婚》，我总觉得小说的主人公应该是谷冬梅而不是惠杏爱，可是您却让惠杏爱抢了谷冬梅的风头。

吴：你是第一个看出谷冬梅是我要着重描写的主人公。确实是这样，我在写作过程中给予惠杏爱太多的篇幅，以至于让这个女子把我害了，把我的笔引向另一条路。

邰：哈哈！这其实很正常，作家让作品中的人物牵着鼻子走，这是人物鲜活的标志，作家已经不能随意支配人物的命运，他必须顺着她的性格合理的发展。因此说，这个意外的偏离是一种失败也是一种成功。用您的意图衡量，他失败了，但从人物自身来说却成功了。

吴：我的本意在第一部中以谷冬梅为主角，我在后记中透露了的我的主旨是恢复与重建正在消失的乡村文化，但是写着写着就不由自主，让惠杏爱过早地走到前台。

邰：您的意思，这部小说不是一部而是几部曲？

吴：是这样。我准备写三部。都以婚姻为线索，第一部《初婚》，第二部《试婚》，第三部《租婚》。惠杏爱其实是第二部的主角。在第一部之后，她是由乡村出走来到城市，最后她还当了大官。

邰：您这样说，正与我对《初婚》的批评不谋而合。这是我刚写好的一篇短文，我正是指出小说的结尾没有让惠杏爱出走是一个大大的败笔，没想到，您早就这样设计了，那为什么不在结尾就表露出来呢？我觉得《初婚》目前的结尾最不可取。况且，我是把它当作一部独立的长篇小说看待，那就更加失败。与其把惠杏爱的出走作为第二部的开头，倒不如作为第一部的结尾更有张力。这样做能表明作者的一个基本判断，同时又为下一步续集埋下了伏笔。目前这种含混的结局无论于惠杏爱本人还是整套作品都是不大恰当的。

吴：你说的这些，我会在三部曲出齐之前认真地修改。

邰：我看到您在客厅、书房都有佛像尊敬，您的书房又名"也禅堂"，请问，您与宗教是如何结缘的？

吴：我对宗教，特别是对佛的自觉信仰大概已经到了21世纪。我从西藏请回一尊木佛，从此每天上香。但回想起来，可能有这样几个因素。首先，是理性上对宗教观念的改变，以往，我们一直视宗教为迷信。但是随着年龄的增长，特别是阅历和知识的宽博，有一个现象促使我意识到，不能如此简单地对待宗教。因为在生活中，在世界上，不知有多少人都在尊崇和信奉，这些人中不乏伟大的政治家、科学家、艺术家。所以，我觉得我们可以不懂但不能人云亦云地亵渎宗教；其次，我大伯就是法门寺的居士，在"文化大革命"前，他经常在法门寺一住就是一个月，大伯经常把我架在脖子上带到法门寺去玩（我家就在法门寺旁边），也许有一种耳濡目染；特别是，"文化大革命"中红卫兵要挖掘法门塔地宫，方丈阻拦不住，自己架起火堆，把自己在火中活活烧死的情景，给我留下了永不磨灭的印象。当时，我就在现场，虽说还小，但已略知世事。我想不明白，平时我们被火燎一个泡就哭喊得受不了，何况在熊熊大火中一声不吭，方丈的行为震撼了我！另外，我有一个信念，我们目前不能解释的东西，不要武断地认为就是迷妄，世界上有很多神秘事物，我们还不能明白。宗教也应如是看待。

邰：最后一个问题，您在1999年已经当了《西安晚报》的副总编，可以说仕途顺遂，为什么2007年却弃政从文？这是一种被迫还是主动行为？

吴：我前边就说过，我人生的理想不是当官而是文学，这是少年时期就已经形成的梦想，我在1985年中断写作，只是为了再次进入文学做的准备。

邰：您保证这种话不是自我开脱的作秀，而是发自内心的真诚？

吴：当然。你可以这样想，我放弃总编的位置重新写作，等于是不坐顺水船非要逆流而上。这个困难不是作秀能够解释的。当然，我知道我这么做的危险，从相对热闹的报社出来，自找苦吃写小说，如果我写不出好作品，那我的人不是丢大了？再说，我当时离开媒体，领导也找我谈话尽力挽留。在我看来，人在50岁以前是做加法；你由一个光棍到有妻了成立家庭，再生孩子。这不是由一到三？事业也一样。50岁以后则要做减法，生命开始走下坡路，人数要减少，说不定我们自己也会被减掉。

邰：这是不是所谓"删繁就简三秋树，领异标新二月花"？

吴：因此做减法是我50岁的生命感悟和哲学。这个时候，二月花已经不是我追求的目标，我的使命只剩下一个，实现童年的梦想。在50岁前，人喜欢热闹，追求热闹，这很正常，我以前喜欢打牌、唱歌，但过了50岁，就不热了。我既然选择退出热闹就不怕寂寞，也不会回头。背对人生的精彩，难道不是人生最美好的事情吗？

邰：您这句话本身就很精彩，我要作为这篇访谈录的题目。

吴：那我们今天就到这里。

邰：谢谢，今天很愉快！

【批评家访谈录】

刘建军访谈录

2012年4月8日　西大老校区家属院

邰科祥（以下简称邰）：刘老师，在您的记忆中，"笔耕"组是怎么成立的？

刘建军（以下简称刘）：主要是胡采组织，但胡采不是成员。虽然"笔耕"的所有活动，他都参加了。

邰：这是为什么？

刘："笔耕"组是一个中青年评论家团体，他年龄大。当时"笔耕"组的负责人是王愚，王愚是《延河》评论部的负责人，"笔耕"组的活动一直是陕西省作协组织的。在初期开过几次会，主要是商量成员的取舍，有的人想参加，发起人大都不同意，如商子雍；有的人大家很看重，他本人却不大愿意，比如姚虹。

邰：我看当年报道"笔耕"组成立的短讯中有姚虹的名字。

刘：那就是他后来参加了。初期的成员中人都是文艺行当的，只有两个人比较特殊，一个是胡义成，一个是孙豹隐，他们俩当时不是文化系统的。

邰:"笔耕"组成立以后,都举办了哪些活动?

刘:主要是作家作品研讨会,很多,记不大清了。像陈忠实、路遥、贾平凹、京夫等。

邰:在这些研讨会中,是不是"贾平凹近作研讨会"相对比较严厉,贾平凹后来在他的日记和相关文章中对此一直不能忘记,好像觉得压力很大,连他的父亲也从家乡赶来安慰他。

刘:也没很严厉,好像西安市(宣传部)对他有一定的压力。也没有人给他开批判会。贾平凹当时是大家看好的陕西作家中的一个好苗子,有批评意见,当时大部分人都是马克思主义美学和历史的标准,大家有一个共识,就是他当时的一些作品偏离了现实主义的道路,但并没有从政治影响方面批评。

邰:我在很多场合都听到大家提到"太白会议"。觉得这个会议非常重要?您能谈谈这个会议的内容吗?

刘:这个会主要是针对陕西长篇小说创作的一次促进会。当时大家觉得陕西在短篇中篇小说方面都在全国产生了影响,唯独长篇小说不景气。好像为此开了不止一次会。

邰:对,在延安和榆林就专门开过一次陕西长篇小说促进会。不过您说的这次会好像是20世纪80年代后期,具体是1988年开的,但据我所知,1980年初期,还有一次太白会议,我不知大家说的是哪一次?

刘：应该是后面一次，这次会对陈忠实的刺激最大，他这个人不喜欢提前透气，大家也不了解《白鹿原》正在创作中，其实他已经在暗暗使劲。

邰：当时的所有研讨会都是官方出面还是有地方赞助？比如在商县召开的京夫作品研讨会，是不是当地政府有所介入，提供场地、食宿等？

刘：都是作协出面举办的，至于有没有地方资助，我不大清楚。那个时候，评论家与作家之间的关系都很好，没有送礼的习惯，都是文字交流。大家在一起开个会，最多吃个饭。"笔耕"组有一个特点，各人可以说各人的观点，从不要求大家取得一致。评论家保持着自己的个性和风格，并不因为相互观点不同闹得彼此不高兴。比如说，底下大家对老肖（肖云儒）有点意见但并不影响相互的关系。

邰：对肖老师的意见是什么方面的？

刘：主要是觉得他发言不大中肯，新闻语言比较多。他一开始就是搞新闻的，风格和大家不一样。大家都不喜欢商子雍，他后来也就不来了。

邰：为什么不喜欢他？他有什么问题？

刘：也说不上来为什么，反正很多人不喜欢。

邰：我记得"笔耕"组的成员之间私交很好，常常还有相互走动的习惯，我上研究生期间，就在您家碰到过一次。

刘：改革开放以后，大家的精神比较振奋，所以开始有这样的聚会。最早是从王愚开始的，在他家的老宅子吃过几次饭。

邰：老宅子，您说的是王老师一直住在他们家1949年前的老房子？

刘：是，一个四合院，房子很多。后来卖了，可惜！放在现在就非常值钱了。在他们家吃过几次以后，大家就轮流做东，李星、肖云儒、畅广元、费秉勋、我家都做过。

邰：是不是有固定日期，我记得您当年给我说，正月十五在您家？

刘：大概是吧，也不固定，随机的多。

邰：说起王愚老师，我现在非常遗憾。早在十年前，我就有整理你们这一代评论家资料的想法，但一直没有实行，现在王老师已经走了。我还没去采访他，其实我回到西安也已经六年时间了，应该有机会的，记得2007年陕西作协第五次会员代表大会上，我见到王老师，与我上大学时在体貌、神态上已经完全判若两人。当年的意气风发和现在的老态龙钟，让我当时很感伤，人很瘦，走路很慢。尤其是无人关注，有点落寞。

刘：他那时刚中风不久。

邰：刘老师，听说您后来还写过小说？大概是哪一段时间？

刘：1998—1999年写的，但没发出来，一直到五六年前在《延河》发表，署名江流。

邰：都是短篇？

刘：有短篇，也有中篇，还有散文。

邰：为什么突然写起小说呢？

刘：退休以后，写理论文章不太自由，除非应景或者上面安排任务，一般都不写。作品又没啥限制，想写啥都行。

邰：您是何时开始走上文学批评道路的？对新时期以来陕西的文学活动，您觉得值得一提的有哪些？

刘：1957年以后，在高校做教师，搞文艺理论。最早在《人文杂志》发表文章，但当时写得少，写得多是在1976年以后，此前的文章更多是以写作组的名义，省上的、全国的如戏剧家协会，我都参加过。那时人们不计较名利。开始有偿写文章，大约是20世纪90年代后写影视评论。

邰：您觉得自己的哪些文章影响比较大？

刘：一是关于现实主义问题讨论的几篇文章，在北京发的，再就是在《文艺报》《文学评论》《人民日报》上发表的评论贾平凹、陈忠实中短篇小说创作的文章。主要是刊物的名气大，20世纪90年代，《文学评论》的编辑就说，在我们这发一篇文章，评副教授就没问题。那时评职称要科研成果但不要求数量，只是看文章的影响力。

邰：您出版的专著中，是不是以《论柳青的文艺道路》最有价值？

刘：可以这么说。

邰：这本书的第二位作者张长仓好像已经去世了？

刘：他去世时年纪不大，当时是学生，主要负责笔录。我和蒙万夫讨论写作的提纲思路，他记录。

邰：陕西新时期30年的文学，有哪些事件可以言说？

刘：说起这30年间，陕西的文学大事来，那就是"笔耕"文学组和"陕军东征"。"笔耕"的活动，现在想起来也有局限，这就是只关注陕西文学界，没放眼全国。所以在全国影响不是很大。如果当时引导一下就会好很多，也就是陕西省委宣传部多拨些钱，有些活动会做得更好。20世纪90年代陕西的影视剧之所以在全国产生了很大的影响，就是与陕西省委宣传部组织本省的评论家们写文章在《人民日报》《文艺报》发表有直接的关系。比如《庄稼汉》《神禾原》等。
"陕军东征"的意义主要是陕西作家有意识地走出潼关，开始在全国打响，引起了北京文艺界的重视，不是说谁有计划、有组织地集体出版作品。这个事件的确给陕西带来了很好的响应，也促使宣传部、作协后来有意识地为陕西作家的作品在全国召开研讨会，扩大影响。说实在的，"陕军东征"的作品参差不齐，虽然有些作品借这个声势获益不少，但最终还得看作家的实力。

邰：您是哪一年开始频繁出国的？国外与国内最大的不同有哪些？

刘：1997年以后，我基本上就是出去一段时间，回来，又出去。2007年拿到美国的绿卡，这样一来，每年至少要在外边待半年左右，我们一般是8月出去，下年的3月左右回国。

邰：在国外主要有哪些活动？

刘：有时与儿女的朋友们见见面，其他多数时间在家里看看书、看看电视。

邰：中文台多不多？

刘：你办一个手续，凡在国内能看到的频道在那里都能看。

邰：在国外生活总体感觉怎样？

刘：除了语言交流不大方便，其他都还可以。除纽约、芝加哥等一些大城市之外，美国的很多城市都比较小，乡村气息浓厚，人口不多。他们大都有私家车，所以公交车相对少，一般50分钟才发一趟。治安总体不错，但由于他们允许私人持有枪支，抢劫、凶杀案件时有发生，特别在黑人区。

费秉勋访谈录

2014 年 8 月 29 日　费秉勋女儿家

邰科祥（以下简称邰）：笔耕文学研究组成立的缘起是什么？为何不能以作协的名义成立一个相应的组织？

费秉勋（以下简称费）：你说为什么不由作协出面组织？我觉得从本质上说，还是作协组织的。因为笔耕组信任作协。重要的会，胡采都参加，大家也都很看重他。至于幕后（省委宣传部的默许等）的工作，可能有，我不了解。在这个小组中，其他同志都是党员，就我不是。我有时不大喜欢这群人，因为他们在一起经常谈政治，很多人对官运都很用劲，他们中不少人在单位都有行政职务，在文学界也有自己的圈子。

这个组织很松散，人员也不固定。重要的有七八个人。有的人开始来，后来就不参加了，像胡义成、文致和、姚虹。特别是姚虹，大家都看重他的才气，可是他后来不知什么原因不愿意来了。我与姚虹，早在20世纪70年代，通过《陕西日报》，围绕中西文化的关系问题就发生过辩论。我偏爱中国文化，甚至有点国粹色彩。他引用周恩来的话说，中西文化"不能大焊接"。尽管观点不同，但他的文笔好，两人在文章中还不时夹杂一些讽刺的语言，实际上，我很喜欢与人打笔墨官司或者说辩论的气氛，这样很有动力，能互相促发，由论争逐渐变成了朋友，我后来还专门到他家去拜访他。

陈孝英、孙豹隐这两个人加入比较晚。陈大约是在1982年，贾平凹近作研讨会时，第一次参加，那时还不敢发言。孙豹隐由于和陈的关系好，也被引进来，那就更晚。加之，他后来成为宣传部和文化厅的干部又爱好文学，自然就吸收了。还有王仲生，后来还成为小组的重要成员，主要因为他是大学教师，专业接近。

邰：那么小组组长或召集人的问题到底是怎么回事？

费：至于小组的召集人，有的说组长，都可以，那时大家没有这种地位意识。不过，从年龄、工作的性质等，王愚自始至终是领头的，这毫无问题。肖云儒和陈孝英在2011年12月召开的"纪念'笔耕'文学研究小组成立三十周年"座谈会上，说他们分别是组长或副组长，这不符合事实。那时，肖云儒只是报社的一个记者，他开始有地位，那是在文联当了委员，成立了陕西评论家协会以后的事情。在座谈会上，李星说"笔耕组"起初由作协出面，与文联无关。这是对的，我当时附和他，说现在很多当事人还健在，就有人企图"篡改历史"。主要就是针对肖云儒和陈孝英的自我标榜。

小组中分量比较重的大概有这样几位：刘建军、王愚、陈贤仲（陈深）。李星那时还嫩，文章有点"左"，没有分析。他比较出息是在经历了一次精神苦闷之后的事。80年代后期，作协曾在路遥的率领下进行大改组，李星不知依附谁，很苦闷。苦闷成就人，从此一下子有了升华。以前他写文章总是要看作协领导的意思，没有归属感，现在完全按自己的思路，反倒有出息了。

邰："笔耕组"成立后都开展了哪些有影响的活动？

费：要说小组的正规活动，贾平凹近作研讨会就是一次。这次会是王愚召集的，事先，他把我和李星叫到他家里商量有关事项，这次会议的基调是批评贾平凹，上面的某些领导包括作协的同事觉得他的创作苗头不对。我在会上主要是站在保护贾平凹的角度，替他的艺术探索正名，我说他的创作方法不是现实主义，不能用这个尺子去衡量。当然，对于其他人批评他的调子有点灰色、态度消极。我也不能说什么。那几年，贾平凹经常被作协的领导叫去谈话，他嘴上答应得很好，但心里却有自己的主意，继续坚持自己的一套。我因为支持贾平凹也受到作协有些领导的挤压，很多和我同时的人都加入了中国作协，我却不能通过。而我那个时候已经是中国舞蹈家协会会员。这件事，直到贾平凹在全国的影响越来越大，已经压不住的时候，我才被批准加入中国作家协会。其实对我个人来说，入不入都无所谓。

当然不只这一次会。会很多，凡是有作家发表了新的作品就都要研讨一番，那时作家和批评家的关系很好，这也是陕西文学界的一个传统。

除此而外的私下聚会，在我的记忆中不太多，可能是我的记忆力不大好，印象不深。一般是，批评家与经常关注的某个作家接触较多，个人的交谊就深。比如蒙万夫与陈忠实。那个时候，一个批评家基本上是固定研究一个作家，这个固定不是谁分配的，主要是个人兴趣接近，自然形成的。刘建军、蒙万夫原来研究柳青，陈忠实与柳青的风格接近，所以，他们就更多地关注陈忠实，我对贾平凹喜欢得比较早，1980年就有一篇谈他艺术风格的文章，后来就主要研究贾平凹。

邰："笔耕"组后来淡出的时间大概是哪一年？它与作协机构的正规化有关系吗？

费："笔耕"小组的淡出与作协机构的正规化没有关系，和人一样，老了就自然消亡了。

邰：您对李健民、胡义成等人有什么印象？

费：李健民主持西安文联的《长安》杂志，姚虹当时就在他的手下，我们关系很好，他们编发过我的不少文章。胡义成在"笔耕"小组只是闪了一下，后来参加活动不多。他是研究经济的，对文学缺乏体悟。有一次，北京有一个杂志约稿，要写一篇关于灵感的文章，他找到我希望一块写，但是我这人不习惯合作，两人一谈，谈不到一块也就作罢。后来这篇文章由我独立写出，交由东北一个杂志发表。

邰："博士直谏"事件中，您曾专门著文与李建军论争，您当时的动因是什么？您当时怎样看这个现象？现在回过头看这个事件，有无新的感受？

费：关于这个事件，我的认识不一定正确。但这是我当时的看法，也不是孤立的，其他人也有类似看法。文坛上的风波历来都是这样，起因很多，有文学的，有人情方面的。而且，评论家和作家两方面都有问题。作家像贾平凹和陈忠实都有一帮拥护者，陈当时是作协主席，贾的影响也很大，所谓一个槽上拴不下两个叫驴。有些人借此想给自己弄事，因此，把贾平凹搞一下，趁此巴结一下陈忠实。这个事件中的几个重要人物有方英文、李建军、邢小利，他们相互有共识。而另一面的力量比较散乱。按贾平凹的说法，李建军没去北京以前到他家说话肉麻得很。后来看到陈忠实在实力上、行政地位上越来越高，就想借此敲打一下贾平凹，让陈高兴一下，如此，李建军这次发言把贾平凹的作品说得一无是处。方英文在这个事件中比较隐蔽，因为这个事件的发起，阵地在方英文那里，他当时是《三秦都市报》文艺部主任，发稿与否由他决定。后来，方英文解释，他当时去西藏出差了，不知道此事。（有一次我就此事问朱鸿，他说，方英文给他解释当时有一个栏目没有稿子，这篇访谈是他临时从来稿中翻出的——邰注）

邰：李建森这个人我还打过一段交道，他在这个事件中也发挥作用了？

费：李建森这个人能量很大。他能来到西安并在《三秦都市报》供职，贾平凹起了很大的作用。这个人说来话长。他原来是山西临汾的一个公务员，受到临汾市政府秘书长的赏识，秘书长喜欢写杂文，通过李建森联系贾平凹，希望给他的书写序。李建森当时不认识贾平凹，就先写信给我，让我邀请贾平凹去临汾一次，我与他也不相识，可能是他在报纸上看到我经常写贾平凹的评论文章，觉得我与贾的关系密切。但是我不能决定贾平凹的行为，我就回信说，我只能转达这个意思。后来，他让我尽可能想办法，但贾平凹忙，还是不行。他再催问，我就说，贾去不了，我组织其他人去行不行？他说可以。于是，我和马河声、方英文、孙见喜、李重虹一行五人就到了临汾。未见面前，我以为他是个老先生。因为之前，他与我联系都是写信，那时打电话不大方便，而且信的语言皆半文半白，用喷墨打印机打出。一见面，很惊讶！30岁左右的小伙子。在临汾，主要是娱乐、参观，全部由李建森安排，很周到。我们这边马河声发现这小伙子灵光，就建议他不妨到西安发展一下。他也愿意。具体说到西安什么单位呢？说来说去，在方英文手下合适。说归说，但时间不长，这件事却成为现实。此后，李建森帮他们秘书长在孙见喜所在的太白文艺出版社出版了杂感集，也与贾平凹牵上了线。可是，在这次事件中，他却要来压贾平凹，更令人惊异的是，事后他与贾平凹的关系又不闹僵。

邰：为什么会有这次事件，您觉得是他们主动做为？

费：评论界当时总的现象是年轻人正往出冒，他们觉得总被老一代压着，有一种情绪。实际上，这种"被压制"的情绪是一种错觉，他们自己不好好弄，出不来，却把责任推到老一代批评家身上。有一次，在芷园开会，应该是《突发的思想交锋》一书的研讨会上，我发言说了两点：一、（我对着方英文）这件事是你弄出的，不要不承认，要敢作敢当；二、对年轻的批评家，我说，你们的情绪不对，我马上就要退出。我不是给老一代讲话，他们不是"占着茅坑不拉屎"，关键是你们拿不出有分量的文章出来。别人在会上说这些话可能会成为事，但我从此以后，和他们的关系却越来越好。这大概与我的人格有关。前几天，有个朋友说，天津办的《文学自由谈》上有一篇文章，说到对我的人格很钦佩，我还没看到这本杂志。

其实，我这个人，表面看温和，有时也容易急躁。"笔耕"组有一次在丈八沟开会，胡采也参加了。他有个习惯，喜欢在别人发言时经常插话，只要不合他的口味，就要更正一下。有一次我正发言，他又打断，我就躁了，顶撞了他几句，但老汉很有修养，没有生气。后来有人给胡老圆场，说费秉勋是个书呆子，他会与人硬上的。胡采说，你是嫌我插话吗？我说就是。

事情过去后，我有点后悔。但当时情绪一上来，控制不住。按一般人的性格，可能事后要去给他道歉，但我做不出这种事。

邰：我知道您对周易的应用研究在国内较早，1989年前后就成立了中国神秘文化研究协会并担任会长，那时我正在西北大学读研究生，但是，我对这些东西因为不大了解，所以总是不大相信。可是，看了您的《业易回忆录》，我对其中的某些神奇或应验非常有兴趣，老师你能说说其中的玄机或者"科学"吗？能否现场给我示范一下？

费：我收集过很多清代笔记，发现其中记录了不少与易学有关的、应验的故事。这些故事不是假语村言，都是实事，而且各行各业，各种情形都有。1989年，我带着几个研究生编写了一本《清代方术异闻实录》。

我研究易学并不是我信仰这一切，反之，我经常写一些破除迷信的文章，对某些人借此招摇撞骗的作风也很反感。

邰：那么，您记录自己给贾平凹卜卦验证的文章说明什么？

费：我在这个文章中，真正目的不在炫耀《邵子神数》的奇妙，而在揭示它唬弄人的特征。《邵子神数》自有它一套推演的方法，但一般人不会用。用得好，经常会出现令人惊讶的结果。

邰：您是说算得好确有应验，不是说天机不可泄露吗？泄露要遭天谴！比如，瞎眼什么的。

费：不是用这个东西，人的眼睛就要瞎，而是找他算卦的人自己盲目。

对算卦，我的态度是可信不可信，可验不可验。不能截然说，很复杂。比如说中医，在西医的观点，中医都是胡说，但中医有他一套理论，五色五味对应人的五脏，啥药对啥病。我们要看到，古人其实讲究的是天人合一。用冯友兰的话说是"宇宙代数学"。是不是命由天定，这不能随便说，佛教经典中也没这么说。但是，人的命运有一定规律。有句话说：一命二运三风水四读书。什么事都不能一刀切。冯友兰说《周易》，这是套子，一套一套的，万事万物都能被换算成五行、天干地支等代数，套进去，还一套就准。当然，他不像数学那样死板。

往往，算卦的结果是应验的比不应验的多。虽然说不出道理，但从卦象上看，的确有这个原理。我给文怀沙先生卜的卦是：夫妻宾之叛。他很惊讶！

邰：据您所知，在易学应用研究方面，全国的专家教授有多少？

费：在国内的大学教授中，研究《周易》的更多的是从哲学理论方面，可是懂得用周易卜卦的就我一人。古代的知识分子学易，不但会理论也都能操作。

现在全国在《周易》研究方面具有较大影响的有南京大学的李书有、华东师大的张志哲。大学教授没有时间去搞这个（操作），按说我也没时间，但是我好奇心强、专注，想把这个原理弄通。还有一个动力，写这类书稿费多。当年，书商给我的稿酬是 20 万字 2 万元，比当时任何出版社的稿酬都高。连贾平凹都觉得高，其实我当时还少说了。

我对易学的研究也只是重点用功了两类：一是奇门遁甲；一是六爻。

邰：最后一个问题，您对现在的文坛有什么看法？退休以后，主要从事哪些活动？

费：现在看文坛很可笑。觉得他们在浪费生命。我的文化观念愈来愈重视传统，甚至有点国粹化。但我现在不沾国学，我发现不少人打着国学的招牌却把很多好事情糟蹋得不成样了。算卦与《周易》很远，但算卦毕竟由《周易》而来。

我现在研究修仙之术。当然，神仙不是常人理解的那样神秘，应该说，与佛讲的明心见性相似。我觉得人在修为到一定境界时能达到神通的，什么都知。甚至书上或者传说中的"虹化"现象，都有可能。为什么现在很多高僧的遗骨火化后会变成舍利子？这是值得我们反思的，不要简单地把一些我们不能解释的都斥作迷妄。

畅广元访谈录

2012 年 4 月 25 日　陕西师大长安校区家属院

邰科祥（以下简称邰）：在新时期以来的 30 年间，您觉得陕西文坛有哪些人和事件值得言说与总结？

畅广元（以下简称畅）：改革开放以后，中国当代文学进入了一个新状态、新境界，陕西文学也是这样。

第一，陕西文坛既涌现了路遥、陈忠实、贾平凹三大家，也成长起潜力很大的一批作家，如：红柯、叶广芩、冯积岐等。（这种新状态）首先表现在作家观察生活的整体角度有了变化，不再受制于以往政治或党性的立场，作家笔下都有了较为鲜活的人格。无论是《白鹿原》还是《废都》都不是审视历史的现实角度。《白鹿原》了不起的艺术价值在于以新的价值尺度追求历史的真实面貌，从民族大义的立场观察 20 世纪前五十年的历史。《废都》则提出了中国知识分子的命运问题。所谓"废都"状态，也就是知识分子找不到应有的地位，发挥其应有的精神价值，只有在泛滥的性生活中才能意识到自己的存在。在这里，作家思考的其实是民族的重大问题。

《白鹿原》不仅提供了审视历史的新角度，更重要的是让我们明白，民族的命运掌握在自己的手里，这就是民众是否觉醒，是否能摆脱平庸，打破封建的乡约限制。因此，它唤醒的是民族的文化自觉，即创造一种新文化，旧的乡约文化已经过时了，白嘉轩、鹿子霖以及他们的第一代后人都没有完成这个使命。中国需要创造新的文化。

这两部书使我们感觉到陕西文学是走在中国文学的前沿的，这种前沿的创建，此二人功不可没。而且，现在来看，这两部作品的价值还未被人们充分认识到位。

对红柯和叶广芩，我们应该寄予厚望，特别是红柯，他有自己的审美价值观和理想，而且他的观念不是我们旧的价值观。他很重视人的命运是否能够自己把握，这一点就已经尽到了作家应有的责任。叶广芩是当今陕西女作家中的领军人物，在她之前，李天芳很不错。但叶广芩作品所提供的历史感，所展现的贵族家庭中很多人物的命运包括后来对基层生活的描写都让我们感到她的创作题材在不断地拓展，（她作品的）叙事方式、文学语言也极具个性色彩。

正是以上这几位作家把陕西当代文学支撑了起来。同时，也不要忘记了另两位作家，一个是寇辉，一个是周瑄璞。寇辉不采用我们习惯的现实主义，他的作品对民族忧患意识相当有深度，能看出他有刷新陕西文学的愿望；周瑄璞小说的文化叙事很有特点。

第二，陕西文学有一个好传统。这个传统由老一代作家胡采所带领并形成。他同作家的关系很密切，且一直关注作家的创作。在他们所处的历史语境中，他对柳青、杜鹏程、王汶石等都有跟踪研究。他的《从生活到艺术》在全国产生了广泛影响，从东北到西北，成为那个时代中文专业大学生的必读文章。当然，胡采难免有历史的局限。不过他有一个非常好的品格，思想决不保守，对新事物、新观念并不拒斥而是进行认真的思考和研究，他对陕西文学批评有楷模的作用。敢于扶持青年一代。刘建军和我就深受他的庇护，全国批判"精神污染"的那一年，时任陕西省委书记马文瑞专门点了刘建军和我的名，但胡采挺身而出为我们解释、开脱，保护了我们。

第三，"笔耕"评论小组。这个小组有三个优点，一是个人的观点可以不一致，但是团结。每个人都有把文学作为事业的理念，只对文学负责。观点可以切磋、对话，从不影响彼此的感情。二是与作家的关系很好。比如王愚、李星本身就在作协这个单位，与作家的关系很熟悉，很了解作家。其他人也一样，保持着与作家的友好的交往。三是评论重视文本。文学文本是作家的标志，作家不是靠他的宣言立世。

尽管从评论方法上说有点陈旧，他们这一代人基本上采用的都是现实主义的观念，从艺术感觉入手概括作品的艺术的价值，缺乏像新批评派的细读理论等的武装。但它有一个好处，就是面对文本自身。

我对陕西文学总体的态势也有不满或者说有强烈的期待。首先，作家对自己创作的反思和认识功夫远远不够。作家必须意识到如何在既不重复别人也不重复自己的前提下发现新的蹊径。我有一个感觉，陕西的作家们都太自爱，缺乏一种实在的文学比较，这个比较不能以茅盾文学奖作为尺度，而要向世界文学的优秀作品，如诺贝尔奖获得者寻找差距。陕西的作家太喜欢得到本国读者的鲜花、掌声和尊敬。（这有点狭隘！）其次，作家（包括已经成名并有了影响）之间具有一定的封闭性。比如说陈忠实和贾平凹两人就很少交往，很少有对话。两人都有自己的一个圈子。对作家来说，交往和对话是必要的，（他们没有通过对话）为陕西文学新疆域的开拓做出贡献，给年轻作家做出启示。但是现在的状况是他们不来往，别的人对他们又是一种仰视的态度，很少有人思考他们有什么不足，文学批评徘徊在已有的模式。其他作家也很少平等地与其相互对话。作家们对寻找自己在文学格局中的位置缺乏自觉。所以必须与前辈和同代人对话，只有这样才能发现自己的长处与不足，不然就容易导致井底观天。再次，缺乏一种深入研究文学现象的氛围以及应有的自觉。陕西文学发展到现在，真正能进入我们的传统有哪些？促使我们改变和发展的因素是什么？诸如这些问题，作协作为一个领导和管理作家的组织很少思考，批评家也很少有关于陕西文学宏观的发展思路。作家与批评家之间没有新价值目标的互动，省委宣传部文艺处也没有做这项工作。（整体上思考陕西文学的现状和对策）大家各管各的，壁垒森严，实际上是封闭。这种秦人积淀的（保守）文化心态值得我们警惕！最后，随着社会上炒作风气的泛滥，作家把功利的目的带入创作，批评的浮躁也愈来愈显著。不少初学写作的人企图通过媒介等方式一举成名，现在的作家有几个能像陈忠实、柳青一样坐得住冷板凳。陕西文学批评界更让人忧虑。理论家不接触新的理论，批评的武器贫困，功利目的强。武器的贫困和陈旧带来的是批评新视界缺少变化，总是在一个理论层面上徘徊、重复。每次研讨会都很仓促，一个上午，每个人匆匆忙忙地说几句，完全是样子货。当然也不能说没有成绩。

邰：很多同志经常提到陕西作协的"太白会议"，这个会议的大致情形，您是否记得？您觉得这次会议对陕西文学的发展有何作用？

畅：我记不清楚了，不过，我不觉得一次会议、两次会议能产生多么根本的作用，固然，它对作家肯定有启发，但这对作家的转变和超越不是关键。作家的成熟或突变是多方面积累的结果，作家到了不吐不快的地步，他就会表现出来，我们要从作家的审美生命过程来考虑这个问题。（陈忠实的"爆发"不是偶然，也不是某些会议点拨的结果，主要是他本人内在审美生命的自然延伸）有了《蓝袍先生》，有了陈忠实对以往党性写作模式的完全剥离，这才会有《白鹿原》的出现。

我感到陕西作家的创作活力需要进一步去激发，作家对人性有了新的发现，他才会有进一步表达的欲望。陕西作协关注作家创作，企图保持文学大省的持续繁荣，这种愿望是好的，但是我们要警惕用政绩文化来束缚作家，引导文学。这种政绩文化的做法在影视创作方面已经很突出。《大秦岭》《望长安》等就是。也就是我们对激发作家创作活力的途径思索得太少，往往喜欢采取老一套的下乡采风实在是花钱不讨好，也违背文学发展的规律。我们应该做的是利用官员的便利让作家具有更大的自由度，使作家的自由意志得到充分的发挥；与此同时，也要警惕作协或文化系统的领导用功利主义的思想毒害作家。每年评五个一工程奖，导致有些作家为了获奖违心地改写自己的作品，追逐名利。因为获奖就能够得到媒体的追捧，就能获得政府和某些部门的奖金等，这对作家来说不是好事情。

邰：陕西文学批评家之间有无"圈子"现象？您如何看待"博士直谏"事件？

畅：说到圈子，我的感觉，圈子是存在的。不过这也是正常的，就像日常生活中，我们有亲疏朋友一样。那些意见相投、情趣相投的人经常在一起切磋自然就有了圈子。这不奇怪，也不是坏事。但问题是我们现在的圈子很幼稚，不能构成文学批评的流派，西方的文学批评流派就是圈子，可以形成一个学派，可惜我们的圈子是在低层次上交往，没有在理论上提高。

"博士直谏"打破了批评的沉闷，激发陕西评论界反思自身。李建军不是没有偏颇，但陕西对自己树立的作家总是要极力保护（这也是问题）。所以，一石激起千层浪，从这一点说，这个事件是有意义的。不过，李建军由于观点的过分偏激，往往让人们不能接受他的观点。因此，文学批评需要理性，公正地面对作家文本。片面性举动固然能带来片面的深刻，但也会带来不应有的负面效应。所以这个事件有价值也有局限。

邰：您怎么看待陕西文学的现状，以及作协发展文学的某些做法？

畅：目前文学创作的的成绩不可否定，但危机明显存在。这决定于我们把尺度（或目标）定在什么方面，不能单纯地以陈忠实、贾平凹或茅盾文学奖为标杆。我们要思索人类文学发展到什么程度，我们的软实力是否能够和国际水准较量，诸如此类的问题，不要关着门充霸王。现在流行的签约作家的做法，只能达到按照领导的意图发展文学的目的，不是文学应有的道路。历史上成就辉煌的作家，谁给他们规定道路呢？事先给了作家经费，或者履行签约仪式，这是功利性的行为，也是反文学性的做法。具体说来，就是"忌大喜一"。大，是丰富多元；一就是统一意志，而不是差异性基础上的同一。实际上，中国目前整个人文学科的发展也受到这种"统一"的制约。用某个报纸的话说，中国的高校正在培养"精致的利己主义者"，这表现为知识分子正在失去自己的担当。我个人现在对国家的政治有两种态度，作为共产党员，我拥护中国共产党执政；作为一个公民，我反对中国共产党的腐败；作为一个知识分子，虽然我们可能改变不了大局，但我们可以力所能及地促进社会进步，这就是知识分子应有的使命。只有这样才是对这个民族负责。我觉得作为文学批评家应有一个文化的觉醒或者使命的承担。

邰：您最满意的理论著作或文章是哪些？为什么？

畅：我先说一下我现在的精神状态。随着年龄的增长，我在反思自己所走过的道路，上学、执教以及退休以后的活动，实际上现在还带博士生。我明白，自己这个年龄容易保守，甚至落伍，所以我经常看书、思考，以免自己跟不上时代的发展。不过，我长期工作的兴趣和重心在文艺理论学科建设方面，因为我们是属于高校系统的人，不是专门搞文学评论的。

因此我比较满意的著作大部分是文艺理论方面的。第一本，《主体论文艺学》这本书主要面向新时期中国文学的态势。在此之前，我与刘再复、何西来有联系，很关注主体论，但这本书是在大的人文背景下启动的，出版后被列入刘再复主持的国家"九五"重大课题：文艺新学科丛书的子项目。20世纪80年代末出版，相对于当时的文艺理论，在国内产生了重大的影响，钱中文先生曾经作过肯定性评介。

第二本是《文艺学导论》，1992年前后，由陕西教育出版社出版。中国社会科学院汤学智写过一篇评论中国当代文学理论的文章中曾经提到"从主体论到文艺学导论"，北京大学的王岳川也曾就这本书写过一段评语。

第三本是《马克思主义文艺理论》，这本教材已出两版，再版时有修订。这本教材在全国高校使用时间很长，大概从2000年到2011

年。这本书的特点在于，不仅有国内马克思主义文艺理论的各种观点，而且吸纳了国际上的不同观点，并且附录了西方研究马克思主义文艺理论文章的目录，视野较为开阔。

第四本是《文学文化学》（最近准备修订），这本教材获得2000年陕西省优秀教学成果一等奖，是国内从文化学角度谈文学理论的最早一本教材。

文学批评方面的成果不太多。20世纪90年代有一本《神秘黑箱的窥视》，主要涉及陕西的五位作家，陈忠实、路遥、贾平凹、邹志安、李天芳。这本书的特点在于书中既有年轻的评论家对五位作家的评论，也有五位作家对年轻批评家评论的看法，另有其他评论家的观点，这种"三方对话"的方式得到一些同行的认可，杜书瀛就此专门写过评论，王巨才题写了书名。

我很少对陕西作家进行具体的评论，往往是在各种研讨会上有些言论。写成专著的唯有一本《陈忠实论》，从文化角度切入。另外，很长时间有一个计划，想编写一本《二十世纪陕西文学》，在20世纪90年代就有这个念头，但由于社会上对《废都》的评价不一，这样就拖到现在。

邰：我发现陕西的老一代评论家大都有创作的经历，我也看到过您的不少杂文。但不知您有没有其他体裁的作品？您怎么看创作于批评家的意义。

畅：这一两年，我写了200多首古典诗词，准备结集出版。这些诗词绝没有风花雪月，全是针对现实，有感而发。

邰：您对一些同行批评家有什么印象？比如王愚、刘建军、肖云儒等。

畅：王愚对文学的感觉很敏锐，比如他对京夫的评价就很到位。

王愚的知识面和阅读量在我们这一代批评家中居于前沿。同样，他对现实生活的感觉同样敏锐，不过出于自我保护的策略，他一般在文章中不显示自己的批判性。

商子雍的优长是杂文写得好，对现实的批判意识深刻。

刘建军很正派，大家都很尊敬他。在"笔耕"组中，刘老师是我最密切的朋友，一般我们同去开会，很自然地就住在一个房间。他表面上不大说话，但在朋友间却是无话不说，当然他绝不随便说话，要说就理很长。王愚也很器重他，我对他们两人都很信任，所以，当《神秘黑箱的窥视》这本书要出版的时候，我请王愚写了序，请刘建军作了跋。

肖云儒很勤奋，接受新知识快，我曾经当面批评过他两次，一次是在咸阳被评为全国魅力城市的研讨会上，一次是在他的书法展览时。事后，他给我解释，他是报人出身，有报人的苦恼。这就是要守纪律，说话作文有政治的要求、规约，我因此也理解了。

说起来，我这人的缺点很明显，说话太直。

我觉得文人相处的原则是要看到别人的长处，所谓循理去私，一旦有了私念就不能循理。

肖云儒访谈录

2012 年 6 月 15 日　唐华宾馆 1146 室

邰科祥（以下简称邰）：肖老师，作为陕西新时期文学 30 多年的参与者和见证人，您觉得陕西文学界在这 30 多年间有哪些事件值得评说？

肖云儒（以下简称肖）：我个人觉得，在改革开放这 30 多年间，陕西文学界有这样一些事件值得记忆。

第一是"拨乱反正"。我自己亲身经历了这个过程。我在汉中下放十多年，1979 年落实政策，调回报社。分管文艺评论工作，以前也是编辑，现在是分管文艺，当时发了多篇文艺界平反冤假错案的报道，为很多作品开过平反大会，像《保卫延安》等。现在回想起来，那个时候，人们的思维还是"左"的，什么事都是"四人帮"如何如何，有点像《白鹿原》中所说的"翻鏊子"的情形，政治坐标反转了 180 度。当时与全国一样，陕西也开展了"歌德与缺德"的讨论，讨论中就有"批评'歌功颂德'是缺德的观点"。当时，我和李星负责写会议纪要，因为要在《陕西日报》发表，这个纪要是胡采定稿的，他几乎一字一句地抠，这一点给我的印象很深，胡老的思维比较辩证，态度很谨慎。稿子很长，发了一整版，对改革开放后文艺界左右两个极端进行了扳正。

第二是"笔耕"文学组的成立及其活动。这个小组的成立是陕西作协和《陕西日报》文艺部联合发起的，这一点，从担任小组顾问的三个人的身份就能看出,这三个顾问是胡采(陕西作协)、杨天龙(《陕西日报》的编委)、王丕祥(《延河》主编)。成立的背景是这样,改革开放后,文艺思潮成为领导文艺创作的思想库,而文艺思想又成为整个社会思想的旗帜。当时社会上的很多新观点都由文艺开始。"笔耕"组的第一任组长是王愚,副组长是肖云儒,陈深和蒙万夫是两三年之后补进来的副组长,李星一直做记录,当时有无秘书一说,我记不清了。

"笔耕"组比较切实地做了一些文学评论的工作。那个时候,大家都切切实实地做作品评论。我记得对陈忠实、邹志安的第一篇评论是我写的。这期间召开了一次"太白会议"非常重要,推出了陕西中短篇小说的作家群体,陕西文学第一次以集群的形式被推出,由此开始,实际上陕西的文学批评群体也由此正式亮相。这就有了两个群体。这两个群体的良好互动取得了很好的效果,当时很多作家主动提出给他们的作品开研讨会,(主要是"把脉",与现在的研讨会完全不同),比如京夫。但也有组织出面的,"贾平凹近作研讨会"就是陕西省委宣传部授意《陕西日报》牵头的,这个会的调子定得是有点"批判"的意味,但在会议上,"笔耕"组的成员的观点却比较客观、公正,会议的气氛很正常,有批评意见也有反批评的声音。薛迪之就反对开这个会。我记得雷抒雁在会后见了我说:"听说你们给平凹会诊哩。"在外界的很多人看来,这次讨论会是一次批判会,这可能与那个年代有关,"文化大革命"刚过,大家把批评与批判等同,只要说到批评,就想到是搞大批判。

"笔耕"组成立稍后,《陕西日报》就开辟了"文艺评论"专版,我是责任编辑,最开始是半月一期,后来是一月一期。作者主要是"笔耕"组成员,我记得第一篇稿子是薛迪之的《"聚焦"与"放大"》。当然,"笔耕"组的另外一个阵地就是《延河》的文艺评论栏目。

说到"笔耕"组后来淡出的原因,我觉得有两个方面:一是陕西文艺评论家协会的成立。这是陕西省文联属下的一个群众组织,在全国范围内属于成立较早的评论家协会,开始无编制、无经费,现在已经有四个编制。二是作协的工作走入正轨。

第三是对《废都》《白鹿原》的定性。这两部小说出版后，社会上产生了轰动性的效应，当时作为国家思想文化管理的最高机构中宣部虽然没有明确表态，但却通过一些间接的方式表明了他们的立场，北京出版局用文件禁止《废都》出版、印行并对北京出版社进行了严厉的处罚；《白鹿原》"翻鳌子"的说法有点敏感。但是，中宣部很慎重，他们并不轻易地作结论，因此，中宣部指示陕西省委宣传部首先拿出一个意见。省委宣传部为了表示对作家的负责，首先邀请了省内七位著名的专家学者集体讨论。这七个人是：刘建军、畅广元、我、李星、王仲生、孙豹隐，王巨才部长主持了会议，在这个务虚会上，大家畅所欲言，从整体上肯定了这两部小说，但也指出了他们的缺点，但主要从艺术上分析。这个结论在很大程度上就成为中宣部意见的基调。由此可以看出，陕西文艺界还是正气充盈，在关键时刻保护、捍卫了作家的利益。

我记得当时就这两部小说说了几点意思：其一，《废都》中的"框框"是出版纪律问题，与文艺评论无关。其二，《废都》中的"颓废"情绪在"文化大革命"背景下是必然的现象，不能要求知识分子都是英雄。《废都》是非史之史，无律之律。经历过"文化大革命"的知识分子，颓废就成了一种必然。其三，《白鹿原》中的"翻鳌子"的说法，我们以为是平民视角，所传达的是老百姓的直观感受，无意识形态的倾向。总体说来，这次会议是善意的，比起80年代批评贾平凹的《二月杏》等作品时显得成熟多了。这不只是评论家的成熟，也是时代的成熟。

第四是"博士直谏"事件的效应。这个事件的当事人李建军，他的观点有一定道理，但作为我或者很多人又接受不了他那种评论风格。不过，这个事件对陕西以至全国评论界有两个意义：第一，标志着陕西中青年评论家的崛起，他们希望发出自己的声音；第二，冲击了陕西评论界"温良恭俭让"的传统风气，为评论界吹进一股清新之风。

邰：文艺评论家协会成立后都做了哪些工作？

肖：从职责上，文艺评论家协会已不限于文学的范围而扩大到整个文艺界，当时的活动很多，主要是到全省各地召开各种内容的研讨会，汉中的"汉水文化讨论会"，宝鸡的文艺理论研讨，渭南的秦东戏剧讨论会，延安、榆林的文学创作、民歌研讨会等。正是在延安的研讨会，正式推出了"山花"现象。

邰：您在陕西日报社工作多年，主要是负责文学批评的栏目还是有其他角色，您觉得《陕西日报》也包括其他媒体曾经在陕西文学批评中发挥了什么样的作用？应该发挥怎样的作用？

肖：我在《陕西日报》工作了大约十年时间。在改革开放以前，我觉得报纸所体现的文艺批评的核心价值观是对思想意识形态指令的执行；改革开放以后，报纸的评论则变成了以市场为主导的宣传行为。这两种价值取向都有偏颇，但《陕西日报》的文艺评论始终慎重、稳健并保持着正气：这就是编辑愿意替作家承担一定的责任，为他们减压。稿子是他们向作家约的，文字是他们亲自编辑的，如果出了什么问题，他们当然愿意自己先扛着。

邰：陕西文联作为与陕西作协并行的一个组织，其对陕西文学批评做了哪些实质性的贡献？您怎么评价陕西文艺家评论协会的作用，它与笔耕文学组有无接续关系？

肖：陕西文艺评论家协会应该是"笔耕"组的一个延续，无论从人员的构成还是职责方面都有一脉相承之处。可以说，评论家协会首先从组织形态上扩展、延伸了"笔耕"组的社会功能。其次，扩大了批评的对象。原来主要限于文学，现在则包含了艺术的所有门类，书法、绘画、音乐、影视等都进入批评家的视野。最后，文艺评论家协会成为一个专职文艺评论领导组织并在全省各地建立了她的分支机构。在20世纪90年代，全国只有广东和陕西有这样的组织。因此，它对全国文艺评论队伍的建设有一定的推动作用。

如果说有什么遗憾的话，就是对活动的组织抓得多，对学术、学理的建设有所忽视，再就是队伍的发展和成果的推出重视不够，所以对陕西文艺发展的影响不是很大。

邰：您在全国文学理论界产生影响的著名观点，除了"形散神不散""西部文学"等之外，还有那些？

肖：除过这两个概念的提出，还能言说的大概是这样几篇文章。80年代有《多光源下塑造人物》提出了"正光源""逆光源""多光源"的观点，引用率较高；90年代《文学作品中的封建主义潜流》《关于人文精神的讨论》；21世纪以后，《路遥的意识视界》分析了路遥作品中的两个矛盾，即永远想走出黄土地却始终没有走出的情形，他想以强者的姿态征服城市，他有成为政治家的野心，但现实并不允许他实现自己的理想，他于是只能退而求其次，借助于文学的力量，在作品中塑造具有进取心、向上感，希望建功立业的强者形象。还有一篇是谈《文艺创作中的"最后"现象》。

邰：您现在担任很多组织的领导，也有很多头衔，但是更多地被誉为"文化学者"，这是否与您的研究领域宽阔，接受新知迅速，思维敏捷有关？您怎么看自己研究领域的不断拓展？

肖：我的研究基本上是十年一个转换。我原本是学新闻的，所以最早从社会切入，20世纪70年代末开始文学批评。第一个十年就是1970—1980年，分两个阶段：前五年，主要是作家作品评论，从文本开始，写了不少书评、剧评、影评；后五年，意识到必须有自己的领域，不能跟在别人后面亦步亦趋。张立戏谑我是"意大利的香肠"，我也觉得,不能当我是糅子?一段一段的很零碎。于是,我开始搞西部文学论。我发现传统的一些理论坐标已经不能完全承担。这就到了20世纪八九十年代,我读了很多书,后来提出"五圈三线"的文化理念,假如说文化是人类的高地,那么西部就是人类文化盆地,她沟通着东西方文化。这种发现让我感觉,这比别人牵着鼻子走有意思,既执着了主体,又让诗意的火花四溅。写完《西部文学论稿》后,1990—2000年我开始用文化的眼光看各种社会问题,解读陕西,解读中国。我说,如果说北京是中国文化的树干,上海是枝叶,西安就是树根。

我这个人是"喜新厌旧",不愿做重复性的工作。比如我就不擅长讲课或者说不会讲课,总是重复一个观点。令我感到自豪的是经常有很多思想的闪光,但却没有恒心,我做学问完全是"猴子掰苞谷"。理论底子差,往往是别人把我的闪光点构成了体系,我自己却不能。所以,我不可能成为学院派。但我愉悦的是这些闪光,因为这让我的生命始终处于创造中。新的现象不允许我在一个课题上钻下去,我往往喜欢在前沿的课题上活跃,在理论中享受着自己。

邰:陕西近几年拍摄了几部大型文化纪录片,您好像担任其中的文学顾问,请问您如何看待《大秦岭》《望长安》《大鲁艺》这样的由政府斥巨资完成的大制作现象?

肖:是顾问,但常常是顾而不问。对于这种大制作现象,我有两个看法。其一,举全省之力(从事文化片的制作)可以从经费和人力上给予充分的保证;在学术上也有贡献,这就是把秦岭作为文化现象推向全国以至世界,其功不可没。这种方式比单纯地宣传陕西意义大得多。其二,不可否认,这种行为也有功利的一面,希望宣传陕西,让更多的人关注陕西、了解陕西。借此带动陕西的经济、文化等其他产业的发展。不过,值得称道的是这几个文化片中的意识形态因素不大明显,更多地尊重了文艺的规律。

《大鲁艺》可以说是一次文化的大集结。在同类制作中，其影像资料是最完整的，很多口述的实录非常珍贵，这些"鲁艺"的当事人现在大部分都在80岁以上的高龄，如果不及时抢救就再也没有机会了。《大鲁艺》的一些资料确实与我们以前做的一些工作有密切的关联。1992年、2002年，我们分别围绕鲁艺和延安文艺座谈会做过两次专题片，其中1992年的《长青的五月》，我担任总撰稿。

不见得所有文化都要大制作，但是这几部专题片的确有价值，他们为陕西形象的树立做了巨大的贡献。

邰：您对同时代的陕西批评家，如胡采、刘建军、畅广元、王愚、李星、蒙万夫、费秉勋等的印象如何？在你们的交往间有没有值得纪念的一些故事？

肖：胡采是我很尊重的批评家。他对陕西文艺批评的贡献举足轻重。第一，他是把辩证唯物主义应用到陕西文艺评论的第一人，他的代表著作《从生活到艺术》就是坚持反映论的成果；第二，他团结引领了1949年后陕西第一个作家群体，采用结对子的方式使陕西作家与批评家愉快地合作、进步。他的人格魅力令人钦佩，他对后学关爱有加，平易近人。当然，时代的局限使他在某些观点上难免有些缺陷。

刘建军完全是一个长者的形象，很有能力，藏而不露，很厚实。

畅广元对现代文艺理论的概念吃得透，有自己的理论体系，但对作品感受能力稍弱。

王愚恰是作品的感受能力强，说得很准，善把脉，但理论欠缺。

李星的阅读量大，我们经常开玩笑说，他是"最后一个读书人"，善比较论述。

蒙万夫的社会学分析能力、思维能力都很强。

费秉勋的感悟能力强，更用力古典批评。

评论家的特长往往与自己的生命气质、知识架构合而为一，他们自身的禀赋决定了各自的特点。

邵：市场经济后，文学批评领域最大的变化有哪些？陕西文艺评论存在哪些不足？如何改进？

肖：商品经济以来文学评论被市场绑架应该说是文艺评论领域最大的变化。现在的时代是科技时代，也是传媒时代，更是市场时代。文艺的发展不能不做相应的调整。现在的作品不能不依赖传媒。而传媒关注的是新闻效益，不是审美。作品若无当下效应，媒体就不会关注。作家为了推出自己的作品就不得不采取手段与传媒套近乎。作家进不了传媒就进不了市场，现实逼迫着一些人花钱请媒体宣传，请批评家美言，开研讨会，所谓"发红包"。一段时间，人们对这种现象曾经大加挞伐。长期以来，评论家的酬劳都是严重倒挂，他们是思想者不是简单的体力劳动者，他们的批评劳动理应得到尊重。只要不违法乱纪，不违背批评家最基本的道德底线，收受红包有何不可？我说的批评家的道德底线就是不说假话，不因为收受作家的红包就一味捧场。至于，为什么会有这种红包现象，与评论家无关，是我国制度条件不成熟的结果。包括传媒的收费也不规范，没有制度，我觉得应该分清公益性事业和利益性事业，属于公益性事业的文艺等，理应不收费。

我这几年往往是在强迫的状态下看一些作品，这些作品都是作家送到门上让看的，一般质量都不高，他们就是希望我能为这些作品说几句话，为此他们自然会给一些红包。作为我来说，看完后不说话显然不行，但昧良心一味说好与自己的身份不符，所以往往就只能说一些隔靴搔痒的话，其他的同行未尝不是如此。阅读有些作品完全是浪费生命，但拿了别人的钱就不得不认真地去看。

说到怎么改变这种现状，我觉得只有培养独立的批评家，这些批评家才不被传媒和市场左右。但与此同时必须保证有专门的基金会给他们的工作付酬，这样一来，批评才会公正。当然，也可以有制约批评家的中介机构，相当于对他们的工作进行评级的组织，监督、考评评论家的信誉。当然，这只是理想，姑妄言之，以待来日。我相信，随着整个社会文化水平的提高,评论家的思想会受到大家的倾慕。庸俗的社会培养庸俗的评论家,深刻的社会培养深刻的、高价位的评论家。评论家是思想家,他们的劳动看起来简单却充满着智慧的光芒,人们只看到具体的劳动而忽略了思想家的智慧或创造。按理说,创意是最有价值的行为,可在现代恰恰是它最不值钱。评论家的一句话可能给作家、给社会带来无限的启发,这种效益往往由于不能量化而得不到人们的认可。我们整天说要自主创新?如果不对提供创意的思想家、评论家的劳动给予应有的尊重,创新就永远不能推行,最多批量生产一些低级的、不会思考只能操作的普通劳动者。

李星访谈录

2012 年 4 月 18 日　丰庆路省政府家属院

邰科祥（以下简称邰）：在新时期以来的 30 年间，您觉得陕西文坛有哪些事件或活动值得言说和总结？

李星（以下简称李）：陕西批评界新时期以来 30 年间的大事很多，梳理一下，大概有这样几个。

1. 胡采的复出。大约是 1978 年，"文化大革命"期间，他由于所谓"特务嫌疑"的历史问题受整，"三中"全会后落实政策，回到作协领导岗位。1949 年后的陕西，胡采在评论界可以说一枝独秀，是陕西在全国唯一一个响当当的、有影响的大批评家。有专著《从生活到艺术》，还有专门研究杜鹏程、王汶石、李若冰等作家的文章。他的复出马上把陕西批评界的力量凝聚起来。对一个组织来说，领袖的出现很重要。高校虽然关注批评但构不成团体，而只有胡采以他特殊的身份出面，才把高校、作协以及社会上的批评力量，如报纸、文化系统等有文艺倾向的同好团结起来。胡采的复出直接导致的就是陕西作协机关刊物《延河》的复刊，与此同时，胡采发表了几次重要的谈话，关于当时全国讨论热烈的"写真实""歌颂与暴露""现实主义的传统"等，尤其是在《陕西日报》用一整版的篇幅论述"关于陕西文学当前的几个问题"。

胡采是值得我们研究和纪念的，不管怎么说，任何讲陕西文学批评史的人，无视胡采的存在都是错误的，不真实的。

2. "笔耕"组的成立。有没有名义其实不重要，在胡采领导下本来就是一个批评组织，但是成立一个小组就更容易形成合力，打进全国。"笔耕"成立后的很多会议由王丕祥和胡采主持，王是当时《延河》的主编，他是西北文工团的成员，文化底子较薄弱，主持这样的会议常常跑题，但只要是胡采主持，会议的理论层次马上就提高了。

3. 《小说评论》创刊。1984年6月，杂志的编辑部就成立了，由陕西作协党组任命胡采为主编，王愚、我为副主编。1984年7月，全国当代文学研究会在西安止园饭店召开，陕西省委常委、宣传部长毛生铣在大会致辞时对外宣布，陕西正在筹备《小说评论》杂志。开始准备把杂志名为《当代文坛》，我说四川有同名刊物，还不如叫《小说评论》，因为小说这个体裁当时非常盛行，大家都同意，就确定下来。有了这个阵地，陕西批评界就更富有凝聚力，杂志的编委都是陕西当时著名的批评家，也都是"笔耕"组的成员。

4. "陕军东征"事件。对这个提法的发明权进行争论没有意义，但它概括了一个文学现象，就是陕西作家不约而同地在北京出版了四五部长篇小说，集中展现了陕西文学的实力。虽然其中的作品质量参差不齐，但《白鹿原》和《废都》为陕西文学挣足了面子，特别是《废都》被禁导致了一系列新的文学现象的出现，如文学的商业化、纯文学的回潮、长篇小说热等。

5. "博士直谏"风波。这是陕西评论界的一件大事。也是陕西文学界的一次大动荡。对这个事件，现在有很多不同的说法。不过，我最了解这个事件其中的内幕和真相。可以说，它是陕西文学界内部派别矛盾的集中爆发。也就是围绕这样一个问题：究竟谁是陕西文学界的领袖？我说这些话，只是为了忠于历史，并不想挑起新的矛盾。或者可以换个说法，就是陕西文学界对两种文学风格的严重分歧，由此形成两个派别：一部分人欣赏陈忠实，拥戴陈忠实；另一部分人支持贾平凹，替他抱不平。因为，陈忠实时为陕西省作协主席，是陕西文学界形式上的领袖，有些支持贾平凹的人不大服气。

批评界也一样，对肖云儒、王愚、刘建军等这些靠自己东拼西杀闯出来的一代批评家还要不要给他们一个位置？在陕西从理论界来说，尤西林在全国有很大的影响；可在批评界，虽然这些中年批评家还在发挥着他们的作用，但还没有具有全国影响的人。因此，有不少人就开始向他们发难，包括成立陕西省文艺评论家协会时的人事安排，也有意排挤。其实，这种倾向早在1984年就出现过，当时在《西安日报》有些中年批评家就曾经发文主要针对胡采叫板。所以这是世纪之交、代际更替时陕西文学界、批评界两种文学观念或派别的相互较量和争斗。

陕西省文艺评论家协会的成立（与此有一定关系）是省委宣传部重视的表现。胡采退休以后，陕西作协由李若冰来接管，当作协党组书记。这是一个转折，此前，陕西文学批评由作协负责或牵头，但从此由文联与作协共同承担，陕西文艺评论家协会属于文联的一个群众组织。

邰："笔耕"文学组举办的"贾平凹近作研讨会"据畅老师回忆是一次上级授意召开的"批评"会，你们当时的态度和观点如何？有没有考虑作家的心理承受能力？

李：这次会是否组织授意，我不清楚。我觉得不大可能，也毫无根据。因为以胡采的个性、人格、资历，省委宣传部文艺处是左右不了他的。省委曾经让胡采去宣传部做部长，《文艺报》也曾要他做主编，他都未去，由此他的威望在陕西文艺界愈来愈高。为什么要开这个会？为什么这个会让人觉得有来头？应该说有三个因素，一是外界对贾平凹这组作品有不好的议论；二是作协内部，对这些作品的意见也以负面为主；三是胡采有同感。之所以召开这次会，主要还是为了帮助贾平凹。

当然直接原因是我写了一篇批评贾平凹的文章，这篇文章现在看来有唯心主义的因素，思想比较保守，观念较为陈旧，还是现实主义的那一套。后来，我给贾平凹道过歉。但当时有些人不大接受，以为我对贾平凹多么不满，记得商子雍曾经请我和贾平凹吃过两次饭，其实是调解我们的关系，可是我当时没有意识到。这篇文章，当时在《延河》上发不出来，王愚和陈贤仲都不愿由一个小人物带这个头。

邰：很多同志经常提到陕西作协的"太白会议"，这个会议的大致情形，您是否记得？您觉得这次会议对陕西文学的发展有何作用？

李："太白会议"有几次，但一般都是指1980年的那一次。这次会议，我有详细的记录，大概在一个笔记本上记满了三分之二的篇幅。胡采主持会议，参加会议的有王丕祥、路遥、贾平凹、京夫、徐岳、蒋金彦、王蓬、邹志安、王愚、肖云儒、李星、刘建军、蒙万夫、白冠勇等。会议的主要目的是对陈忠实、邹志安等四个作家的创作进行"会诊"。大家几乎全部是指责，可以说把这四个作家骂得体无完肤，尤其对陈忠实的批评更加尖锐，有人就说他根本不懂小说为何物，这使他很长时间抬不起头来。后来在作协院子里，李天芳见到我说："老陈作品生活的真实感还是很突出的，你们怎么能把他说得一无是处？"可见，这次会议，对这几个作家的冲击非常大。陈忠实正是经过这次痛苦的反思，创作才有了根本的改观，以至于后来出现了《白鹿原》。2009年改革开放30年纪念，《西安晚报》发了一些照片，就是我提供的，有"六个小矮人""阿尔卑斯山别墅"等，你可去查一下。

记得陈忠实在这次会议的间隙，在附近的一个小庙中抽过一签，签文是"一飞冲天"。这次会议的伙食很好，吃了当地的特产。

邰：作为《小说评论》的老主编，您觉得这个杂志对陕西文学做出了什么样的贡献？现在的编辑方针和以前有无变化？您有什么建议？

李：《小说评论》创刊时，胡采是主编，但实际主持工作的是王愚，虽然我和他都是副主编，但刊物方向是王愚主导，他当时得到时为宣传部长的李若冰的支持。"兼容并包"的思想是王愚提出的，栏目的设计也由王愚负责，不过对其中的"小说形势分析"这个栏目，现在还在沿用，我一直有看法，觉得有点政治意味。我作为副主编，主要是负责处理稿子，发现了一批作者，我始终是以文学作为最高标准，不以人情的远近为稿件的取舍尺度。胡采只挂名，王愚有稿件终审权。他的理论修养好，但文学感觉往往人云亦云。在作协中，常常是路遥、李小巴等人说什么作品好，他就跟着说好。有时可能连作品也没看，有一次他给《文艺报》写小说综览，竟然把某些作品的情节搞错。我则是理论水平低，文学感觉好，有自己的思想，在文章中有闪光点。

在我做主编后，有两件事值得骄傲。一是用整期的篇幅发表评论《白鹿原》的文章，我觉得看准了就不怕外界的批评；二是在栏目上增加了"小说家档案"，把作家访谈、作家创作谈，以及作家作品评论汇聚在一起。此事曾征求过李国平的意见，现在还保留着。

邰：您在一些场合表露了对陕西现在的文艺批评现状的不满，您觉得这是批评工作者自身的修养问题还是与文学形势总体发生的变化有关？

李：对陕西文艺批评的现状的意见，我在那次"笔耕"文学组成立30周年纪念会上已经说过。至于文学的总体形势，那就是现在文学的信息量太大，批评家们很难在当年阅读完全国同年度的各种作品；另一方面，现在的这批批评家大都在高校，在各单位都是骨干，有的人还担任行政职务，这就使他们不一定把文艺评论当作他们唯一的生存之路。可是我们这一代人不一样，我们只有这条道可走，如果你不在全国性的报刊发文章，没有自己的声音，就进不了文学批评的队伍，得不到文坛的承认。也许是这两方面的变化，是我们这一代批评家与现在的批评家从内在发展动力上的明显不同。

邰：看过《李星文集》后，我方知您最早的理想是搞创作，而且文集中也收录了几篇小说和一些散文，像《古城渔夫》《怀念喜儿》《我的优胜记略》等篇特别生动感人，我觉得您的形象思维能力丝毫不亚于您的理性思辨水平，那么，您最终没有走创作之路只是因为工作关系还是有其他原因？

李：我个人绝对不是一个本事很大的人，好像自己什么都能做。不是的，我其实是一个随遇而安的人。组织把我放到什么岗位，我就做什么工作。的确在年轻时候，理想是搞创作。可是到了陕西省作协，我却被安排到《延河》评论组，这样就一直关注评论，与文学创作就成了两套车。

当然，还有一些原因，就是我起初写过一些作品，分别请王汶石老师、京夫等人看过。京夫是个老实人，没说什么；王汶石却否定了，说我这是素材不是小说，这就打击了我的创作积极性。但是，我习作中的一些情节，被京夫吸收到他的成名作《手杖》中。

邰：您现在"终南学社"的具体工作有哪些？这个社团近期开展了哪些活动？

李：在终南学社主要工作是编一本杂志《终南文化研究》，它的稿源有两个渠道：一是自然来稿；二是从网上选载。另外就是邀请全国的文化名家为学社和学生开讲座，我们已经请韩石山、孙皓晖、孙郁等讲过。孙皓晖知识渊博，口才也好，但是那次讲座差点让学生轰下台，因为他大谈他的非儒观。不过，事后，他也很理解。

李国平访谈录

2011年10月7日　陕西省作协办公室

邰科祥（以下简称邰）：您是哪一年参与"笔耕"文学组活动的？在您的记忆中，"笔耕"文学组的活动持续到什么时候就中断了？是哪些原因？"笔耕"文学组最值得一提的贡献有哪些？

李国平（以下简称李）：我是1982年元月分到作协，进入"笔耕"组，当时还是个愣头青，主要是做秘书工作。"笔耕"组成立于1981年，背景是20世纪80年代初，文学的复苏与活跃。最直接的契机是，陕西的一批老作家，如杜鹏程、王汶石等重新回到作协，作协包括所主办的杂志功能开始恢复，路遥、陈忠实、贾平凹等的创作在全国崭露头角。文学创作的相对活跃，无形中刺激了文学批评必须加强。加之刘建军、薛瑞生、费秉勋、肖云儒等人焕发了多年从事文学批评的热情。刘建军在1980年后，在《文艺报》《文学评论》等主流刊物发表了关于现实主义、人道主义论争的一批文章，直接介入全国一线文学批评的声音之中。

据我所知，"笔耕"组成立时，开始想成为作协的一个实体组织，但当时的政策不大现实，后来就成了一种民间组织。不过，事先也与陕西省委宣传部做了沟通。由于陕西省文联刚刚成立，机构还不健全，主要的工作就由作协和西北大学两个单位的相关人员承担。胡采作为"笔耕"组的顾问，组长是王愚和肖云儒，李星后来可能担任副组长兼秘书。第一批成员有 13 人，现在有不少已经过世，如姚虹、李健民等。队伍不固定，后来又加入了一些新成员，但同时也有老成员退出。

"笔耕"组活动的中断大概在 80 年代末。也没什么原因，属于自然过渡。《小说评论》杂志的创办为他们搭起了另一个平台，另外就是作协的组织功能逐渐凸显。此后的很多研讨会以及文学批评活动其实主要还是这些成员，但基本上不用"笔耕"组的名义。

要说"笔耕"组最有影响的活动大概是三次会议，一是 1982 年的"贾平凹近作研讨会"；二是"路遥的《人生》研讨会"；三是"太白会议"。

"贾平凹近作研讨会"对贾平凹的刺激很大，现在看来，当时可能有点过火，但批评家们的用意是好的，希望他的创作继续进步；"路遥的《人生》研讨会"扩大了小说《人生》的影响，对路遥日后创作长篇小说增强了信心；"太白会议"在陕西新时期创作史上有着非同寻常的意义，在一定程度上，引领了陕西文学的方向。

总之，"笔耕"文学组是一个具有同好，注重个人交谊，崇尚文人雅聚传统的一个民间批评团体，是 20 世纪 80 年代中国第一家民间批评组织。它对陕西文学进入新时期后的发展产生了不可磨灭的重大作用。具体说有这样三点：

第一，新时期文学 30 年，陕西文学批评与文学创作一同生长。没有陕西文学评论的繁荣就没有陕西文学在新时期所达到的高度。在这个意义上说，"笔耕"文学组是陕西文学的思想库。

第二，陕西当时的中青年作家，包括路遥、陈忠实、贾平凹等都得到过"笔耕"文学组成员一对一的跟踪批评。在一定程度上，是批评家们把他们推向全国。

第三，陕西文学批评迄今为止的良好文学氛围和传统是"笔耕"文学组所建立的。

邰：20 世纪 90 年代出现的"陕军东征"是一种偶然还是必然？

为什么？怎么看待后来有些人的蓄意炒作？这个现象在陕西当代文学发展和中国文学发展中占有什么地位？

李：表面看这是一种偶然。1992年，陕西作家创作的五部长篇小说在北京相继出版，完全是凑巧。但从深层背景来看又是一种必然。陕西作家经过多年的积淀在同一个时段有一个创作的爆发期，这是不可避免的。陕西作家的长篇创作在全国范围内起步较晚。他们当时主要的成就和精力在短、中篇小说。1982年，路遥的《惊心动魄的一幕》获得全国优秀中篇小说奖也是排在最末的位置，更长的作品还没有诞生。第一、二届茅盾文学奖，陕西一直缺席，没有作品参评更遑论获奖。1986年，陕西作协在延安和榆林两地连续召开了"长篇小说促进会"，会上，安排我有一个主题发言：重点介绍当时全国长篇小说创作的情况；李小巴介绍国外当代长篇小说创作的概况。会议的主题很明确，就是加快陕西作家长篇小说创作的步伐。事实上，效果很明显，《浮躁》《平凡的世界》等作品很快就出来了。当然这不完全是这次会议的结果，作家内在的创作节奏正好与此合拍是最主要的因素。1992年的所谓"陕军东征"正是在这种前提下出现的一次长篇创作高潮。

如果说有人借此事件炒作自己的小说，这个比较难说。我觉得像程海提醒这个名词的始作俑者应该把自己的小说包含其中也没有什么不对，从理论上，符合这个时间和地理的长篇小说都应该划入其中；至于有人争议这个提法或名词的首创权，那已经是另外一个问题。也不排除某些作家借助这种在全国产生了轰动效应的新闻现象提高自己的知名度和小说地位的企图，但这就成了另一种情况，你可以做深层次的研究。

说到"陕军东征"现象的效应和价值，是否可以这样表述：为陕西文学贡献了几部好作品，尤其是《白鹿原》；在文学的萧条期，重振了文学的信心；接续几乎中断了的文学思潮。《废都》直面社会世相，微妙地折射了中国人精神发展的曲折。

邰：2000年的"博士直谏"时间已经过去十多年了，回过头来看，这个事件背后的深层动因是什么？

李：在这个事件之前，作家鹤坪与我编了一本《〈白鹿原〉评论集》，准备交陕西旅游出版社出版，出版社已经给我们两人3000元的稿费，但是陈忠实知道这件事以后不同意由陕西旅游出版社出版，他说最合适的是让人民文学出版社出，因为原作是他们出的。此事就搁了下来。一年后，这本评论集，由人民文学出版社出了，署名用了社名，没有挂我们的名字，只在后记中略微提了一下。

这本书出来后，陕西作协准备开一个研讨会，李建军当时是这本评论集的责任编辑，在研讨会上，他有个发言，所以就被邀请回陕。会后，《三秦都市报》记者杜晓英对李建军做了一次访谈，这就是后来所说的"博士直谏"。实际上，这个访谈倒没什么，吸引人们眼球的是谈话中以及之后所引起的"贾平凹和李建军之争论"。按说，这个访谈本身并非针对贾平凹一人，而是对整个陕西文坛的不满，当然，对贾平凹的指责相对多了一些而且比较言重。尽管对陈忠实也有批评，但明显的是"打苍蝇不打老虎"，只说细节。

邰：那么这背后有无个人的义气存在？

李：这很难说，心理层面的东西在坊间可能有很多版本，但没有文字性的依据就不好说。

邰：陕西文学界的各种研讨会，您大概都参与其中，您感觉到研讨会从什么时候发生了一些微妙的变化？你对研讨会的举办有什么看法？

李：也不是所有的研讨会都去，大部分参加了。"笔耕"组时期的研讨会，社会背景相对简单，办会的资金也不是很多，当时大家就是在一起谈文学，会开完了，一般连午餐也没人招待，更不用说发什么劳务费。而且不只陕西，全国都一样。

你所说的微妙变化如果包括吃饭、发钱这种情况的话，大概到了21世纪。但这也没什么不正常。有的作品质量一般，作者希望开一个研讨会，这等于强制批评家要阅读他的书，那么他们为此付出的时间、劳动自然应该得到一定的酬报，商品经济社会，这种现象天经地义。问题在于，在研讨会上，批评家们是否谈出了真实的看法。不能因为吃人嘴短，只说好话，那就变了味，成为吹捧会或宣传会。这几年，这个现象不能说没有，但我们也要看到，研讨会上，还是有不少批评家始终坚守独立的原则，忠实自己的阅读感觉而不是一味给作者戴高帽。

开研讨会只是文学活动的一部分，是不是一定要有作协或者批评家协会来承办，我看未必，这两个机构，它们还有其他职能，再说经费也是令人头疼的事。所以，目前的情形，大学主办研讨会是再合适不过，一方面大学的性质中立，同时它们有相应的经费；另一方面学科建设也需要这些氛围。甚至，在我看来，不挂任何单位的名号也可以开研讨会，那样更加民主。当然，现在人们都不能免俗，总希望研讨会主办者、出席者有身份、有规格，似乎这样才能扩大、提高作品的影响。其实，会议的规格与研讨会的质量并不成正比。

郎：陕西文学批评界目下存在的主要问题是什么？如何解决？

李：要说陕西批评界目下的问题，我觉得有这样几个方面：第一，介入全国一线阅读的很少，进入全国一流批评家的声音更少。要改变这种情况，需要不断提高批评家自身的层次和修养。现在大学的教授、博士，从事文学批评工作大都急功近利，选择话题时总考虑身边的作家和文学现象，视野不能放眼全国性的热点，缺乏对深层话题进行深入的探讨。第二，批评者自身的工作压力增大，很难有专门的精力投入。现在的大学评价机制对老师们的要求很多，每年要完成多少课题，发表多少论文，出版几本专著，而且这些指标都有层次的规定，这就使他们整天疲于奔命，根本无暇静下心来关注一些文学的深层问题，大多是一些完成任务的急就章。要把人解放出来，这是社会体制的问题，可能需要较长的时间。第三，个别批评者受到物质利益的驱动无心从事这项清贫的事业，有的人经常没有原则地说违心话。纯正的文学精神正在受到挑战。我觉得，作为一个批评家，公正的立场，客观的判断是他们的基本原则，这是在任何时候都不能动摇的。

邢小利访谈录

2012 年 8 月 20 日　邢小利工作室

邰科祥（以下简称邰）：邢老师，很早就说要来拜访您，可是大家都忙，一直拖到现在，今天我们闲聊，也可能涉及一些严肃的话题，因为我正在做一个口述陕西新时期文学思潮的课题。所以，我带了录音机，方便回去以后整理。

邢小利（以下简称邢）：你还要录音，那就要说话谨慎了。

邰：那倒不必，率性而谈才能真实而深刻。您不用担心，我不会随便篡改您的言论，整理后会首先让您审阅。还是从您的经历说起，您最早是哪一年参与陕西文学界的一些活动的？

邢：我是 1988 年正式调入作协，但在 1982 年前后，我就已经参与陕西文学界的一些活动。那时我在西安文理学院（原名：西安联合大学）上学，得到美学教授雷纯德老师的赏识，他推荐我在西安文联主办的杂志《长安》编辑部帮忙，子页是主编，搞评论的李健民是副主编，我协助李健民做些事。毕业后分配到西安市第 92 中，但一直没有间断这个兼职，我一上完课就会到编辑部去。这中间，李健民想调我到西安市文联，但 20 世纪 80 年代，调动很复杂，原单位往往不放人，单位放了，还有区教育局、市教育局等麻缠，这几关过下来，三年就过去了。正好这时省作协《小说评论》编辑部创刊不久，需要人，很快，我就到了这边上班。

邰：这么说来，2000年"博士直谏"的情况，你应该很熟悉？

邢：这个事情，我是当事人，应该说没有任何预谋。贾平凹有误解，说这是有预谋的、有组织的、有计划的。实际上根本不存在这样的情况。

起因是李国平、鹤平、刘斌合编了一本《〈白鹿原〉评论集》，在人民文学出版社出版后，西安要开一个研讨会，李建军作为责任编辑回来参会。李建军原来在西安教育学院，后来在师大，又去北京读博士。然后在人民文学出版社当编辑。

建军去北京读博士之前，与我、仵埂、阎建斌等关系很好，经常在一起玩。他举家北迁后，这次回到西安就没有去处。作为朋友，我们就负责招呼他。在闲聊中，大家说到当时出版不久的《怀念狼》在陕西的有关评论，肖云儒、畅广元、李星等上一辈的评论家，把这部小说捧得太高。说什么：《怀念狼》是中国当代小说的一个高峰，还有环保主题等。这样，让年青一代批评者有点反弹。在《〈白鹿原〉评论集》的研讨会上李建军发言时，顺便就这个话题发了一些感叹，主要是针对这种过誉的评价以及陕西文学批评的风气。对这种炒作或没边没沿的说法，很不认可。建军本来发言很有锋芒，敢说或者说直率。他结合肖洛霍夫的《静静的顿河》中的人文情怀，在总体肯定《白鹿原》价值的基础上，对其中的一些细节处理说了自己的意见。当时陈忠实在场，贾平凹在不在，我记不清了。顺便也说到陕西对《怀念狼》的一些议论，有人说这部小说在北京引起了"地震"。李建军说，我在北京怎么就没有这种感觉。这个研讨会，后来刊发了会议纪要，是我写的。那几年，作协和文联的很多会议纪要基本上都是我或李国平写的，因为我俩年轻。

会后，《三秦都市报》的记者杜晓英就此话题采访了李建军，使这个事件慢慢扩大。李建军的这个发言，在陕西老一辈评论家那里有些反弹。这次论争表面上是把《白鹿原》和贾平凹当作靶子，实际上，是两代作家和老评论家之间分歧的交锋。显示两代人在批评立场和观念上的差异。年轻的评论家觉得上一代批评家现在说话没有边际，不负责任。李震后来有篇文章对这个情况说得很清楚，他说：最后来"收尸"的是评论家，在这次论争中，贾平凹只是充当了个由头。

现在回过头看这件事，我觉得主要的原因是大家不习惯听到批评的声音。当时老一代的王愚、费秉勋、畅广元、李星、肖云儒等参与进来，《华商报》请我和孙见喜、李国平、刘炜评也写文章。后来这个事件有点走偏，陕西省委宣传部觉得不大合适就及时加以阻止。

后来这个论争波及全国，何西来、王斌、郭铁城等参与进来。在我的记忆里，陕西文艺界还没有发生过这样大的事件，我觉得把这些资料编辑起来很有价值，从图书发行角度也会有市场。朱鸿当时在太白文艺出版社任职，他听了我的想法以后很支持，给惠西平副总编做了汇报，社长兼总编陈华昌在香港，惠同意。朱鸿就让我写一个事件引发持续的过程，我附了论争发生发展的时间表，还有一个90年代以来全国的文学论争的文章，包括全国对陈忠实、贾平凹的研究文章。书名是朱鸿起的。书编好后，我给平凹打了电话，因为大家关系很好才事先通通气，他的意思最好不要编。但这边已经编好了，书中正反两面的文章都有，而且意见比较客观，最后还是出了。后来为此书也开了一次研讨会，会上仍然是新老评论家争论，李建军和畅老师就有当面的碰撞，畅老师说李建军自视甚高，建军说那我就自视甚低，后来畅老师在另一次会议上又说李建军有所偏激，我就反对畅老师，你要说李建军在什么地方不对，不能含糊地说偏激。

客观地说，这场论争，开始只是针对作家作品的一个看法，不管是对平凹还是老陈，李建军和他们都是真诚的朋友，后来贾与李两人有了意气。李对贾的所有作品都要挑刺，这就有点走样。

邰：说到这里，我想起一件事，就是 2009 年 11 月前后，陕西师范大学举办了一个陕西文学 30 年的研讨会，当时李建军应邀回西安参加，在此之前，西安建筑科技大学贾平凹文学馆举办了路遥逝世 20 周年纪念会，会上首发了一本申晓主编的《守望路遥》的怀念文集，其中收录了贾平凹一篇《怀念路遥》的文章，轮到李建军发言时，他就由此引入，说他在来西安的飞机上看到报纸转载的这篇文章感到非常气愤，然后说了他的理由。如果他说的在理，也就罢了，但是这个发言，让我听得差点拍案而起。但还是强忍住了，记得是畅广元老师紧接着他的话茬委婉地反击了李建军，畅老师说话很技巧，要我说，可能就要冲动。我倒并非出于维护贾平凹的声誉，而是觉得李建军在胡说八道。我不记得你当时在场没有。他的意思是说贾平凹太恶毒，对于一个已经逝世的作家还说这样刻薄的话，甚至殃及他的家人。我觉得这完全是曲解，是他对贾平凹以往的积怨所导致的偏激。

邢：建军起初对贾平凹的意见都是本着爱文学的态度，当时两人感情也不错，但后来两人在观念上有所交锋，各自或多或少都有些意气在，不很客观，不很冷静。关于你刚才提到的"陕西三十年文学研讨会"，是我最早有这个想法，本来白鹿书院要做，后来没做成，陕西师大田刚他们做了。

邰：好像是张国俊操办的。

邢：建军发言时，我已经离开。但贾平凹《怀念路遥》的文章，我看过，建军的这个话他在会下也说过，所谓死者为大，有些话不适合在人死后说。说死人的"坏话"，死无对证。我也承认贾这篇怀念文章很真诚，但建军从怀念的角度，觉得这样有点不恭，似乎也有道理。

邰：在我看来，贾平凹这篇文章的可贵就在于揭示了路遥作为一名作家的真实心理，为我们了解路遥性格的另一面提供了珍贵的第一手资料；他也是真诚地替这家人接二连三患同样的病感到痛心，他说这可能是基因遗传，这只不过是一种推测而已，怎么能说是恶意诅咒呢？不过，你这个态度让我要反思自己，不能一味地坚持个人的意见，可能换个角度，别人也有道理，不过，就李建军批评贾平凹怀念路遥的文章这件事，我还是倾向于支持贾平凹，但我也对你们的不同看法持保留态度。

邢：我们回到前面的话题，"博士直谏"事件尽管对陕西批评界风气转变有极大的推动作用，也给陕西文坛带来意外的负面影响，陕西文坛从此出现了以陈忠实和贾平凹为中心的两个圈子，其实想起来也很正常，他们两人都有一些朋友，自然地就现出了各自的交往范围。而且老陈和平凹是朋友，两人没什么矛盾，至少据我所知是没有。但有了圈子就容易有猜疑、有帮派。

我后来之所以不愿意搞文学评论，甚至有一种恐惧感，就是发现所有人都不喜欢听批评的话。而且评论圈子开始划界，你不是这样一派就是那一派，完全是阶级斗争的模式，简单的二分法。实际上对李建军的批评勇气和贾平凹的文学创造力，我都钦佩。在我看来，很多事情没有绝对的正确，各种意见都应该并存，民主是啥，各种人都可以发表不同的意见，不能不让人说不同的意见。民主的一个内容是要包容，要尊重每个人的权利。

现在看来，民主和自由对我们很多人来说还是一个很遥远，很陌生的概念。我们这一代还有对民族、国家宏大的思考，"80后"年轻人就很少。实际上，越有话说，越有批评才说明评论有言说的价值，有不同的话题。有些作品想说却无话可说。路遥说，你作品好，原子弹也打不倒，你作品不好，皇帝说你好也没用。

作家表面上说对批评的话没意见，其实没有人真正爱听批评。批评的话私下可以说，但说到当面恐怕都不能接受，特别是当代人不能评当代人。你自己也可以试一试，要是有人对你的代表作品当面提出指责，你可能也不高兴。

邰：那倒不至于，我是会理性的听取别人的批评的，如果人家说得在理，我会心悦诚服。您看我和李建军的争鸣，就没有因此而带个人意气。

邢：我看过你们两人的争鸣。你那篇批评李建军的文章是在《南方文坛》发的？

邰：对。后来李还有反批评，但我没有再回应。我们两人见面后，他改变了从文章中对我的印象，说我是个好人。其实，我对他本人也没什么意见。

邢：但在陕西文坛就不这样简单，你要批贾平凹，就被认为是李建军的党徒。你批评李建军你就是贾平凹的人，这太可怕了。比如说你原来在商洛工作，与贾平凹就有一种渊源关系，你又批评李建军，在别人看来，你当然是贾平凹一伙的，现在你反过来批评贾平凹那就更不行。

邰：我最近才醒悟到这一点，自以为很客观地谈论学术，满怀善意，批评贾平凹的《秦腔》，想来老贾也不会在意。因为早在2005年《秦腔》刚出版，我就与他交换意见，我说不看好这部小说，至今，这个观点没有改变。他当时说，你说你的，没有关系，各人有各人的看法。现在，时过境迁，《秦腔》也获了茅盾文学奖，贾的影响如日中天，我想任是谁说他的不是，也不会对他产生任何动摇，何况是作为朋友。

邢：话说回来，建军的一些观点我也不以为然，特别是他一些绝对化的言论，但你不以为然并不能说明别人一定错。现在受人情关系影响，很难说真话。批评难做就在这里。

李建军的批评给人的感觉似乎有意挑刺。搞批评的，有人很委婉，有人很直率，这是风格，无可厚非。他批评贾平凹不一定是针对贾平凹一个人，问题是他说得有理无理。

邰：这一点我同意，我们针对的是批评本身，不是人。

邢：我们现在讲多元，批评没有绝对真理。

邰：但我觉得，就事论事应该有个是非。

邢：我的意思，把一种批评观点绝对化都不对。

邰：我听说在此之前，李和贾先有一些意气。

邢：一开始肯定是没有的。

邰：这个事件由于建军发言引起记者注意，才去采访，还是？

邢：他的各种观点在会上都说了。

邰：我听方英文说，贾平凹有一段时间对他意见很大，两人关系很僵，见面相互不理，这几年慢慢改变了。我还问过，为了什么事？他说，贾怀疑李建军的直谏事件是他策划的？那么这件事究竟与英文有关系吗？

邢：没有，绝对没有，如果有，我就在其中。方英文和李建军当时的关系，是他的长篇小说《落红》给了李建军，希望能在人民文学出版社出版，建军回来后，他当时是三秦都市报编辑部主任，就派杜晓英做了一次采访,其实采访稿也没什么,就是比较尖锐。英文让记者去采访,这是人之常情。在这中间,老陈始终是参加者。之后贾、陈两人的态度不同也是事实。

邰: 根据你对李建军的了解,他这个人的性格如何?在这场论争中他到底有没有意气?

邢: 建军在西安时比较年轻,他在批评界出道比较晚,相对来说,开始比较温和。贾平凹的《土门》出来后,给我写了一封信,想听听年轻批评家的反应,我还找李建军、仵埂、阎建斌,孙见喜叫了王永生,一起与贾平凹做过一次访谈。那时,他与贾的关系很好。

建军为什么后来变得锋利起来?我觉得主要是他的学问、视野、气度、平台已经完全不同,从北京回来,对陕西就有一种俯视的态度,这一点我们必须承认。如果非要挑剔他的话,只能说建军锋芒太露。

这几年他也经常回来,说话比以前更锋利,他以前主要是文学批评,现在已经扩展到社会批评。有时,我也觉得他的某些行为或言论有点过。但这是他的风格,我们也没办法。

李建军说他有个原则:跟他能说到一块就是朋友,反之就相反。这让我不能接受,我的态度却如佛家说对人不要有分别心。

邰: 您这些年是不是开始信佛?

邢: 信仰是个很高的境界。我还不敢说信佛但敬佛。因为我始终排除不了功利心,总觉得自己的境界不高。所以要达到佛的境界很难。不过,虽不能至、心向往之。我现在已经不愿与人争。比如在工作中,我知道谁算计我,我就离他远一点。现在也能把很多事情想开,特别在一个单位,有利益之争之时,只能一个人上,人家必然要踩你。你不能拿你要求自己的标准要求别人,说你怎么这么笨的。事实上,他就那样笨,如果不笨,就不是你指导他,而是他命令你,要学会站在别人的位置上想。

邰：说到这里，我觉得陈忠实、贾平凹、李星、肖云儒等这一代很多人的功利心都比较强，这恐怕是时代的原因。

邢：他们那一代人很在乎这个东西。我们这一代人有很多人对名利也很重视，但也有淡泊的，他们那一代人很少有人做到淡泊。

邰：关于陕西文艺评论家协会的成立背景，肖云儒说，它是"笔耕"的接续，你认不认可这种看法？

邢：你先不要预设一些概念，1984年，我就参加省上的文艺活动。当时活跃的评论家来自作协的王愚、陈贤仲、李星，西安市文联的李健民，西大的刘建军、蒙万夫、费秉勋、薛瑞生，师大的畅广元，《陕西日报》的肖云儒等，年轻的就我和国平。"笔耕"是一个群众组织，吸引了民间的同好走到一起，这些人对当代文学都感兴趣。

说到陕西文艺评论家协会，与肖云儒有直接关系，肖这个人很聪明，也有自己的想法，加上他的评论有自己的特点。由于他在文联，有这个便利，所以能组织起来，一个组织谁承头搞起来，谁自然就是领袖，陕西文艺评论家协会成立以后，实行的是双会长，肖云儒与王愚，因为王愚年龄大、资历老，所以，王排在肖之前。

这个协会成立以后几乎没有开展什么工作。我有一次和肖云儒开玩笑，你成立这个组织，又不举行什么活动，你这个主席不是白当嘛！

实际上，后来倒举行过两次青年评论家会，影响很大。一次是1986年，在西北大学，张忠良、方竞以及师大的尤西林、高从宜等都参加了。

我觉得老一辈评论家有诸多的问题和缺点，但他们有个优点，很注意提携扶持年轻人，或者叫有组织领导意识，注意传承。不然，批评也后继之人。

后来我给肖云儒建议在解放路的珍珠泉又开过一次，在这个会上我有个发言：《三个半作家》。当时年轻一点搞评论的有仵埂、阎建斌、常智奇、王治民等，其中阎建斌的艺术感觉很好，但很可惜，他后来成立了文化公司，离开了这个行当。

这个会是以陕西文艺评论家协会的名义办的，组织者是李赞，肖云儒、李星、畅广元等老一代评论家只是听会。会场上各抒己见，这是年轻人的权利，但老一辈的观念可能是霸主只有一个，不是你们把我压倒就是我们把你压倒。我写过一篇《话语霸权与其他》专门论述过这个问题。

当然，组织任何一次会，必然要安排谁发言。但根本没有这个争夺话语权的观念，后来在《怀念狼》讨论时确是两代人有争议。

邰：我和李星老师交谈时，他谈到这个过程，也说到两代人争夺话语权的现象。

凡事因人而起，我们谈这些并非想把学术政治化、复杂化或者搬弄是非，而是为了说清许多已经发生的事件中存在的一些问题。

邢：对，但把批评与人际关系联系起来，容易被人理解成阴谋论。本来正常的批评就会被搞得很复杂。

邰：你这个意思表示过多次了，我会把握好这个度。谢谢！我们今天就到这里，以后有机会再聊。

纪念"笔耕"文学小组成立三十周年大会发言整理稿

——"笔耕"文学组成员集体回忆录

2011年12月29日

肖云儒：

1. "笔耕"组的成立是适应思想解放的大形势。文艺理论解放了思想、引领了陕西文学与艺术。

2. 第一届全国短篇小说评奖，陕西有两位作家获奖，即贾平凹和莫伸，此后，陈忠实与京夫的作品也在全国获了奖。这种情况与陕西加强文艺评论密切相关。

"笔耕文学组"初成立时为13人，后扩展为16人，最多时有20—30人。当时形成了"一组（笔耕）、一刊（《延河》）、一报（《陕西日报》文艺评论版）、两会（小说家协会、评论家协会）"。"笔耕"的组织在全国文艺评论的组织中是第一个，广东出现了第二个，因此，阎纲称之为"集体的别林斯基"，《光明日报》曾经报道"笔耕"组活动的情况。冯立山写过一篇文章《论中年评论家》，其中陕西有几人在列。

"笔耕"做了两件事：（1）为思想解放、"拨乱反正"做了开路的工作，全国当时开展的"歌德与缺德"之争就有陕西的声音；（2）先后给30多位作家召开了座谈会，两三年间撰写了300多篇评论。研讨会中印象深刻的两次，一是对京夫的《娘》和《手杖》研讨；二是对《二月杏》的"会诊"。

陕西省评论家协会成立以后,"笔耕"组日常工作自然解体,此后,"笔耕"组的很多成员有了自己独立的研究领域,如喜剧美学、小说美学等,很多人开始著书立说。

"笔耕"组让人怀念的气氛是:(1)评论家参与到作家的创作中,在与作家的互动中提升自己,给创作输入新的理论资源(某种构思的动力);(2)评论家与作家的关系一直很好,是朋友也是诤友;(3)调动多方面的力量,组成了多坐标的评论核心(杂志、报纸、高校)。

现在看来,"笔耕"组只是一个历史现象,是一个"过客",它也有自己的局限性,这种局限性有时代的,也有成员自身的。(1)顺应改革开放、"拨乱反正",政治思想解放的潮流成立,那时参加全国的话语是可以的,但没提升到美学、历史、文化以至更高的层面去展开自己的视野,这也是"笔耕"最后淡出的原因;(2)陕西评论家参与全国文学评论、艺术评论的平台不够,更多关注秦地创作,纳入全国的功夫没有做到。

李星:

1. 感想。一不小心就创造了历史,一不小心就成了历史人物、角色。因此,年轻人要如履薄冰,不要太精!

2. "笔耕"成立的经过。(1)当时没有省文联,以作协为主体,《延河》评论组参与,这其中胡采发挥了重要的作用,可以说,没胡采就不可能有"笔耕",包括创办《小说评论》杂志,胡采善于引导探讨到深层。当时没有媒体的概念,只是因为评论家的身份。(2)大的形势。十一届三中全会以后,《延河》专辟了陈忠实、贾平凹等中青年作家专号,由我邀请曾镇南(当时为北大硕士)写了专论;在这种背景下,胡采提出成立这个组织,核心是胡采;后来贺敬之、陈涌来西安调研,建议(陕西评论界)应该向全国发出自己的声音。《红旗》杂志才开始重视"笔耕",《光明日报》开始有报道。当时成立一个组织不容易,在20世纪五六十年代,可能由此成为"反革命",所以当时我自己很忐忑。(3)经验。首先,懂行的好领导开辟的。胡采时为陕西省作协党组书记、理论家、喜爱批评,宽厚的气氛,是理论思维不是批评思维。其次，以刊物（两版）为中心团结了一大批作家。王愚在其中发挥了鼓动的作用。最后，密切结合陕西作家的实际与作家同行。没有空理论，直面创作。文艺批评变成纯理论就脱离了作家。（4）对当今评坛的感觉。人才很多，有些建议：第一，加强基本理论修养。马列理论、哲学不扎实，这不是"左"，其实理论修养也不止于此。第二，思想文化修养。现在的批评者大多从学校出来又进了学校的门，不了解社会，很多争论"大文化的概念"等应进入我们的视野，如《南方周末》的视野，如果不这样，就易成为"在场的局外人"。第三，阅读修养。要广泛地阅读重要的文学作品，不能"就张三谈张三"。要介入当代就要紧跟创作。

陈忠实：

新时期陕西文学直到后来的健康发展，一方面是陕西作家新时期事业复兴、各自努力的结果；另一方面也得力于"笔耕"文学组评论家对刚刚形成的青年作家群无可估量的推动作用。

1978年，贾平凹、莫伸引起全国的注意，当时是读者投票不是评委决定。在陕西作家刚刚产生影响、创作活跃的情况下，"笔耕"应运而生。在此之前，即1978—1979年，中国作协很重视两个省的创作，南方是湖南，北方就是陕西，而且曾经想举行"南北交流"，但由于时间不巧，恰逢6月，陕西的很多作家当时都是农村户口，要去割麦，去不成便"流产"了。1980年，《文艺报》意识到陕西的文学气候，就派阎纲回来做一次重点采访报道，陕西成为一个比较敏感的思维先驱。

记得《人生》出来后，有一次研讨会还是秘密讨论的，在地下室，讨论内容不得对作家公布。但"笔耕"主要讨论作家的不足，很富于促进的话题。评论家说好话能帮忙，但青年作家更希望看到自己的不足。"笔耕"对20世纪80年代陕西文学的活跃时段进行了全面的关注。（1）所有文学现象都有发言、讨论，对中国当代文学的发展发出了陕西批评的声音；（2）对新时期陕西新出现的作家具有极大的推动作用，我是受益者之一。当时更主要的是单个接触。这就避免了公事公办，官话套话。我记得当时每个评论家都有各自关注的对象，每个人都说他们的直感，而直感是最深刻的。蒙万夫关注我较多，也接触多。他直言不讳，往往，我有什么创作问题就登门交流，混在他家吃饭。他不但关注创作还关注到吃饭。当时，没任何社会利害关系，完全是一种老师和初学写作者的关系。饭吃完了，常常连谢都不用说。《白鹿原》创作时，他不说，怕我受限制。但他有一句话，我一直牢记着。"长篇小说是结构的艺术"这句话对我的启发比文学理论直接、有用多了。

总之，"笔耕"组的文学思想、精神、品格应该被传承和发扬。

贾平凹：

这是第一次给评论家开会。想起当年，20多岁，年龄和"笔耕"的评论家还差一些，他们大都30多岁，正是意气风发时。作为"笔耕"组成员的李健民当时在《长安》编辑部工作，下班以后还在办公室看书，市文联的书他全部看完了。那时的氛围特别好，他们在一起经常还研究"社论"新提法的含义，都想干事，团结、竞争比现在好得多，现在变了。而且评论家都有自己的风格、个性，现在有的人走了、去世了，有的人兴趣转移了。

虽然在全国声音不多，但陕西没有"笔耕"绝对不行。着眼于陕西，下功夫最多，对所有作家都有影响，一步步指导，没有未受过指导的。也有严肃的批评，（我在他们）的支持中走过来并建立了一生的友谊。"笔耕"的意义更多的是陕西文学史上的作用不可泯灭，批评家个人的成就也都会在陕西文学史上留下他们的成绩。

评论家特别热情，与作家的关系也特别好，20世纪七八十年代不像如今这样多元化，氛围不是很浓厚，起点较低。当时最活跃的，显出阵营、组织力量的不是作家而是评论家，当时形成了一批资料保存下来。

畅广元：

很怀念胡采、王愚、蒙万夫、李健民。我要说的是作为一个评论家要注意的问题：（1）要对"一"和"大"的关系做出清醒的认识。

（王安石与苏东坡就"天"这个字有不同的解释）所谓"大"就是丰富、包容、多元的意思；"一"是概括。承认一旦不坚执一个一。没有放之四海的一，尊重大，警惕坚执的一。（2）创作和批评应深刻（关注）人性发展的实际状态和复杂性。（3）在辨清"一"和"大"的关系和人性的基础上，把批评经验学理化。现在的批评很少对若干作家的经验有独到的总结，并形成自己独到的视野（凝聚成一种学理）。（4）评论家要有自己的学术人格。经常受到非学术力量的支配，缺乏一种中立的态度，要冷静地评价某一个作品。

费秉勋：

历史才几年，各人就有各人的理解。"笔耕"组是以《延河》为中心慢慢组成的，开始五六个人，很长时间没有这个名字，有组长，没有（肖云儒说的）副组长，说陈孝英是第二任组长，记忆是错误的。当时陈贤仲、李星管评论。

我年轻时发表欲强，"文化大革命"期间爱写文章。我曾一个月在《人民日报》连发3篇文章，所以，蒙万夫来群艺馆拜访我。在"笔耕"组中唯有我不是党员，是"另类"。有一次讨论，每个人发言后，胡采都要概括、修正，甚至"雷达"文章的一个字，他都有意见，我就和他顶了起来。之所以这样，是想自由一点，不要一边倒！

（总的说来）没有被歧视、鄙视和压抑感，更没有现在结社的意气感。

孙豹隐： 要细说每个人可能说一下午。（1）继承"笔耕"的风骨。我和胡老就有当面的争执。他给某本书写过序，我就说都在变，您胡老也在变。他笑嘻嘻的。有时不敢随便讲，唯独在"笔耕"组中可以说真话。（2）"笔耕"组要感谢作家。"笔耕"能红火与陕西大气氛有关，没有作家就没有评论家。（3）"风骨"要传下来。陕西三大作家是在我做文艺处处长时出现的。（我们那时的任务就是）替作家说话。当时有人质疑路遥是累死的，时任省委书记张勃兴同志就让我们回答。"陕军东征"是我们一手操办的。讨论高建群、陈忠实的小说，是我们主动的。《共产党员》的刊物收到群众来信说，为什么不发我们的文章？我们以组织身份证明说："忠实是贫农出身，对党是热爱的。"我们就是为作家撑腰。吴泰昌在《文艺报》头版有七千字的文章批评《白鹿原》；《废都》要检查，风浪很高，有很多文件都要维护我们作家；1989年，《浮躁》获"美孚"文学奖，有争议，但我们不说《浮躁》的反作用，（而是）仗义执言，（此后）平凹写信表示感谢。批评家要有胆气，弄不好，官帽子都戴不了，但没什么。

"笔耕"组在后来，向很多艺术门类延伸，电视、电影、美术等，发挥了很大的作用。（在这个团体中）什么都可以说。讲真话的精神、团结的精神（是可贵的）。

叶广芩：

三十年前，我在干什么？评论家在努力工作，我还未进文学的大门，不知文学为何物？写了一篇小说，路遥回了一封信，说文笔好。问我究竟是谁？

当时把作家集中起来，一住几天，举办各种活动。评论家给我们"号脉"。一个作家后面都有一个评论家在指点，现在不多了。我们没有走很多弯路，得益于"笔耕"组的直言不讳。

有时对评论家也恨，一开始有点恨胡采。我有一篇"五光十色"的小说，他看了以后说："你写的是什么？"我当时都没心思写了。他说，"这就不是一个小说"。我当时心里说你也不爱护一个年轻作家，现在回想起来，那是多么好的爱护！我当时基本上是出一篇，被批一篇。我跟评论家的关系处得不好。肖云儒说："'你在卖弄'，有'贵族意识'"，当时接受不了，后来就吸收了。还有田长山、李星等都是。

作家和评论家是朋友，但一定要保持一定的距离。老的一代慢慢在隐去，新的一代起来了。但不管何时何地，评论家的风骨永远要保持的。

薛迪之：

"笔耕"文学组以"陕军东征"为标志，基本活动淡出了。20世纪80年代非常值得怀念，物质生活不大丰富，国家刚走出"文化大革命","笔耕"组的成员大部分年龄都在40岁左右，非常兴奋。

知识分子的命运无非穷与达。这时候他们认为自己赶上了好运。共同的愿望——都想"释放"一些东西。1983年，全国批"精神污染"，胡采表现不错，当时陕西点名有贾平凹，要求检查，也紧张，要表态。但实际并没有给什么处分。1986年前后，大家在一块探讨，都有这个要求。我们压抑、荒废着，但春天来了。

市场经济开始后，独善其身不大可能，只能回来经营自己的土地。所以，淡出淡入不是人的问题，是社会形势的变化，我感到安慰的是成长起来一批年轻的批评家。"笔耕"如果有什么问题的话就是"达与穷"的观念，我们当时不寂寞，现在灵魂很寂寞。当时开完会，不吃饭，走人，大家心安理得。

王仲生：

我们现在谈"笔耕"，要从历史，从1978年的大背景去看这个现象，从个人角度少一些煽情、激动，多一些理性思考。

好像"陕军东征"以后，阅读《废都》有一种"黑云压城城欲摧"的感觉。中宣部要求陕西省委对《废都》表态，省上听取专家的意见，通知了六人，有肖云儒、李星、刘建军、畅广元、孙豹隐、王仲生等在西大宾馆起草一个报告，我们出于对文学本身的尊重肯定了这部作品。现在回想起来，当时之所以敢于发言，就是因为与作家同处在一个时代、一个社会，是一种呼应，这与我们对这个时代的了解是分不开的。

陈孝英：

我很负责地讲，"笔耕"文学组是我学习文学理论的摇篮，是促使陕西文学在陕西鲜活的沙龙。"笔耕"的传统有四个方面：（1）广纳百川。胡采为决策，王愚、肖云儒为组织的一个批评团体。后来商子雍、孙豹隐两人也加入进来。（2）学术自由。首先思想自由是核心。20世纪80年代后半，费秉勋与胡采有些争论，但很友好。"笔耕"组中，很支持不同声音的抒发。（3）学者化。"笔耕"组的批评都有学者味，现在缺乏理论的支撑。（4）承上启下。现在的批评受到文学以外的物质、市场的干扰。

李星：

我现在写"人情"批评文章有一个底线，只说其美的地方，不说丑。这是一种技巧。既保住了批评家的人格也不拂请托者的心意。

薛瑞生：

我今天主要是抱着会会老朋友的目的来的，也是大病初愈，所以不大想说。要说的话，我也算"笔耕"组的元老之一，第一次会，我参加了。我当时在省委，我到西大之前就有活动，"笔耕"是后来的事。同时，我又是脱离"笔耕"最早的成员。这是一个非常松散的文学组织。所以，我们今天谈这个现象，不要太沉重，又不是若干历史问题的决议。王愚、李星就是秘书，不是商量的，有与作家结对子的指导，蒙万夫是最活跃的元素。之所以松散，因为是真朋友，无所顾忌，虽然争得面红耳赤但不伤感情。我是1986年退出的。当时编了一本《西北中青年作家论》，我最早评价了京夫。

至于有几个组长，我记不清了，一个，也许后来还有。我觉得迪之说的淡出对，但淡出不是悲剧，是历史的必然。作为青年批评家，现在已到北京的刘斌就曾经说："你们打出了潼关，就把潼关留给我们吧。"这个建议，我是完全赞同的。

现在的大学是文苑和儒林结合。西大第一届作家班真是藏龙卧虎。我觉得只入文苑不入儒林最大只是个明星。学生既要入儒林也要入文苑。亲自写（创作），如果不写，你知道怎么评？不懂古典诗词能讲出创作的甘苦吗？倒不一定学者化，但写作经验是必需的。文化的东西难以说哪些是学问，哪些不是学问，文化是实践。现在西大有老师的诗词酬唱，好得很！

面对评论的对象是法官不是听众。是法官就要靠事实说话，现当代评论界有"情人"现象，就是只有批评者与对象。批评家与作家只能是诤友、畏友，盛誉过毁。

畅广元：

1981年关于贾平凹近作的谈论会，缘起是这样：贾平凹的《二月杏》发表后，当时的地质部长看到后很有意见，从上而下，要求处理这件事。陕西省作协按照上级的意图，在胡采、王愚的主持下召开了一个务虚会，先统一了口径，然后批判，会开了两天。后来有人开玩笑说："平凹，你可让人家放到手术台上了。"这件事，李健民后来写了一篇比较公正全面的文章。

陕西新时期文学研究

【文学事件研究】

"笔耕"文学研究组活动的始末及其对陕西文学的贡献

2011年12月29日,在西安雍村饭店举行的纪念"笔耕"文学研究组成立三十周年大会上,"笔耕"的元老之一费秉勋面对某些成员在回忆中的一些不实之词,现场做出了警醒:"历史才几年,各人就有各人的理解。可见历史有时并不可信!"的确,三十多年历史不算太长,很多当事人还在,但却有人开始随意述说,这不能不让我抓紧时间对这段历史做出梳理。

三十年前,由十几个文学同好成立的"笔耕"文学研究组,当时根本想不到他们日后会在一个区域甚至在全国产生深远的影响,也会被同行和后辈所关注。如今,凡是涉及陕西新时期文学发展的历史就不可能绕过这个民间团体。也许,由于这个组织本身的松散,加之时间的持久,不少成员或病逝或退休而远离文坛,要想了解当时的全面情形已经比较艰难。庆幸的是,小组的几个骨干成员仍然健在,这使我们有机会亲自访问他们,从而掌握一些鲜为人知的事实,当然,不可否认,鉴于各个当事人的记忆难免有误差,也不排除个人的情感或者其他因素,所以他们的言说,未必都能采信,不过,当时的报刊所记录的事实,也许能从另一个角度对之加以矫正。如此,我们也就可以较为真实、感性地描绘出当时的背景和细节。

(一)"笔耕"组活动的起始时间

关于"笔耕"文学研究组的起止时间,目前都有不同的说法。

1. "笔耕"组正式成立的时间，有1980年和1981年两说。而且，这两种说法都与李星有关。成立于1980年的说法，是他在《全国最早成立的理论批评家小组》①一文中明确地写道：

> 早在1980年秋，陕西作协西安"笔耕"文学研究小组即已成立。它是全国最早的理论批评家小组，也是西安地区理论批评家的组织。

李继凯先生在《秦地文化与秦地小说》一书中，也持此说。

成立于1981年的说法，则是在陕西文艺评论家协会于2011年主编《陕西文艺三十年》中的"笔耕文学组"的条目，请他回忆其发展过程时提出的。在这个词条的介绍中，编者说：

> 关于"笔耕"小组的资料现在已经很难找到，据当时"笔耕"组的副组长兼秘书长著名评论家李星的回忆。……1981年，全国第一个文学批评家团体笔耕文学研究小组在西安成立。

在1984年《红旗》杂志第19期中，王愚专门著文（参见附录五）说明，1980年，"笔耕"尚未成立，1981年才开始以"笔耕"的名义开展活动。

按说，李星作为"笔耕"文学组的主将，他在1980年只有36岁，正在人生的盛年，记忆应该不错，但是根据我们目前找到的书面资料，这两个时间的偏差太大，如果他说是1980年冬，恐怕也就投合了，但是秋冬季节的特征如此明显，跨度也有几个月，按说不会混淆的。为什么会出现这种矛盾？恐怕除了当事人的记忆不准外，再就是懒于去查找当时的相关资料。因此，导致现在的年轻学子形成以讹传讹，不做亲自研究，仅凭道听途说就随便描述这段历史的不良风气。

---

① 魏振东、余文阁编著：《西安之最》，西安出版社2005年版。

我们现在的确无法说出"笔耕"文学研究组成立的精确日期,但是,我们却能很自信地确认其成立的年月,那就是1981年1月。有三个资料为证,一是1981年1期《人文杂志》上署名黎云的作者报道这个小组成立的简讯:《活跃文学评论促进创作繁荣——西安地区成立"笔耕"文学研究组》,这一期出刊的时间是1981年3月2日。作为杂志,按照最快的编辑周期,也需要半个多月的时间,因此,这个成立大会最迟是在1981年2月召开。再查当年的日历,我觉得2月也不大可能,因为这年的春节是2月5日,按照国人之风俗,正月十五(2月20日)之后,各项工作才能走入正轨。也就是说在过年期间,开会的可能不大。即使在这期间召开,那么在这之后的一周内出刊也有点来不及。二是1981年第3期的《文艺报》刊发了大致相同的简讯。本期出刊的时间为1981年2月7日,恰好是春节左右。可见,成立会议在此之前,向前只推一周,就是1月。可能有人困惑,《文艺报》第3期怎么会在2月出版?这是因为《文艺报》在1981年由月刊改为半月刊。所以"笔耕"组成立的时间只能在2月之前,就是1981年元月。三是有两个更明确的时日:其一是《陕西日报》1981年1月22日曾经摘登了署名"笔耕"组部分成员围绕"文艺真实性问题"讨论的发言,而且关于此次讨论在《文艺报》的报道恰好在"笔耕"成立的消息刊发之后;其二是《陕西日报》1981年1月19日也发过一则"笔耕"文学小组成立的百字短讯,但都未言准确的时日,由此推断,"笔耕"组成立的具体时间就在1981年1月的上半月内。

如果按照农历纪年,这也可以说是1980年冬,与1981年元月在一个时段,但如果说成1980年秋,就不合情理了。试想,一个新的组织成立两三个月后再来报道,还有什么新闻性可言?况且《文艺报》当年是半月刊,赶不上前半月,也迟不过后半月。所以,我们认为,"笔耕"小组成立的具体时间应该在1981年元旦过后不久。不过,李星能够说出"1980年秋"这个富有气候特征的记忆,很可能缘于这样的情形,即在此之前,后来成为"笔耕"小组成员的大多数批评家已经在一起开展活动。1979年,《延河》杂志分别在第8、9期刊登了他们关于现实主义问题的讨论文章。9月26日,《陕西日报》正式开辟"文艺评论"专栏。11月,《陕西日报》文艺部、《延河》杂志编辑部联合召开了陕西文艺评论座谈会。也许是这样一些聚集和组织,才有他们成立一个组织的构想,以及不久就得以实现的行为。但也是这样的聚集,让李星先生产生了记忆的淆乱。

2. "笔耕"何时淡出或者说"笔耕"研究组什么时间不再以集体的身份亮相?这更是一个难以确定的问题。一个民间组织成立有日,很正常,但后来自行解散或慢慢淡出,是没有必要再专门召开一次会议的。所以,关于"笔耕"小组淡出的时间,我们只能通过"笔耕"组成员后来的回忆再参照当时有关报道的署名变化来推测个大概。

  肖云儒说:"我觉得'笔耕'组后来淡出的原因有两个方面:一是陕西文艺评论家协会的成立。二是作协的工作走入正轨。"①

他在说原因,同时也说出了两个时间的参照,这就是"陕西文艺评论家协会""陕西作家协会理论批评委员会"的成立,前者成立的时间为1993年6月,后者为1983年12月。两者相差十年,按说,这是一个非常矛盾的表述。不过,他明显倾向于前者。他在接受笔者的专访时说:

  陕西省评论家协会成立以后,"笔耕"组日常工作自然解体,此后,"笔耕"组的很多成员有了自己独立的研究领域,如喜剧美学、小说美学等,很多人开始著书立说。②

由此可见,1993年是他认为"笔耕"淡出的节点。

薛迪之也说:"以'陕军东征'为标志,基本活动淡出了。"③ 仵埂也持这个说法。从一个省的两个同性质组织的接续上说,这个时间

---

① 参见"肖云儒访谈录"。
② 同上。
③ 参见"纪念'笔耕'文学小组成立三十周年大会发言整理稿"。

让很多人能够接受。而且，评论家协会的主席、副主席恰恰都是"笔耕"的元老。

不过，李星在2005年撰写的《全国最早成立的理论批评家小组》一文中所提到的"1988年'笔耕'组完成了历史使命而告终"，这句话却也让人玩味。1989年后"笔耕"不再以集体的名义开展活动，加之其他方面的因素，"笔耕"慢慢不被人注意。用他们的话说叫淡出，比较恰切。

> 薛瑞生："我觉得迪之说的淡出对，但淡出不是悲剧，是历史的必然。"①
>
> 李国平说："'笔耕'组活动的中断大概在80年代末。也没什么原因，属于自然过渡。《小说评论》杂志的创办为他们搭起了另一个平台，另外就是作协的组织功能逐渐凸显。此后的很多研讨会以及文学批评活动其实主要还是这些成员，但基本上不用'笔耕'组的名义。"②

如果再查找当时报道"笔耕"组活动的资料，我们会发现，"笔耕"应该在1986年前后就已经慢慢淡出。我们现在能看到以"笔耕"名义报道陕西文学批评活动的最后一次消息是："1986年陕西中篇小说创作研讨会。"发言纪要这样开头："中国作家协会陕西分会理论批评委员会和'笔耕'文学研究小组最近召开学术讨论会探讨1985年陕西中篇小说的形势、趋向以及存在的问题。"从此之后，就再也没有见到以"笔耕"的名义报道陕西文学的相关研讨会或其他活动。

在这个问题上，韩鲁华的看法比较中肯：

> 坦率地讲，在80年代初期，"笔耕"文艺评论小组在陕西文学乃至全国文学评论上，显现出了极大的活力，发挥了重要的推动作

---

① 参见"纪念'笔耕'文学小组成立三十周年大会发言整理稿"。
② 参见"李国平访谈录"。

用。80年代中期之后,"笔耕文艺评论小组"在文学批评界便失去了影响力,虽然"笔耕"组的成员依然活跃于文学论坛,但是,作为一种批评的群体,则已经不能再发出具有影响力的声音。①

(二)"笔耕"文学研究小组成立的缘起

为什么要成立这样一个组织?很多当事人也都有自己的看法。不过,总括起来,大概有如下几个方面的因素。

1. 陕西文学创作良好态势的呼唤。文学创作呼唤着批评的及时跟进,陕西青年作家的一些作品开始引起全国的注意但却没有在陕西内部得到重视。1978年,邹狄帆就在《文艺报》发表了《生活的歌——读贾平凹的短篇小说》。1980年,丁帆在《文学评论》第4期上发表了《论贾平凹作品的描写艺术》。莫伸的作品引起陕西的注意要到其获奖之后,这就是1979年第1期《文艺报》发表的刘建军的文章《真挚的感情 动人的描绘——读莫伸的短篇小说》,正是这些刚出道的年轻作家最需要得到指导。而陕西其他作家的批评基本上是在1981年"笔耕"成立以后的事情。

> 肖云儒说:"第一届全国短篇小说评奖,陕西有两位作家,即贾平凹和莫伸,此后,陈忠实与京夫的作品在全国获了奖。这种情状与陕西加强文艺评论密切相关。"②
>
> 李星:"十一届三中全会以后,《延河》专辟了陈忠实、贾平凹等中青年作家专号,由我邀请曾镇南(当时为北大硕士)写了专论。"③
>
> 陈忠实:"1978年,贾平凹、莫伸引起全国的注意,当时是读者投票不是评委决定。在陕西作家刚刚产生影响、创作活跃的

---

① 《"笔耕文艺评论小组"与当代文学批评》,hlh123401 的博客,http://blog.sina.com.cn/u/1148505355。
② 参见"纪念'笔耕'文学小组成立三十周年大会发言整理稿"。
③ 同上。

情况下,'笔耕'应运而生。"①

　　李国平:"('笔耕'组成立)最直接的契机是,陕西的一批老作家,如杜鹏程、王汶石等重新回到作协,作协包括所主办的杂志功能开始恢复,路遥、陈忠实、贾平凹等的创作在全国崭露头角。文学创作的相对活跃,无形中刺激了文学批评必须加强。"②

2. 陕西文学批评群体历史的弱点。"文化大革命"以前,陕西从事文学评论的人不多,十一届三中全会后,这些人更多地分散在全省的各个部门,虽然有些批评家已经在全国发出自己的声音,但是毕竟力量弱小,更谈不上形成一定的气候。

　　黎云:"陕西文艺评论工作一贯比较薄弱,近年来更出现了青黄不接的现象。仅有的一点力量又都分散在各单位,很难开展系统的研究工作,跟不上创作的发展。"③

　　李星:"贺敬之、陈涌来西安调研,建议(陕西评论界)应该向全国发出自己的声音。其实有没有名义并不重要,在胡采领导下本来就是一个批评组织,但是成立一个小组就更容易形成合力,打进全国。"④

3. 陕西文学批评者昂扬的精神状态。改革开放的政治形势使批评家看到了文艺的春天,他们积压多年的创造热情得到激发,又正逢人生的盛年,丰富的阅历、扎实的知识积累,都使他们产生了大干一番事业的强烈愿望。

　　贾平凹:"他们大都30多岁,正是意气风发之时。作为'笔

---

① 参见"纪念'笔耕'文学小组成立三十周年大会发言整理稿"。
② 参见"李国平访谈录"。
③ 《文艺报》1981年第1期。
④ 参见"纪念'笔耕'文学小组成立二十周年大会发言整理稿"及"李星访谈录"。

耕'组成员的李健民当时在《长安》编辑部工作，下班以后还在办公室看书，市文联的书他全部看完了。那时的氛围特别好，他们在一起经常还研究'社论'新提法的含义，都想干事。"①

薛迪之："20世纪80年代非常值得怀念，物质生活不大丰富，国家刚走出'文化大革命'，'笔耕'组的成员大部分年龄都在40岁左右，非常兴奋。知识分子的命运无非穷与达。这时候他们认为自己赶上了好运。共同的愿望——都想'释放'一些东西。"②

4. 陕西批评家在各自领域所积蓄的力量。1981年前，陕西的批评家们有不少人已经在全国各种报刊发表了不少有影响的文章。特别是在《文艺报》《文学评论》这样的主流刊物上不时会看到他们的身影。如刘建军、王愚、肖云儒、阎纲等。另外，像文致和、姚虹等人的文章也开始引起同行的注意。那个年代，能写的人不多，能写敢写的人更少，更多人在经历各种政治运动后，心有余悸。就拿王愚来说，如果不是北京的聚集，恐怕要较长的时间才能恢复这种写作的自信。当时，陕西对文学评论感兴趣的人主要分布在作协和大学两个部门，其他单位的人员就特别零散。这种完全凭着个人兴趣、单打独斗的写作显然不能形成集中的力量，所以，为了推动整个陕西文学创作的发展，就有必要把这些同人组织、团结起来。

黎云："'笔耕'文学研究组的十三名中年评论工作者，近年来陆续在全国各地和本省报刊上发表了上百篇文艺论文和作家作品评论，有一定基础和影响。"③

李国平："刘建军、薛瑞生、费秉勋、肖云儒等人焕发了多年从事文学批评的热情。刘建军在1980年后，在《文艺报》《文学评论》等主流刊物发表了关于现实主义、人道主义论争的一批

---

① 参见"纪念'笔耕'文学小组成立三十周年大会发言整理稿"。
② 同上。
③ 《文艺报》1981年第1期。

文章，直接介入全国一线文学批评的声音之中。"①

5. 全国思想解放的大背景。1978年之后，陕西文艺批评的活跃无疑得益于全国思想大解放的宽松环境。以前的右派帽子摘了，以前不敢说的话可以说了。刘心武的《班主任》让很多人意识到说真话的时代正在到来，作为先知先觉的文艺批评家内在的"发表"欲望蠢蠢欲动。

肖云儒说："改革开放后，文艺思潮成为领导文艺创作的思想库，而文艺思想又成为整个社会思想的旗帜。当时社会上的很多新观点都由文艺开始。'笔耕'组的成立是适应思想解放的大形势。文艺理论解放了思想、引领了陕西文学与艺术。"②

6. 陕西批评界很多成员的自行集结。王愚的文人习气，使他很受同行与朋友的欢迎。他家有大宅子，他又爱热闹，加之赶上了可以自由生活的时期，因此，由他带动，批评界的朋友开始仿效竹林七贤"曲水流觞"，轮流做东，小酌畅饮，谈笑风生，激扬文字。我在1988年，就在刘建军老师家遇到王愚、畅广元老师一起相聚的情形，刘老师说他们形成了一个不成文的约定，每年的正月十五在他家，正月初四在畅老师家，等等，我当时听了，感到非常羡慕。

刘建军："改革开放以后，大家的精神比较振奋，所以开始有这样的聚会。最早是从王愚开始的，在他家的老宅子吃过几次饭。……在他们家吃过几次以后，大家就轮流做东，李星、肖云儒、畅广元、费秉勋、我家都做过。"③

---

① 参见"李国平访谈录"。
② 参见"肖云儒访谈录"及"纪念'笔耕'文学小组成立三十周年大会发言整理稿"。
③ 参见"刘建军访谈录"。

这里有一个问题必须得到解释，为什么这是一个半官方的组织或者叫民间组织？

> 李星："当时成立一个组织不容易，在20世纪五六十年代，可能由此成为'反革命'，所以当时我自己很忐忑。"①
>
> 李国平："据我所知，'笔耕'组成立时，开始想成为作协的一个实体组织，但当时的政策不大现实，后来就成了一种民间组织。不过，事先也与陕西省委宣传部做了沟通。"②

成为实体组织恐怕有经费、人员的要求，当时的宣传部、作协都不能解决，所以才成为这种半官方的民间组织。在大方向上受组织的引导，在活动方式上又比较自由，而且也不会有"拉帮结派"的担忧与恐惧。

（三）"笔耕文学研究组"人员的组织、遴选、构成和变化

关于"笔耕"组究竟由哪些单位牵头，由哪几个人负责的问题，现在的说法较多，争议最大。现列举如下：

> 黎云："为了促进陕西文艺理论研究和文艺评论工作的深入开展，在中国作协西安分会的指导下，西安地区部分中年文学评论工作者集会，成立了'笔耕'文学研究组。"③

黎云显然是笔名，很可能是李健民与肖云儒两人或者李星与肖云儒两人的合名，根据后来在《文艺报》刊发的第二则关于"笔耕"信息的作者，第一种可能性最大，也就是李健民当时承担着及时报道"笔耕"组活动的任务。那么，这段最早对外发布"笔耕"成立消息的文字中所强调的"中国作协西安分会的指导"就很明确地突出了

---

① 参见"纪念'笔耕'文学小组成立三十周年大会发言整理稿"。
② 参见"李国平访谈录"。
③ 《文艺报》1981年第1期。

"作协"在"笔耕"成立中的首要组织地位。

> 肖云儒:"这个小组的成立是陕西作协和《陕西日报》文艺部联合发起的,这一点,从担任小组顾问的三个人的身份就能看出,这三个顾问是胡采(陕西作协)、杨天龙(《陕西日报》的编委)、王丕祥(《延河》主编)。……'笔耕'组的第一任组长是王愚,副组长是肖云儒,陈深和蒙万夫是两三年之后补进来的副组长,李星一直做记录,当时有无秘书一说,我记不清了。"①

肖云儒的回忆中,有一个信息是其他成员都未涉及的,所谓三个顾问的提法,这是为证明"笔耕"的成立是由作协和《陕西日报》文艺部两家发起的,这一点显然不为其他当事人所认可。

这里,我们可以参照邢小利的访谈:

> 邢小利:"说到陕西文艺评论家协会,与肖云儒有直接关系,肖这个人很聪明,也有自己的想法,加上他的评论有自己的特点,由于他在文联,有这个便利,所以能组织起来,一个组织谁承头搞起来,谁自然就是领袖,陕西文艺评论家协会成立以后,实行的是双会长,肖云儒与王愚,因为王愚年龄大、资历老,所以,王排在肖之前。"②

李星也提到三个顾问或荣誉成员,其中两人与肖云儒的说法相同。但杨天龙这个人有点生疏,我倒觉得韩望愈更为可能。包括后来的陈孝英、权海帆之所以参与"笔耕"的活动就是因为他们都代表官方——陕西省委宣传部。

---

① 参见"肖云儒访谈录"。
② 参见"邢小利访谈录"。

李星："'笔耕'文学研究小组一成立即由中共陕西省作协党组领导，著名文艺理论家胡采出任顾问，王丕祥（时任《延河》杂志主编）、韩望愈（任省委宣传部文艺处长）为荣誉成员，王愚（任《延河》评论组副组长）为组长，陈贤仲（任《延河》评论组组长），肖云儒（任《陕西日报》文艺部记者、现为省文联副主席）为副组长，当时没有省文联，以作协为主体。"①

费秉勋的回忆再次印证了李星的说法。

费秉勋："我觉得从本质上说，还是作协组织的。因为'笔耕'组信任作协。重要的会，胡采都参加，大家也都很看重他。至于幕后（省委宣传部的默许等）的工作，可能有，我不了解。'笔耕'组是以《延河》为中心慢慢组成的，开始五六个人，很长时间没有这个名字，有组长，没有（肖云儒说的）副组长，说陈孝英是第二任组长，记忆是错误的。至于把小组的召集人称作组长，也可以，那时大家没有这种地位意识。不过，从年龄、工作的性质来说，王愚自始至终是领头的，这毫无问题。那时，肖云儒只是报社的一个记者，没有一点地位，他开始有地位，那是在文联当了委员，成立了陕西评论家协会以后的事情。在2011年12月的座谈会上，李星说'笔耕'起初由作协出面，与文联无关。这是对的，我当时附和他，说现在很多当事人还健在，就有人企图篡改历史，主要就是针对肖云儒和陈孝英的自我标榜。"②

费老师不承认有副组长的说法，似乎不大确切，其他人大都认为有副组长。但他强调了作协的作用。

薛瑞生："王愚、李星就是秘书，不是商量的⋯⋯至于有几

---

① 魏振东、余文阁编著：《西安之最》，西安出版社2005年版，第149页。
② 参见"费秉勋访谈录"。

个组长，我记不清了，一个，也许后来还有。"①

  刘建军说："'笔耕'组是一个中青年评论家团体，他（胡采）年龄大。当时'笔耕'组的负责人是王愚，王愚是《延河》评论部的负责人，'笔耕'组的活动一直是陕西省作协组织的。"②

  李国平："由于陕西省文联刚刚成立，机构还不健全，主要的工作就由作协和西北大学两个单位的相关人员承担。胡采作为'笔耕'组的顾问，组长是王愚和肖云儒，李星后来可能担任副组长兼秘书。"③

李国平所说的西北大学的作用，我想主要是从参与者的人数来说的。的确，在最初的13人中，他们就占了4人，还不算后来的薛迪之。当然也与他们和作协长期的友谊有关。

通过以上核心成员的集体回忆，有两点是大家公认的，第一，"笔耕"的发起和组织单位是省作协。第二，王愚是实际的负责人或组长，其实叫召集人更恰当。

  费秉勋说：把小组的召集人称作组长也可以，那时大家没有这种地位意识。④

正因为是召集人，所以肖云儒和李星成为副组长完全可能，因为他俩年轻。

为什么30年后，对谁是组长、副组长的问题争论得比较激烈，我想主要是一种个人英雄主义在作怪，似乎谁是领导者，谁就是历史的英雄，这是不应该的，也是不符合事实的。"笔耕"正是以集体的面目出现，不可能突出某些个人。如若要突出个人，恐怕连王愚也算不

---

① 参见"纪念'笔耕'文学小组成立三十周年大会发言整理稿"。
② 参见"刘建军访谈录"。
③ 参见"李国平访谈录"。
④ 参见"费秉勋访谈录"。

上，更何况他人。当然，这种心理，30年前没有，现在有了，应该与当下的商品经济及他本人的功利心态有直接关系。

"笔耕"文学组正式成立时对外所发布的简讯中所列举的成员共13人，他们是王愚、陈深、李星、刘建军、蒙万夫、费秉勋、薛瑞生、畅广元（原报道中"畅"误为"杨"）、肖云儒、李健民、姚虹、胡义成、文致和。这13人来自7个不同的单位，陕西作协（3人）、西北大学（4人）、西安市文联（2人）、陕西师大（1人）、《陕西日报》（1人）以及陕西省社科院（1人）、西安市中学（1人）。实际上，经常性、比较活跃的成员大概10人，其他3人姚虹、胡义成、文致和都是偶尔参加或短期参与，后来慢慢就淡出了。但也有随后加入的新成员，陈孝英、孙豹隐、薛迪之、王仲生等。

肖云儒："'笔耕'文学组初成立时为13人，后扩展为16人，最多时有20—30人。"①

肖云儒所说的16人，大概就是指在第一批13人的基础上，新增的陈孝英、孙豹隐、薛迪之3人。不过，他所说的20—30人恐怕就已经很泛，延伸到1993年以后，即陕西文艺评论家协会的主要成员。这个数字其实已经与"笔耕"组无关了。

李星："参与者有刘建军、蒙万夫、畅广元、费秉勋、肖云儒、李健民、文致和、陈贤仲等，我兼任秘书。1982年又吸收薛迪之、薛瑞生、陈孝英、孙豹隐、商子雍为新成员。"②

李星的回忆确证了肖云儒的说法，但他提到薛瑞生为第二批成员，显然是记忆失误。而把商子雍作为成员，也不准确，商子雍可能参加了一两次活动，但由于某些原因，他实际上是一个编外成员。

---

① 参见"纪念'笔耕'文学小组成立三十周年大会发言整理稿"。
② 魏振东、余文阁编著：《西安之最》，西安出版社2005年版，第149页。

> 费秉勋：这个组织很松散，人员也不固定。重要的有七八个人。有的开始来，后来就不参加了，像胡义成、文致和、姚虹。特别是姚虹，大家都看重他的才气。可是他后来不知什么原因不愿意来了。陈孝英、孙豹隐这两个人加入比较晚，陈孝英大约是1982年，贾平凹近作研讨会时，第一次参加，那时他还不敢发言。孙豹隐由于和陈的关系好，也被引进来，那就更晚。加之，他后来成为宣传部和文化厅的干部，又爱好文学，自然就吸收了。还有王仲生，后来还成为小组的重要成员，主要因为他是大学教师，专业接近。小组中分量比较重的大概有这样几个人：刘建军、王愚、陈贤仲（陈深）。①

费先生指出了姚虹、胡义成、文致和三人虽为首批成员之一，但后来参加活动很少，所以"笔耕"组的常务成员为"十大长老"。王仲生看来属于第三批成员了，而且应该是"笔耕"后（1984年之后）成员。

> 李国平："第一批成员有13人，现在有不少已经过世，如姚虹、李健民等。队伍不固定，后来又加入了一些新成员，但同时也有老成员退出。"②

李国平1982年分配到作协，当时只有22岁，就成为"笔耕"组最年轻的成员，做些杂务和服务的工作，他的记忆当然没错。

虽然这是一个民间组织，但他们也有门槛，不是随便什么人都可以加入，要成为这个组织的成员，至少需要"常委"们集体认可；也有大家希望参与的，却不大主动来的，如姚虹；也有一些人想参加进来，小组的很多成员却不大同意，如商子雍。包括陈孝英的加入也曾

---

① 参见"费秉勋访谈录"。
② 参见"李国平访谈录"。

引起争论,在朱洪的《喜剧美学家和他的名人朋友·王愚曾是沙龙客》① 中就描述过这种情形:

> 由于王愚是"喜剧沙龙"的常客,因此对陈孝英比较了解。他知道陈孝英是个"多面手",写作、翻译、研究涉及多个领域,而且才思敏捷,文风清新,成果斐然,所以,便提议请陈孝英加入"笔耕"组。未曾想到,王愚的提议遭到有人质疑,说陈孝英是"研究外国文学和幽默"的,言下之意是,此人是否有资格参加"笔耕"这个中国当代文学评论的组织?面对这样的质疑,王愚只回答了一句话:"外国文学也是文学嘛!"大概是由于王愚的"组长"身份起了作用,提出质疑的人不再吭气,于是,陈孝英这个当代文学的"业余评论者",就这样稀里糊涂地迈进了"笔耕"组的门槛。

刘建军也曾谈到过这种情形:

> 刘建军:在初期开过几次会,主要是商量成员的取舍,有的人想参加,发起人大都不同意,如商子雍;有的人大家很看重,他本人却不大愿意,比如姚虹。……初期的成员中大都是文艺行当的,只有两个人比较特殊,一个是胡义成,另一个是孙豹隐,他们俩当时不是文化系统的。②

(四)笔耕文学研究小组的主要活动(1981—1984年)

"笔耕"组成立直到其淡出的四年间,需要专门强调的有两类活动。第一类是围绕当时文艺界的热点理论问题开展研究,有四次:其一是1981年3月,关于文学真实性问题的讨论;其二是1983年4月"笔耕"文学研究组讨论现实主义和现代主义问题;其三是"小说创

---

① 朱洪:《喜剧美学家和他的名人朋友》,中国社会科学出版社2011年版,第214页。
② 参见"刘建军访谈录"。

作提高与突破笔谈";其四是关于 1985 年陕西中篇小说创作讨论会。

"文学真实性问题的讨论"可以说是"笔耕"组成立后所开展的第一次活动。关于这个话题,在《陕西日报》1981 年 1 月 22 日的"文艺评论"栏目和《延河》1981 年第 3 期上,分别刊发了肖云儒等人的多篇文章:(1)肖云儒,《当前创作中的的问题在哪里?》;(2)陈深,《正确理解"写真实"的口号》;(3)刘建军,《还是要从真起步》;(4)李健民,《马克思主义的"写真实"包含着写理想》;(5)胡义成,《要提倡进步的倾向性》。

这次讨论,我个人觉得对路遥的影响最大,他的成名也是代表作《人生》完全可以看作对文学真实性理论的直接实践。高加林、高明楼的复杂性或者由此带来的真实感应该与此次讨论有关。

"笔耕"文学研究组 1983 年 4 月 27—29 日召开讨论会,探讨有关现实主义和现代派问题。

参加会议的"笔耕"成员本着实事求是的精神,以平等的态度,畅所欲言,围绕会议议题进行了广泛热烈的讨论。有的通过中西文艺发展的比较研究,探讨了我国汉民族文化的美学精神;有的结合对当代有代表性的作家创作个性的研究,探讨了现实主义吸收现代主义有益成分,以及怎样吸收的问题;有的通过分析比铰,论证了当前我国诗坛上出现的朦胧诗和西方象征派诗歌的联系和本质区别;有的从理论和实践的结合上论述了借鉴西方现代派文学和坚持文学艺术的民族化、大众化的关系问题;有的通过对现实主义创作方法的历史发展的考察,探讨了现实主义的内涵范围及在文艺创作中的地位;有的从对文艺创作思想内容和艺术手法的发展的考察,论证了文学观念必须随时代而发展,并不断革新;有的对当前美学和文艺理论方面有代表性的观点进行了深入的剖析;还有的从近年来我国文学创作的实际出发,探讨了引进和介绍西方现代派文学的积极意义和消极作用。

"小说创作提高与突破笔谈"活动是"笔耕"的落幕之举,值得一提的是,这次活动持续时间最长,至少从笔谈文章刊发的周期来看,持续了 9 个多月的时间。《延河》杂志从 1983 年第 2—9 期,连续刊发了20多位评论家，包括外地批评家的相关文章，这些批评家有：陈深、刘建军、王晓新、李健民、京夫、吴肇荣、胡德培、肖云儒、王愚、胡采、蒙万夫、费秉勋、谢望新、孙豹隐、陈孝英、李国涛、田奇、张孝评、缪俊杰、何启治、阎纲、于伟国等。具体内容可参照本书附录中提供的目录。

"中篇小说创作研讨会"。围绕1984—1985年陕西作家的中篇小说，从贴近生活、强化现代意识、丰富作家的知识结构、提高作品质量等方面对陕西这几年的中篇小说创作提出了建议。会上争论激烈但始终保持着民主探讨的和谐气氛。董子竹、陈孝英、费秉勋、李健民、刘建军、薛瑞生、蒙万夫、肖云儒、李星、胡采、王愚、白描、王西平、邢小利、周健等发了言。

不难看出，"笔耕"文学研究小组紧跟陕西作家创作的步伐，与他们一同前进。当陕西作家的创作出现了问题或者有了困难，小组就聚集在一起讨论、协商，出谋划策，帮助他们渡过难关，或者引导作家们前进，至少是给他们启发。20世纪80年代初，主要是短篇小说的创作；中期以后，中篇创作提到议事日程并出现了一批作品时，"笔耕"就及时地给予关注，肯定成绩，指出不足，提出建议。当他们发现，陕西长篇小说在全国没有任何分量，连续两次茅盾文学奖，竟然连推荐的作品都没有时，他们马上又召开了陕西长篇小说促进会。

第二类是围绕作家的作品举办各种形式的研讨会。代表性的有三次，即贾平凹近作研讨会、京夫作品研讨会、路遥《人生》研讨会。

> 肖云儒："笔耕做了两件事：1. 为思想解放、'拨乱反正'做了开路的工作；全国当时开展的'歌德与缺德'之争就有陕西的声音；2. 先后给30多位作家召开了座谈会，两三年间撰写了300多篇评论。研讨会中印象深刻的两次，一是对京夫的《娘》和《手杖》研讨；二是《二月杏》的会诊。"[①]

---

① 参见"纪念'笔耕'文学小组成立三十周年大会发言整理稿"。

肖云儒在这里所说的两件事，第二件基本准确，第一件不大准确。因为从时间上，它属于"笔耕"前活动，我们在《陕西日报》1979年8月4日的报道中就看到了，西安文艺界就《"歌德"与"缺德"》一文展开讨论。所以，严格地说，这件事不是"笔耕"成立后的活动。

至于他说"先后给30多位作家召开了座谈会，两三年间撰写了300多篇评论"，也不大符合事实。无论是会议还是文章的数量都远没有这么多。当然，如果把时间扩展到后"笔耕"时期，也许差不多。但"贾平凹近作研讨会"和"京夫作品研讨会"的确是"笔耕"成立后影响深远的两次会议。因为这两次会的性质或基调是以批评为主，或者说以指出缺点为中心，与后来的研讨会都不一样。不过批评归批评，出发点是善意的。在一定程度上，2000年的"博士直谏"其实不过是"笔耕"这种"直面批评"的复活而已。

关于贾平凹的研讨会还有一些特殊的背景，我们听听当事人的回忆：

> 费秉勋："要说'笔耕'小组的正规活动，'贾平凹近作研讨会'就是一次。这次会是王愚召集的，事先，他把我和李星叫到他家里商量有关事项，这次会议的基调是批评贾平凹，上面的某些领导包括作协的同事觉得他的创作苗头不对。"①
>
> 畅广元："1981年关于贾平凹近作的谈论会，缘起是这样，贾平凹的《二月杏》发表后，当时的地质部长看到后很有意见，从上而下，要求处理这件事。陕西省作协按照上级的意图，在胡采、王愚的主持下召开了一个务虚会，先统一了口径，然后批判，会开了两天。后来有人开玩笑说：'平凹，你可让人家放到手术台上了。'"②
>
> 肖云儒："'贾平凹近作研讨会'就是陕西省委宣传部授意

---

① 参见"费秉勋访谈录"。
② 参见"纪念'笔耕'文学小组成立三十周年大会发言整理稿"。

《陕西日报》牵头的,这个会的调子定得是有点'批判'的意味,但在会议上,'笔耕'组的成员的观点却比较客观、公正,会议的气氛很正常,有批评意见也有反批评的声音。薛迪之就反对开这个会。我记得雷抒雁在会后见了我说:'听说你们给平凹会诊哩。'在外界的很多人看来,这次讨论会是一次批判会,这可能与那个年代有关,'文化大革命'刚过,大家把批评与批判等同,只要说到批评,就想到是搞大批判。"①

  李星:"这次会是否组织授意,我不清楚。我觉得不大可能,也毫无根据。因为以胡采的个性、人格、资历,省委宣传部文艺处是左右不了他的。省委曾经让胡采去宣传部做部长,《文艺报》也曾要他做主编,他都未去,由此他的威望在陕西文艺界愈来愈高。为什么要开这个会?为什么这个会让人觉得有来头?应该说有三个因素,一是外界对贾平凹这组作品有不好的议论;二是作协内部,对这些作品的意见也以负面为主;三是胡采有同感。之所以召开这次会,主要还是为了帮助贾平凹。"②

  由这些回忆,我们可以大致了解这次会议召开的背景和相关的细节。在这里李星的回忆也只是推测。不过,他们共同强调了一点,这次会议的基调是善意的帮助,虽然要以批评的方式展开。

  从后来整理的《贾平凹研讨会综述》我们不难看出,在会上大家的观点分歧还是很明显,有的说近作出现了迷乱,有的说带有很大的复杂性,有的说这是探索中的进步。这次研讨会对贾平凹本人的震动或压力很大。

  贾平凹在他当年的杂记中写道:

    1982年一批又一批作品的发表,我等待着他们的爆炸、社会的赞美,但是,回答我的,却是批评家的批评。批评得多么严厉

---

① 参见"肖云儒访谈录"。
② 参见"李星访谈录"。

啊!随之,社会上对我的谣言四起,说我写得多,是掏钱雇了三四个人专门提供情节、细节呀,说我犯了大错误了,被开除了;甚至说我已被下放,赶出城去了。我懵了,不知所措,不知道该怎么办,路该如何走。我一个人在没人处真想哭……半个多月,我不再写一个字,我得好好想想,再一次将所有的批评文字翻出来,一一思考,我慢慢冷静了。有则改之无则加勉……我总结着我的过去,生活积累还是不深,理论学习还是欠缺,艺术修养还是浅薄……决心从头开始:深入生活,研究生活,潜心读书,寂寞写作。①

批判贾平凹的消息传到丹凤棣花,连他的父亲也坐不住了,赶紧到西安来安慰胆小怯弱的儿子。这次会甚至对支持贾平凹的费秉勋也造成一定的负面影响。

费秉勋说:"我在会上主要是站在保护贾平凹的角度,替他的艺术探索正名,我说他的创作方法不是现实主义,不能用这个尺子去衡量。当然,对于其他人批评他的调子有点灰色、态度消极。我也不能说什么。那几年,贾平凹经常被作协的领导叫去谈话,他嘴上答应得很好,但心里却有自己的主意,继续坚持自己的一套。我因为支持贾平凹也受到作协有些领导的挤压,很多和我同时的人都加入了中国作协,我却不能通过。而我那个时候已经是中国舞蹈家协会会员。这件事,直到贾平凹在全国的影响越来越大,已经压不住的时候,我才被批准加入中国作家协会。"②

这次会议还产生了一个正面效应,就是直接刺激了京夫,主动提出为他的作品开一次会,帮他"把脉"。这个现象,在1990年以后完全改观,很多作家开研讨会主要是希望批评家说好话。

---

① 贾平凹:《贾平凹文集》第12卷,陕西人民出版社2008年版,第44页。
② 参见"费秉勋访谈录"。

路遥《人生》研讨会。1983年3月10—11日，参加会议的有胡采、王丕祥、王绳武、董得理、余念、王宝成、王吉呈、畅广元、刘路、韩玉珠、任士增、路萌、王愚、陈贤仲、李星、白志刚、解洛成、徐岳、解军等20余人。

"笔耕"组的活动值得言说的还有成立之前的一些会议，这些会议实际上就是"笔耕"组的蕴酿或最初的聚集。

1. 1977年12月2日《延河》编辑部召开批判"文艺黑线专政论"座谈会，这次会议的主题就是揭批"四人帮"的"文艺黑线专政论"的反动观点，肯定中华人民共和国成立十七年文学的成就，是一次"拨乱反正"的会，是陕西文学开始恢复正常的一个标志。虽然到会人员的发言保留着那个时代的明显印记，但是真情可鉴。胡采、王汶石、杜鹏程、常增刚、畅广元、董乃斌、费秉勋、程海、邹志安、王晓新等都有发言。

2. 1978年3月15—25日短篇小说创作座谈会，这次会议已经深入文学内部，涉及生活与艺术的关系；题材多样化；英雄人物的塑造；艺术概括的问题；时代精神的表现；作家主体的修养。柳青同志做了录音讲话，这就是著名的"生活是创作的基础"的言论。

3. 1979年5月24—29日《延河》编辑部召开部分小说作者和少数诗歌作者座谈会，这次会议讨论了三个大的问题：关于"三中"全会以及全会以来的形势；关于当前文艺理论和创作中的一些问题——文艺与政治的关系、文艺"干预生活"、歌颂和暴露、人物的塑造；关于文艺为现代化服务的问题。

4. 1979年第11期《陕西日报》文艺部、《延河》编辑部召开文艺评论座谈会，催生了《陕西日报》"文艺评论"专栏的诞生。这次座谈会的内容有四个方面：当前文艺形式是好得很还是糟得很；分歧的实质是真理的标准不一样；"够用论"就是"顶峰论"；文艺评论应当开路先锋。

5. "太白会议"。"太白"会议有几次，1980年、1981年、1988年各有一次。但重要的是1980年7月10—20日这次，主题是"农村题材创作"。会议围绕农村形势的争论非常激烈；作家如何认识和表现变化了的新生活；具体涉及文艺与政治、真实性与倾向性、人物典型、庸俗社会学对人物塑造的危害、新英雄人物等问题。还有作家与批评家相互学习的问题。

> 李星："'太白会议'有几次，但一般都是指 1980 年的那一次。这次会议，我有详细的记录，大概在一个笔记本上记满了三分之二的篇幅。胡采主持会议，参加会议的有王丕祥、路遥、贾平凹、京夫、徐岳、蒋金彦、王蓬、邹志安、王愚、肖云儒、李星、刘建军、蒙万夫、白冠勇等。会议的主要目的是对陈忠实、邹志安等四个作家的创作进行'会诊'。大家几乎全部是指责，可以说把这四个作家骂得体无完肤，尤其对陈忠实的批评更加尖锐，有人就说他根本就不懂小说为何物，这使他很长时间抬不起头来。后来在作协院子里，李天芳见到我说：'老陈作品生活的真实感还是很突出的，你们怎么能把他说得一无是处？'可见，这次会议，对这几个作家的冲击非常大。陈忠实正是经过这次痛苦的反思，创作才有了根本的改观，以至于后来出现了《白鹿原》。2009 年改革开放 30 年纪念，《西安晚报》发了一些照片，就是我提供的，有'六个小矮人''阿尔卑斯山别墅'等，你可去查一下。记得陈忠实在这次会议的间隙，在附近的一个小庙中抽过一签，签文是'一飞冲天'。这次会议的伙食很好，吃了当地的特产。"[①]

陈忠实在这个会上就感叹说："我从事创作，发表作品以来，还从来没有这么多同行和评论家花这么多的时间给自己挑毛病、提建议，希望作协以后多开这样的会。"[②] 所以追根溯源，陕西文艺批评"严厉、尖锐、直率"的风格早在"笔耕"之前就已开始。京夫为此同样

---

① 参见"李星访谈录"。
② 参见李星《作家要下功夫熟悉研究新农村》，《陕西日报》1980 年 9 月 5 日。

受益匪浅。

6. 关于现实主义问题的讨论。

《延河》杂志分别在 1978 年第 8—10 期刊发了参加讨论者的 13 篇文章，如下：

王向峰，《文艺服务与政治的特点》；

张兴元，《要坚持社会主义的文艺方向——读〈窗口〉所想到的》；

黄放，《对反映社会主义真实的一些看法》；

艾菲，《一定要站在革命现实主义的"基点"上》；

薛瑞生，《文学是真实的领域——关于现实主义之一》；

王愚，《严峻的现实主义——从〈鸽子〉谈起》；

畅广元，《无产阶级文学批判的战斗作用不容否定——驳〈"歌德"与"缺德"〉》；

解洛成，《装腔作势吓谁来》；

陈深，《文艺与政治关系三题》；

商子雍，《前事不忘，后事之师》；

王愚，《艺术民主及其他》；

孙豹隐，《究竟是多还是少》；

冯日乾，《从僵死的批评框子里解脱出来》。

另外，在"笔耕"组淡出之前，也有一些事件和活动值得记录。

1985 年《小说评论》创刊，这是陕西文学界的一件大事。

李星："《小说评论》创刊。1984 年 6 月，杂志的编辑部就成立了，由陕西作协党组任命胡采为主编，王愚、李星为副主编。1984 年 7 月，全国当代文学研究会在西安止园饭店召开，陕西省委常委、宣传部长毛生铣在大会致辞时对外宣布，陕西正在筹备《小说评论》杂志。开始准备把杂志名为《当代文坛》，我说四川有同名刊物，还不如叫《小说评论》，因为小说这个体裁当时非常盛行，大家都同意，就确定下来。有了这个阵地，陕西批评界就更富有凝聚力，杂志的编委都是陕西当时著名的批评家，也都是'笔耕'组的成员。"①

1985年12月出版《西北中青年作家作品论》一书，作者全部为"笔耕"研究组成员。

1986年分别在延安、榆林召开陕西长篇小说促进会。

1986年第12期，召开"西北五省（区）文学期刊编辑工作座谈会"。

1987年第6期《小说评论》，陕西文学新军三十三人小说展览，每个作品后都有老作家或评论家的点评。1987年第7期，续上期，点评者有肖云儒、王愚、李星、李健民、陈孝英。

1987年7月27日《小说选刊》《小说评论》《延河》联合召开陕西文学新人三十三家小说创作座谈会。

（五）"笔耕文学研究组"的批评传统

1. 文本研究，笔耕不辍。坚持对作家作品的文本研究是"笔耕"最突出的特征。

这种研究是以文章的形式来完成，虽然那时的研讨会上有不少发言，但更多的是在杂志和报纸发表论文。1978年以后，陕西作家发表的几乎所有作品都得到"笔耕"组成员的及时关注与文评。

《陕西日报》1980年共发了"笔耕"成员的三篇研究陕西作家的文章，即5月15日李星的《在生活中发现——读陈忠实近年来的小说》；7月3日姚虹的《牧歌·浮雕·印记——读〈山地笔记〉随想》；10月16日王愚的《挚爱这片土地——谈李天芳的散文》。

《文艺报》1979年第1期，刘建军《真挚的感情 动人的描绘——读莫伸的短篇小说》；1980年第9期，肖云儒《为"土命人"造影——评介邹志安的短篇创作》；1980年第12期，阎纲《这个路子没有错——关于李小巴的小说创作》，胡采《谈谈陈忠实的创作》；1981年第8期，李健民《淳朴而动人的歌——李天芳和她的散文创作》；1981年第11

---

① 参见"李星访谈录"。

期,李星《艰苦的探索之路——谈路遥的创作》;1981年第12期,王愚、肖云儒《生活美的追求——贾平凹创作漫评》;1984年第5期,王愚《贾平凹创作中的新变化——读〈小月前本〉和〈鸡窝洼的人家〉》。

《延河》杂志1980—1984年共发批评陕西作家作品文章15篇:

1980年第1期,肖云儒《洗濯精神的污垢——读〈肥皂的故事〉》;1980年第6期,肖云儒《乡情的抒写——谈邹志安的小说创作》;1980年第8期,费秉勋《试论贾平凹小说的艺术风格》;1980年第10期,陈深《生活的波涛与艺术的足迹——我省近年反映农村生活短篇小说漫评》,蒙万夫、曹永庆《在现实主义的道路上——陈忠实小说创作漫论》;1981年第4期,李健民《新颖·细致·动人——读张虹三篇小说的感想》;1982年第2期,李星《莫伸小说创作的思想艺术特色》;1982年第3期,王愚《扎根在沃土之中——王蓬的四篇小说读后》;1982年第4期,费秉勋《贾平凹1981年小说创作一瞥》;1982年第5期,李星《评贾平凹的几篇小说近作》;1982年第7期,畅广元《作家应该具有穿透力——读贾平凹几篇近作的感受》,李健民《探索中的深化与不足——评贾平凹近期小说创作》;1983年第1期,薛瑞生《好驴不逐队行——由京夫的迂拙谈小说的创新》;1983年第10期,李星《中篇小说〈小路〉印象》;1984年第3期,肖云儒《王宝成披沙拣金谈》。

  畅广元:"这个小组有三个优点……三是评论重视文本。文学文本是作家的标志,作家不是靠他的宣言立世。尽管从评论方法上说有点陈旧,他们这一代人基本上采用的都是现实主义的观念,从艺术感觉入手概括作品的艺术的价值,缺乏像新批评派的细读理论等的武装。但它有一个好处,就是面对文本自身。"①

---

① 参见"畅广元访谈录"。

2. 立足陕西，瞩目全国。

"笔耕"组批评的主要对象是陕西的作家作品。这从地域角度来说非常自然，每个地区的批评家首先关注的是本地区的、身边的作家。也许有一种文化的亲近感，所以批评起来也比较熟悉。从作家方面说，本地的批评家与他们能够近距离地接触，沟通、指导起来也比较方便。这就形成了各地文艺批评都以本地为圆心的规律。当然，以本地为主、从本地出发、为本地服务这毫不为错，也应该如此，但是作为批评家的视野却不能始终画地为牢，局限于本地。

> 薛瑞生："作为青年批评家，现在已到北京的刘斌就曾经说：'你们打出了潼关，就把潼关留给我们吧。'这个建议，我是完全赞同的。"①

"笔耕"组的批评优势正在于他们没有如此狭隘。他们的眼光始终紧盯着全国的文学形势，"歌德"与"缺德"之争，他们参与了，现实主义问题的讨论就由陕西开始，秦兆阳先生1985年来到西安与在陕的作家评论家座谈时非常感激地说，正是陈深和李小巴的文章率先发起了对《现实主义——广阔道路》一文的平反活动，朦胧诗的讨论也有"笔耕"的声音，文学的真实性问题更是他们一成立就先介入的话题，这与全国的讨论同步而且引起了同行的注意，还有现实主义与现代派的话题，特别是1985年前后，他们组织编写了《西北作家作品论》明确地把批评的领域从实践上扩展到整个西北地区。

《小说评论》的创刊则是以小说为切入点，团结、聚集起全国的批评家引导、关注全国的小说发展。

3. 直面不足，民主对话。2000年的"博士直谏"在一定程度上好像是在率先倡导"直谏"的传统，似乎表明陕西文学批评从来不爱说真话。实际上，很多人忘记或忽视了，"笔耕"组一直是以直面作

---

① 参见"纪念'笔耕'文学小组成立三十周年大会发言整理稿"。

家的不足为风格的。

"笔耕"的批评从起初或更早就是以直面作家作品的缺点为特征，无论是"贾平凹近作研讨会"还是"京夫作品研讨会"都是如此，京夫还是受到贾平凹研讨会的影响主动提出为自己的作品挑刺、把脉。那个年代，难得有这样的氛围，不管是作家和批评家，他们共同的出发点都是希望文学进步，所以根本不计较对个人的声名影响，可现在不同了，很多作家举办研讨会更希望听好话，更希望借助媒体为自己做正面的广告，还有谁肯主动提出为自己的创作找缺点呢？

陈忠实："每个人都说他们的直感，而直感是最深刻的。"①

但是，直面缺点却不伤和气。即使评论家之间也常常为了某些观点的不同面对面地发生碰撞，可这并不影响彼此的朋友关系。

肖云儒："'笔耕'组让人怀念的气氛是……评论家与作家的关系很好，是朋友也是诤友。"②

贾平凹："评论家特别热情，与作家的关系也特别好，20世纪七八十年代不像如今这样多元化，氛围不是很浓，起点较低。当时最活跃的，显出阵营、组织力量的不是作家而是评论家。"③

费秉勋："没有被歧视、鄙视和压抑感，没有现在结社的意气感。'笔耕'组有一次在丈八沟开会，胡采也参加了。他有个习惯，喜欢在别人发言时经常插话，只要不合他的口味，就要更正一下。有一次我正发言，他又打断，我就躁了，顶撞了他几句，但老汉很有修养，没有生气。后来有人给胡老圆场，说费秉勋是个书呆子，他会与人硬上的。胡采说，你是嫌我插话吗？我说就是。事情过去后，我有点后悔。但当时情绪一上来，控制不住。

---

① 参见"纪念'笔耕'文学小组成立三十周年大会发言整理稿"。
② 同上。
③ 同上。

按一般人的性格，可能事后要去给他道歉，但我做不出这种事，胡采也并不在意。"①

畅广元："这个小组有三个优点，一是个人的观点可以不一致，但是团结。每个人都有把文学作为事业的理念，只对文学负责。观点可以切磋、对话，从不影响彼此的感情。二是与作家的关系很好。比如王愚、李星本身就在作协这个单位，与作家的关系很熟悉，很了解作家。其他人也一样，保持着与作家的友好的交往。"②

孙豹隐："（在这个团体中）什么都可以说。30年没有，这在文坛是罕见的。讲真话的精神、团结的精神（是可贵的）。"③

薛瑞生："因为是真朋友，无所顾忌，虽然争得面红耳赤但不伤感情。"④

4. 根据兴趣，结对指导。"笔耕"组的成员各自围绕一两个自己感兴趣的作家重点关注。这就形成了此后许多评论家独特的方向。比如费秉勋的贾平凹研究、蒙万夫的陈忠实研究、李星的路遥研究、薛瑞生的京夫研究、肖云儒的邹志安研究等。

陈忠实："当时更主要的是单个接触。这就避免了公事公办，官话套话。我记得当时每个评论家都有各自关注的对象……蒙万夫关注我较多，也接触多。他直言不讳，往往，我有什么创作问题就登门交流，混在他家吃饭。他不但关注创作还关注到吃饭。当时，没任何社会利害关系，完全是一种老师和初学写作者的关系。饭吃完了，常常连谢都不用说。"⑤

费秉勋："一般是，哪个批评家与经常关注的某个作家接触较多，个人的交谊就深。比如蒙万夫与陈忠实。那个时候，一个

---

① 参见"费秉勋访谈录"。
② 参见"畅广元访谈录"。
③ 参见"纪念'笔耕'文学小组成立三十周年大会发言整理稿"。
④ 同上。
⑤ 同上。

批评家基本上是固定研究一个作家,这个固定不是谁分配的,主要是个人情趣接近,自然形成的。刘建军、蒙万夫原来研究柳青,陈忠实与柳青的风格接近,所以,他们就更多地关注陈忠实,我对贾平凹喜欢得比较早,1980年就有一篇谈他艺术风格的文章,后来就主要研究贾平凹。"①

薛瑞生:"有(与作家)结对子的指导……我最早评价京夫。"②

5. 集体发声,淡泊名利。"笔耕"组曾被媒体称为"集体的别林斯基",我想在这个比喻中,有高度的赞许但也有客观的描述。且不论他们的批评是否可以与别林斯基媲美,但是作为一个集体的批评组织,这是没有任何异议的。而且是全国第一个具有民间性质的批评组织。正因此,他们的行为、活动,他们的观点更多的是以集体的姿态出现。在当时的相关报道中,往往并不清楚地表明,此观点是何人所说,是以"有的同志说,部分同志说,多数同志说"这样含混的表述,实际上就是在塑造集体的形象。也正因此,我们发现"笔耕"时代的批评家没有或者很少有功利心,他们想到的不是个人出风头而是对整个陕西文学发展产生了什么作用。那时的研讨会没有任何车马费、劳务费,最多一起聚聚餐。可即使这样,他们却乐此不疲。那时,一次会议常常开几天、一周甚至十几天,也许是那时的生活节奏缓慢,他们有耐心,较长时间的,聚精会神地研究他们喜欢的文学事业。这恐怕就是一种精神追求!现在,这种情形已经很难看到了,一次研讨会常常是匆忙的一个中午,最多一天。如此短的时间,很多与会者没有机会发言,或者即使发言也就是几分钟时间。这样能谈出什么?能达到什么效果?

(六)"笔耕研究组"的历史地位和现实价值

"笔耕"的活动在当时就引起全国同行的关注。的确,我们在1983年第19期的《红旗》杂志上看到了王愚《开展文艺评论促进创

---

① 参见"费秉勋访谈录"。
② 参见"纪念'笔耕'文学小组成立三十周年大会发言整理稿"。

作繁荣——记陕西"笔耕"文学研究组的活动》一文。

李星说:"《红旗》杂志才开始重视'笔耕',《光明日报》开始有报道。……经验。首先,懂行的好领导开辟的。胡采时为陕西省作协党组书记、理论家、喜爱批评,宽厚的气氛,是理论思维不是批评思维。其次,以刊物(两版)为中心团结了一大批作家。王愚在其中发挥了鼓动的作用。最后,密切结合陕西作家的实际与作家同行。没有空理论,直面创作。文艺批评变成纯理论就脱离了作家。"①

肖云儒:"当时形成了'一组(笔耕)、一刊(《延河》)、一报(《陕西日报》文艺评论版)、两会(小说家协会、评论家协会)'。'笔耕'的组织在全国文艺评论的组织中是第一个,广东出现了第二个,因此,阎刚称之为'集体的别林斯基',《光明日报》曾经报道'笔耕'组活动的情况。冯立山写过一篇文章《论中年评论家》,其中陕西有几人在列。"②

陈忠实:"'笔耕'对20世纪80年代陕西文学的活跃时段进行了全面的关注。(1)所有文学现象都有发言、讨论,对中国当代文学的发展发出了陕西批评的声音;(2)对新时期陕西新出现的作家具有极大的推动作用,我是受益者之一。"③

陈孝英:"笔耕的传统有四个方面:(1)广纳百川。胡采为决策,王愚、肖云儒为组织的一个批评团体。后来商子雍、孙豹隐两人也加入进来。(2)学术自由。……费秉勋与胡采有些争论,但很友好。'笔耕'组中,很支持不同声音的抒发。(3)学者化。'笔耕'组的批评都有学者味,现在缺乏理论的支撑。(4)承上启下。现在的批评受到文学以外的物质、市场的干扰。"④

---

① 参见"纪念'笔耕'文学小组成立三十周年大会发言整理稿"。
② 同上。
③ 同上。
④ 同上。

李国平:"'笔耕'文学组是一个具有同好,注重个人交谊,崇尚文人雅聚传统的一个民间批评团体,是20世纪80年代中国第一家民间批评组织。它对陕西文学进入新时期后的发展产生了不可磨灭的重大作用。具体说有以下三点。

"第一,新时期文学30年,陕西文学批评与文学创作一同生长。没有陕西文学评论的繁荣就没有陕西文学在新时期所达到的高度。在这个意义上说,'笔耕'文学组是陕西文学的思想库。

第二,陕西当时的中青年作家,包括路遥、陈忠实、贾平凹等都得到过'笔耕'文学组成员一对一的跟踪批评。在一定程度上,是批评家们把他们推向全国。

第三,陕西文学批评迄今为止的良好文学氛围和传统是'笔耕'文学组所建立的。"①

阎纲:"陕西地面,人杰地灵,既有作家群,又有评论家群。少长咸集,群贤毕至,像'笔耕'小组这样一支评论劲旅,全国能数出几个!扶植'笔耕'组,老同志们起了作用。今年七月二十四日,在西安召开的中国当代文学学会第四届年会上,我说'笔耕'虽然是地方选手,却打出了国家级的水平;陕西出了别林斯基,别林斯基就是'笔耕'组。我认识许多'笔耕'组的成员,文致和、王西平、孙豹隐、刘建军、李健民、李国平、肖云儒、陈孝英、陈贤仲、费秉勋、畅广元、薛迪之、薛瑞生、蒙万夫、王愚、李星,活跃于文坛。我读过他们写的好文章,他们代表陕西小说评论的希望。"②

"笔耕"的传统对陕西文学批评的启发有二。一是自觉的组织全省分散的批评力量形成合力。目前有"学院派"和"文化派"的说法,这正好说明当今批评队伍的分布和变化。作协有批评理论委员会,文联有文艺评论家协会。

---

① 参见"李国平访谈录"。
② 阎纲:《无题的祝贺》,《小说评论》1985年第1期。

二是传承文友雅聚的传统。这个传统在21世纪以后慢慢地得到恢复。伴随着"太白书院""白鹿书院""终南学社"的成立，陕西的文友圈子逐渐形成，他们经常借着文学的名义举行各种雅聚活动，特别是"白鹿书院"在这一方面比较活跃，除了不定期的邀请全国的学者专家讲学之外，还举办诸如书画展、纳凉聚会等活动，既传承了文化又加深了友谊。尤其是在这种自由的形式与氛围中发展了中国的文学与文化。

"陕军东征"事件及其文学史意义

1993年,对中国当代文学来说是非常值得纪念的一年,这一年出现了《白鹿原》这样的优秀作品,《废都》的火爆、争议和被禁事件也引发了中国出版市场疯狂的盗版现象。"陕军东征"事件属于其中之一,而这些现象的出现都是始料未及,但事后想来也顺理成章。

(一)"陕军东征"提出的背景

"陕军东征"的提法最早出自记者韩小蕙。1993年5月25日,《光明日报》上发表了一则文艺信息报道《陕军东征》。起初并未引起读者注意,也许由于陕西本土对这个报道的重视,即《陕西日报》于1993年6月1日全文转载了这条信息,加之媒体不断升温的《废都》炒作,一场始料未及的文化事件席卷华夏大地。

《陕军东征》的报道只是一个记者的职业敏感捕捉到文学界的一则新闻。原本,她是受邀报道高建群的《最后一个匈奴》研讨会的,但消息发出来后,关于研讨会的报道只是寥寥几句,重点完全被转移。即以陕西作家长篇小说集中出版的现象作为视角。下面是韩小蕙2004年回忆这个消息产生的背景:

> 1993年5月19日早晨,我去北京空军招待所参加《最后一个匈奴》研讨会。上电梯的时候,记得当时里面有阎纲、周明、陈骏涛诸先生,好像还有唐达成先生。不知谁跟阎纲和周明开了句玩笑,说:"你们陕西人可真厉害,听说都在写长篇。好家伙,是不是想来个挥马东征呀?"

后来在会上发言时，有人提起电梯里的这句玩笑话，于是，发言者纷纷跳开《最后一个匈奴》这一本书的思路，争说陕军群体的文学成果与特色。当时明确提到的有《白鹿原》和《八里情仇》，也有人模模糊糊提到《废都》，因为《废都》的书和刊都还没有出来，《十月》编辑部怕人盗版，谁也不给看，据说当时只给了一位评论家看清样，是要约他写评论。

那一天，我因有事，听完会没留下吃饭就走了。回家后翻了翻《最后一个匈奴》，感觉语言太松散平淡，后半部写得完全没了精气神儿，全书水平很一般，也就明白了为什么与会者纷纷跳开它而大谈陕军。那么，我的报道怎么写呢？按流行的办法写三行简讯，是最省事的，但似乎有点儿对不起出版社和那么多与会者，而且听了那么多发言，里面也的确有内容，我苦苦思索着。后来突然心里一亮：何不就在"陕军东征"四个字上作文章呢？①

（二）"陕军东征"所涉作品的不同表述

不管怎样，"陕军东征"描述了一个客观的事实，那就是在1993年，陕西的多位作家不约而同地在北京的几家出版社相继出版了长篇小说。在韩小蕙的报道中只提到四部，即《白鹿原》《废都》《最后一个匈奴》《八里情仇》。

1993年6月9日，在陕西省作家协会第四次会员代表大会上，时任陕西省委副书记刘荣惠有个讲话，其中提到了"陕军东征"，但涉及具体作品时，补进了程海的《热爱命运》，成为五部。

再往后，有些媒体在宣传时又加上老村的《骚土》，成为六部。

如果从时间上说，这六部长篇都出版于1993年的北京，但是《骚土》的作者已经寓居北京，从作者的地域说来稍有点不合，但由于他的原籍也是陕西，所以，把这部作品归入也勉强说得过去。

还有一种"七部说"。中国人民大学周忠厚、陈传才两位教授带

---

① 参见《"陕军东征"的说法是谁最先提出的？》，http://www.people.com.cn，人民网，2004年5月19日。

着他们的研究生专门合作了一部专著《文坛西北风过耳——"陕军东征"现象研究》,在这本书中,在上面六部之外又加入了一本《蓝袍先生》,这就把"陕军东征"的系列变为七部。

《蓝袍先生》是陈忠实在1993年于北京出版的一本中篇小说集,并非单独的长篇小说,其中《蓝袍先生》只是其中一篇。因此,把这部作品硬拉到"陕军东征"的系列之中就不伦不类了。我估计,这是一些年轻的研究生的疏忽造成,但作为本书的主编,两位资深教授没有认真审阅而默认这种表述,显然是有失慎重的。

(三)"陕军东征"的"商机"

"陕军东征"是一种现象还是一种价值标杆?显然,它的本义是前者,是对陕西长篇小说创作井喷现象的概括,并无高低优劣的价值评判。然而,其中的一些人却要利用这种名词为自己张目,把名词当作名誉,把花草当作桂冠,似乎栖身"陕军东征"的行列就等于进入了小说排行榜的前几甲,有一些作者正是利用广大读者不明就里的心理,在书商的煽惑下,为自己的作品挣足了印数,获取了大把的钞票,数十万的印数就是这样"欺世盗名"的结果;实际上,他们只不过是搭上了《废都》与《白鹿原》的顺风车而已,用一句不恰当的比喻,借有钱人的豪车为自己挣足了面子和银子。如果,他们自知或者聪明一点,偷着乐乐倒无不可,可是他们中的个别人还要借此炫耀,甚至不惜为自己争夺"豪车"的所有权,这就有点自不量力甚至可笑了。

批评家们是清楚的,可怜的是普通读者却被这种"游戏"或者策划捉弄了,白白花了不少冤枉钱。韩小蕙回忆:

> 新鲜的事可是陆续来了。一天,我家的电话突然响了,是一个来自陕西省的长途,对方说他名字叫程海,写了《热爱命运》,问陕西什么人搞阴谋陷害他,不让他的名字出现在《陕军东征》一文里?我一听这是哪儿和哪儿呀,赶紧告诉他谁也没有陷害他,报道是我自己写的,陕西方面事先谁也不知道我写这篇报道,也

没有定过调子，不信请问问别的记者，参加那会的各报记者有一二十个，您问谁都行。《陕军东征》一文里之所以没写他，是因为没有人提起他（事后我才知道，《热爱命运》当时根本就还没有出版）。我说的绝对是事实，程海放下了电话。没想到，过了两天，他又来了电话，说："我们省委宣传部已经决定，陕军东征要提五部书，要把我的《热爱命运》加上。"我有点儿不高兴，心想事情早已过去了，怎么还没完没了，就不客气地回答说："怎么提是你们省里的事，我的报道已经发了，跟我没关系了。"

又过了些日子，呵，可是不得了了，只见街上一些报纸上、书摊上出现了很多"陕军东征"的标题、口号和宣传字样，到处都在"炒"陕军。果真就卖了很多书，最明显的是《八里情仇》，从第一版的6750册，直线上升到十多万册（最后达到多少册我也不知道）。《最后一个匈奴》也得到好处，一版再版不说，作者也声名大噪。程海的《热爱命运》也真的加进来了。后来还有许多搭车的书，都自称是东征的"陕军"，一时陕军真是大大火爆，名扬天下。

（四）"陕军东征"的余波

没想到这个事件过去6年之后，又一次掀起了轩然大波。1998年，由于"陕军东征"的成员之一高建群在《陕西日报》发表了一篇随笔《我劝天公重抖擞》，其中述及"陕军东征"说法的由来：

> 1993年5月19日，陕西省委宣传部、作家出版社等五单位，联合在京召开《最后一个匈奴》座谈会。会后，《光明日报》记者、作家韩小蕙在征求我如何写会议消息时，我说，不要光写《最后一个匈奴》，贾平凹先生的《废都》、陈忠实先生的《白鹿原》、京夫先生的《八里情仇》、程海先生的《热爱命运》，都即将出版或已先期在刊物上发表，建议小蕙也将这些都说上，给人一种陕西整体阵容的感觉。小蕙报道的名字叫《陕军东征》先在

《光明日报》发表，后由王巨才同志批示在陕报转载。新时期文学中所谓的"陕军东征"现象，称谓缘由此起。

记得，就"陕军东征"这个名字，小蕙当时征求我的意见时，我说，名字并不重要，《玫瑰之名》的作者说，衡量一篇文章、一本书、一部电影的名字的标准只有一个，就是看它能否引起读者的阅读兴趣……《白鹿原》的荣获茅盾文学奖，是陈忠实先生个人的获奖，亦是社会对这次"陕军东征"现象的肯定。人们无法漠视和避开这个近二十年来文坛最重要的一次文学现象。

正是这个说法，遂引得韩小蕙的不满，继而在《中华读书报》著文，详细披露了这个提法形成的过程。实际上，这个提法本身并没多大意义，那为什么要争夺这个冠名权呢？说白了，还是功名心理作怪，与前述"笔耕"小组某些成员30年后的反应相似，也许在这些当事人看来，有他们参与其中的一些事件已经或将成为历史记载的重要活动，所以，突出自己的功绩无疑会给后人留下深刻的印象。然而，在当今这个资讯异常发达的时代，任何谎言或不实之词既会得到很快的传播，但也会迅速地恢复真相。

（五）"陕军东征"的争议

在韩小蕙的原发报道之后，其他有关的报道和评介文章陆续出现。其中张珂的《"黄土地"文学的轰动》从陕西作家甘于寂寞、潜心创作的角度，揭示了陕西长篇小说勃兴与繁荣的原因。其余的文章则大多是围绕陈忠实与《白鹿原》、贾平凹与《废都》等具体作家作品展开的报道和专题评论。在对《白鹿原》的报道和评论中，一些文章引用了评论家称之为"史诗"的提法。7月中旬，北京的《白鹿原》讨论会上，一些论者就该作的"史诗品格"进行了论述。《小说评论》1993年第5期即以"一部可以称之为史诗的大作品"为题刊发了这次讨论会的纪要。一时间，"陕军东征"成为评论界内外争说的话题。

对于长篇小说创作中的"陕军东征"现象，不以为然者以程德培为代表。1993年9月2日，上海《新民晚报》发表了程德培题为"一不小心搞出一批"史诗"——炒'陕军进京'一议"的文章,对"陕军东征"现象及其有关报道提出了自己的不同看法。作者认为,"有关《白鹿原》《废都》等作品发表前后的新闻报道和座谈讨论,其声势、其规模都足以构成'陕军'火爆神州大地的大制作和大宣传。这也是文学作品难得享受到的一次'五星级'待遇"。然而,不能令人满意的是,"批评界成了大宣传的吹鼓手,我们不能为了这种大制作的精神而出卖了批评的精神。读了众多关于这四部作品(指《白鹿原》《废都》《最后一个匈奴》和《八里情仇》)的评论文章和座谈会报道,最令人感慨的便是满目皆是'史诗',作家合理地大制作追求,到了批评家手里则成了可以到处乱贴的标签,严谨的批评用语糊里糊涂成了廉价的广告用语,真可谓一不小心就搞出一批'史诗'。许多人多年来一直批评和担心的'捧杀'现象,正在变成了活生生的事实,这是很可怕的"。他还认为:"这几部长篇作品本身,差异很大,情况很不相同。现在我们仅仅依据地域性而将这些如此参差不齐的作品放在一起,仅仅为了欢呼胜利,除了证明地域文化狭隘心理的急功近利外,还能证明什么呢?"

程德培文章发表后,李星撰写了《一不小心搞出一个"地域文化狭隘心理"——也谈所谓"炒"陕军进京》的文章(发表于《教师报》1993年10月17日),对程德培文中的不少意见进行了反驳。李星首先列举了许多事实说明《白鹿原》等作品在文坛内外引起轰动,是作品本身在读者中引起的"发烧"效应,绝非一伙什么人硬"炒"出来的。他认为,评论家也是读者,不应当把评论家为自己喜爱的作品说愿意说的话看作"廉价的广告用语"和"出卖批评精神"。李星还指出,程德培并未参加有关《白鹿原》等作品的讨论会,这些讨论会对作品好处说好、不好处说不好,有些批评意见甚至还很尖锐,有关报道也程度不同地反映了这些意见。程德培却对此概视而不见,"是否也犯有捕风捉影,以偏概全,将不同性质的东西一锅炒的毛病"。李星最后认为,"一向木讷迟钝的陕西作家依靠自己的辛勤努力在1993年的长篇创作中出了点风头,内中所蕴含、所昭示的实际上是纯文学在新形势下的复兴,对于这样一个呼唤了多年、等待了多年的现象乃至'胜利',值得欢呼!因而,不应把什么地方都有的出于'地域文化狭隘心理'的急功近利的帽子,特别地加于今年的陕西"。

的确,只有当围绕《废都》的喧嚣平息之后,我们才能较为客观地评价另外三部作品:《最后一个匈奴》《八里情仇》和《热爱命运》。作者高建群自述这本书"旨在描述中国一块特殊地域的世纪史。因为具有史诗性质,所以他力图尊重历史事实并使笔下脉络清晰;因为它同时具有传奇性质,所以作者在择材中对传统给予相当的重视,其重视程度甚至超过了对碑载文化的重视",又称其"试图为历史的行动轨迹寻找一点蛛丝马迹,对高原斑斓的历史和大文化现象表现出极大的热情"。由此我们不难看出,作者所着力追求的依旧是一种史诗品格。在这一点上,作品也得到了评论家们的首肯和称道,在论者称赞这本书为"陕北的史魂",认为作者"创作了一部构思独特、气宇不凡、具有史诗品格的力作"(蔡葵)。不少评论家也不约而同地提出这部小说的理性和思辨的色彩。如雷达称"这部长篇,难以用完整的故事讲述,它具有叙事诗式的特色,理性分析小说的特色,评论性的雄辩和诗歌的跳跃相组合的特色"。蔡葵则说,这部小说还有一个特色,就是它强烈的思辨色彩。作者谈古论今,从时政、历史到文化、社会,纵论天下大事和风俗民情。"这不仅无损于小说的艺术成就,相反却构成它的恢宏博大的情势,使它充满了豪放之气和阳刚之美。那思考的执着,透过纸背的力度,创造力、想象力的高扬和充天塞地囊括人世的情怀,都使这些议论具有一种震慑的力量。"至于这部小说的缺陷,一般都认为在于议论和形象脱节的问题。尤其是下卷,这个问题更为突出,在艺术上下卷也逊于上卷。

京夫的《八里情仇》探讨的是在动荡的政治斗争和社会斗争中,陷入种种命运和人生纠葛的人性与人情。有评论家认为这部作品是"陕军东征"中的重要收获之一。

相对于上述几部作品,程海的长篇处女作《热爱命运》发行量大增更加出乎人们的意料。这部作品并不擅长反映广阔的社会生活，而是着眼于细腻地表现个体的情感体验和性爱心理。这部作品的情节并不离奇动人，也没有直露的性描写，但因其能够反观内心，审视自我，品味人生价值（雷达）而获得了读者的喜爱。据程海本人回忆，在"陕军东征"的报道刊发之前，出版社还在犹豫是否出版的《热爱命运》，正是这篇报道，强化了他们的自信，才敢决定印刷。

在这五部作品之后，莫伸的《尘缘》，老村的《骚土》《老街》，亦夫的《土街》《媾疫》……发行量也在10万册左右，一般认为他们属于"陕军东征"后期的作品。

1993年，一股竞读长篇小说的热潮兴起，"长篇热"的文学现象吸引了文坛内外的视线。这时，陕西中青年作家群"集团军"式的集体亮相尤为引人注目。

（六）"陕军东征"现象火爆的核心动因

如果没有《废都》，可以说就不会有后来的"陕军东征"现象；如果没有《白鹿原》，"陕军东征"就没有被人反复提说的价值。《废都》是火，《白鹿原》是油，其他几部作品是劈柴。作为一种现象，不只是一个概念的提出与争议，而且因为这个概念提出后所引发的后续效应，也成就了这六部作品的炒作和热卖。

1993年至今，《废都》的研究在国内各种杂志上发表的文章约为420篇，在其出版的那一年，迅速出现了十多本研究著作。例如，《废都啊废都》《废都滋味》《废都废谁》《废都大评》等；《白鹿原》至今的研究文章已经有1000多篇，专著也有很多本。《最后一个匈奴》的研究文章十多篇，《八里情仇》的四五篇，《热爱命运》的也是四五篇，但是这几本书却都印刷了数十万册。所以，"陕军东征"现象的火爆动因首先应从《废都》的"炒作"谈起。

1. 《废都》的出版、被禁

①书稿的争夺过程

早在《废都》的书稿1993年1月21日杀青前，全国很多家出版社已经了解到这本书潜在的商业价值，他们通过各种关系与作家接触，希望拿到该书的出版权。孙见喜对这种激烈的竞争有段详细的描述：

> 十几家出版社激烈争夺该书的出版权。四川文艺出版社致函贾平凹，决定以千字60元求购该书的出版权；天津百花文艺出版社再三致函，版税条件让平凹提，相信会得满足；同时又有广西漓江出版社、上海文艺出版社、作家出版社、河北出版社、西安出版社的编辑朋友通过多种渠道和平凹接触，希望拿到该书的出版权。……至1993年2月初，贾平凹不曾与任何一家出版单位签订《废都》的出版合同。陕西人民出版社……愿以6万元人民币投标该书版权……遗憾的是2月13日连成打来电话，说北京的十月文艺出版社已基本同平凹敲定，《废都》由《十月》杂志全文发表并由该社同时出书。①②

《十月》杂志社之所以能从如此激烈的竞争中最终拿到书稿，主要是得自编辑对《废都》的深刻理解获得了作者的首肯。田珍颖后来回忆：

> 平凹来北京开会时（1993年3月——笔者注），我到平凹的住处跟他谈这个稿子，谈我们的理解，谈得很细。
>
> 当时争夺这个稿子的出版社很多，北京的、外地的都有，平凹的抽屉里已经放着北京某出版社2万元订金，还有出书合同，在这种情况下平凹听了我们对书的解析，他觉得编辑能读到这种程度，能理解他，他很感动。所以他把订金给人家退了，决定在《十月》杂志上全文刊载《废都》，接着由杂志的主办方北京出版社出书。③

---

① 孙见喜：《贾平凹前传》，花城出版社2001年版，第383—385页。
② 程海：《陕军东征：往事备忘录》，《陕西日报》2013年6月25日。
③ 《蒋文娟、老编辑解密〈废都〉当年遭禁内幕》，搜狐新闻，2009年8月12日。

②出版前后媒体的"炒作"

一本小说还未出版就被媒体炒得热火朝天,而且持续一年左右的时间,这在中国文学史上绝无仅有。

1993年4月3日,陕西的《星期天》报纸,在第四版刊发了记者王兰英的文章《平凹近来做啥》,似乎以不经意的口吻披露《废都》的"原稿以1000150元的高稿酬被'十月'文艺出版社拿走"。这个爆炸性的消息马上被多家媒体转载,《废都》"百万稿费"的说法不胫而走。多年之后才有人出来澄清,实际是"1000字150元",中间脱了一个"字",但普通读者当时根本不知道真相,况且,小说当时还没成形。更有趣的是,此报头版用整版篇幅刊发纪实文章《贾平凹一天中的故事》。

5月31日《陕西日报》发表了健涛《废都:一部奇书》一文,提前披露了《十月》编辑部对《废都》一书审读报告的内容,并预告小说将于8月出版。

6月13日,黑龙江《生活》月刊记者段伟就即将出版的《废都》采访了贾平凹,提了22个问题,其中涉及有人以《红楼梦》《金瓶梅》类比《废都》的说法,但贾平凹本人并不认可。

7月3日、10日,陕西的《星期天》报纸两次刊发书讯:"欲购被誉为当代《金瓶梅》的《废都》,请汇6.6元人民币(含邮费)与本报魏军联系。"

7月17日,《光明日报》提前刊发了《废都·后记》,7月22日《光明日报》"百家论苑"栏目发表署名文章:"宁愿信其有,与宁愿信其无。"再次对《废都》"百万元稿费"的说法进行探讨。

各地书商闻听这些消息,纷纷雇拉书的大卡车进京守候在印刷厂的门口。"人人紧张得像上战场似的,烽烟火色,火眼金睛,不知是否真严重到身家性命。"①

7月24日,《废都》正式在北京首发,并定于当日下午两点半在

---

① 孙见喜:《贾平凹前传》,花城出版社2001年版,第527—539页。

北京王府井书店签名售书,但早上9时前就有人开始排队;韩小蕙撰文《贾平凹〈废都〉签名售书记》对此有所描述。①

7月27日,贾平凹回到西安,在钟楼书店签名售书,与此同时,《废都》的大型协奏曲盒带以及王新民与孙见喜策划编辑的《贾平凹与〈废都〉》一书也紧跟着发售。②

8月5日、8日、9日、11日,陕西经济广播电台连续四次举行实况直播讨论会。8月中旬,报刊上关于《废都》的评价发不出来,《西安晚报》本来要发曾镇南的一篇评论,版已排好,突接上级指示叫把文章撤下,询问原因,说是为了稳妥,先放下再看一看;《陕西日报》也是如此。③

尽管如此,一些报纸还是发出了一些消息和言论:8月12日,《文学报》头版刊出中国新闻社通讯稿《〈废都〉的性描写引起争议》;8月19日,《陕西政协报》用整版篇幅刊登了孙见喜整理的陕西8名专家评价《废都》的观点。

8月25日后,书摊涨价到20元出售《废都》。

8月28日,诗人小宛与贾平凹就书中引用她的九句诗发表声明。

10月12日,谈判双方达成口头协议。

10月25日,小宛的丈夫在双方达成协议之后,仍然用这个"噱头"在自己主办的《创世纪》杂志上刊登1993年第5期征订启事:《独家披露,爆炸新闻,沉痛宣告贾平凹在〈废都〉中的抄袭》。

可见,《创世纪》杂志想借此炒作他们的刊物,增加发行量,但结果因为贾平凹的公开致歉而并未奏效,反倒是《废都》自身创造出1949年以来中国长篇小说发行的头号新闻。

第一版开印几天就由13万册、37万册加印到45万册④,其后一

---

① 韩小蕙:《贾平凹废都签名售书记》,《光明日报》1993年7月26日。
② 孙见喜:《贾平凹前传》,花城出版社2001年版,第527—539页。
③ 同上。
④ 魏华莹、田珍颖口述:《我与〈废都〉》,腾讯文化,文艺争鸣公众号,2016年10月23日。

再加印，加上个体书商盗印，据估计印数有千万册之巨，① 且出版后半年内就有十多部相关论（著）集问世。如《〈废都〉及〈废都〉热》《〈废都〉废谁？》《〈废都〉滋味》《〈废都〉呀〈废都〉》《贾平凹怎么啦？——被删的6986字背后》《废都之谜》《多色贾平凹》《失足的贾平凹》《奇才鬼才怪才贾平凹》……对于一部作品，引起如此密集的关注和评论也可称为一大奇观。

然而，沸沸扬扬持续了一年左右的《废都》炒作事件终于在1994年1月20日，由于北京市新闻出版局下发了《关于收缴〈废都〉一书的通知》而落下帷幕，这本书也从此开始了16年不准公开再版、印刷、评论的被禁岁月。

同年5月29日，贾平凹创作散文《自画像》，自述了《废都》遭禁后的处境和心态。

> 过去的1993年，可能在我的一生中最值得纪念了，我的第四部长篇小说《废都》给寂寞的中国文坛投下了一颗原子弹。它一出版，举国上下议论蜂起，街谈巷议，风雨不止，正版和盗版千余万册，说好的好得不得了，说坏的坏得罪该万死，各类评说文章被编辑成十多种书在全国各地的书摊上。最后，政府将此书列为禁书……我是出版了各类版本六十余种，但《废都》是最为轰动的作品，它享受了最高荣誉，也遭到了最严重的攻击，它是一本易被人看走眼的书，它的真正价值不是当代中国现实所能认同的。

历史不断前进，经过了16年的沉淀、反思，2009年《废都》再版算是解禁，它的价值重新被人们认可。

2. 《白鹿原》的长销不衰

就"陕军东征"中涌现出的几部长篇小说来说，《白鹿原》是最

---

① 参见贾平凹《自画像》，《贾平凹文集》第13卷，陕西人民出版社1998年版，第96页。

耐读的，它出版后，不但在一般读者中，而且在评论界也引起巨大反响。《小说评论》在1993年第3期上发表了陈忠实的长篇答记者问后，第4期上又用整整一半的篇幅发了13篇评论文章。评论家们好评如潮，称"《白鹿原》达到了一个时期以来出现的长篇小说所未达到的高度"（冯牧）；"阅读中我的第一个感受是中国文学领域出现了一部重量级的大作品，它厚重，深沉，必将并已经不胫而走"（雷达）；"从总体上它是气势恢宏的史诗，从局部、具体细节、语言看……可以像《红楼梦》一样读"（蔡葵）；"《白鹿原》是一部激动人心的作品，怎么评价都不过分，必将载入中国、世界文学史册"（张韧）；"《白鹿原》本身就是几乎总括了新时期中国文学的全部思考、全部收获的史诗性作品"（白烨）……

《白鹿原》1993年6月出版后半年内，人民出版社第一版就7次印刷，印数有50多万册。截至2006年年底，人民出版社统计《白鹿原》累计印刷数超过120万册，而且从1993年直至陈忠实先生2016年逝世，《白鹿原》每年都在重印。2000年开始，起印10000册成为常态，2012年出版的"20年纪念版"竟然一次印刷50000册。陈忠实说，近十年来，各种版本的《白鹿原》加起来每年的销售量在10万册以上。①

畅销书数量不少，但很多只是一阵风，往往是当时声势不小，印量也很大，但时间不长就没人再关注并渐渐地悄无声息；而长销书不同，只有那些质量上乘的作品才能不断为广大读者所喜欢，也才能被出版社连续印刷。《白鹿原》就是最好的例子。

2010年3月《钟山》杂志第2期刊出的1979—2009年"30年10部最佳长篇小说"的投票结果，《白鹿原》名列首位。

也许正是以上两点，即《废都》的热炒和《白鹿原》的长销才有了1993年"陕军东征"现象的火爆。

---

① 邢小利：《陈忠实传》，陕西人民出版社2015年版，第199页；白鹿书院编：《白鹿书院十年》，第184—191页。

(七)"陕军东征"现象的文学意义

李星:"陕西作家不约而同地在北京出版了四五部长篇小说,集中展现了陕西文学的实力。虽然其中的作品质量参差不齐,但《白鹿原》和《废都》为陕西文学挣足了面子,特别是《废都》被禁导致了一系列新的文学现象的出现,如文学的商业化、纯文学的回潮、长篇小说热等。"①

李国平:"说到'陕军东征'现象的效应和价值,是否可以这样表述,为陕西文学贡献了几部好作品,尤其是《白鹿原》,在文学的萧条期,重振了文学的信心,接续几乎中断了的文学思潮。《废都》直面社会世相,微妙地折射了中国人精神发展的曲折。"②

刘建军:"'陕军东征'的意义主要是陕西作家有意识地走出潼关,开始在全国打响,引起了北京文艺界的重视,不是说谁有计划、有组织地集体出版作品。这个事件的确给陕西带来了很好的响应,也促使宣传部、作协后来有意识地为陕西作家的作品在全国召开研讨会,扩大影响。说实在的,'陕军东征'的作品参差不齐,虽然有些作品借这个声势获益不少,但最终还得看作家的实力。"③

---

① 参见"李星访谈录"。
② 参见"李国平访谈录"。
③ 参见"刘建军访谈录"。

"博士直谏"事件的起因与延续

2000年，陕西文坛为什么会突然爆发一场波及全国的"博士直谏"事件，至今还让人觉得有点莫名！根据事件的一些当事人的说法，他们认为是李建军听到陕西老一代批评家对《怀念狼》的无边无沿的评价之后的不满或者说对整个批评界不敢说真话，一味吹捧风气的反驳。如果，确实如此，那倒也正常。但是，我翻遍了当时的相关报道，却没有一种说法有据可查。我没有看到一个陕西批评家对《怀念狼》有失当的吹捧，倒是有人说"《怀念狼》是中国小说的巅峰之作"这句话，但与陕西批评家无关，是《怀念狼》的责任编辑张懿翎所言。

据说李建军的这些观点在《白鹿原》评论集的研讨会上也说过，可惜的是，当时的会议纪要却没有呈现，这就让旁观者无法理解，李建军为何要突然发飙？更让人大惑不解的是，《三秦都市报》的记者要专门采访他，为什么不采访其他人，而偏偏选中李建军？按照他当时的身份和名望，李建军还到不了有影响读者力量的名人或学者的程度。

李国平回忆说：

在这个事件之前，作家鹤坪与我编了一本《〈白鹿原〉评论集》，准备交陕西旅游出版社出版，出版社已经给我们两人3000元的稿费，但是陈忠实知道这件事以后不同意由陕西旅游出版社出版，他说最合适的是让人民文学出版社出，因为原作是他们出的。此事就搁了下来。一年后，这本评论集，由人民文学出版社出了，署名用了社名，没有挂我们的名字，只在后记中略微提了一下。

这本书出来后，陕西作协准备开一个研讨会，李建军当时是这本评论集的责任编辑，在研讨会上，他有个发言，所以就被邀请回陕。会后，《三秦都市报》记者杜晓英对李建军做了一次访谈，这就是后来所说的"博士直谏"。实际上，这个访谈倒没什么，吸引人们眼球的是谈话的部分内容以及之后所引起的"贾平凹和李建军之争论"。按说，这个访谈本身并非针对贾平凹一人，而是对整个陕西文坛的不满，当然，对贾平凹的指责相对多了一些而且比较言重。①

邢小利说：

这个事情，我是当事人，应该说没有任何预谋。贾平凹有误解，说这是有预谋的、有组织的、有计划的。实际上根本不存在这样的情况。

起因是李国平、鹤平、刘斌合编了一本《〈白鹿原〉评论集》，在人民文学出版社出版后，西安要开一个研讨会，李建军作为责任编辑回来参会……

在闲聊中，大家说到当时出版不久的《怀念狼》在陕西的有关评论，肖云儒、畅广元、李星等上一辈的评论家，把这部小说捧得太高。说什么：《怀念狼》是中国当代小说的一个高峰，还有环保主题等。这样，让年青一代批评者有点反弹。在《〈白鹿原〉评论集》的研讨会上李建军发言时，顺便就这个话题发了一些感叹，主要是针对这种过誉的评价以及陕西文学批评的风气。他对这种炒作或没边没沿的说法，很不认可。建军本来发言很有锋芒，敢说或者说直率。他结合肖洛霍夫的《静静的顿河》中的

---

① 参见"李国平访谈录"。

人文情怀，在总体肯定《白鹿原》价值的基础上，对其中的一些细节处说了自己的意见。当时陈忠实在场，贾平凹在不在，我记不清了。顺便也说到陕西对《怀念狼》的一些议论，有人说这部小说在北京引起了"地震"。李建军说，我在北京怎么就没有这种感觉。这个研讨会，后来刊发了会议纪要，是我写的……

会后，《三秦都市报》的记者杜晓英就此话题采访了李建军，使这个事件慢慢扩大。李建军的这个发言，在陕西老一辈评论家那里有些反弹。这次论争表面上是把《白鹿原》和贾平凹当作"靶子"，实际上，是两代作家和老评论家之间分歧的交锋。显示出两代人在批评立场和观念上的差异。年轻的评论家觉得上一代批评家现在说话没有边际，不负责任。李震后来有篇文章对这个情况说得很清楚……

现在回过头看这件事，我觉得主要的原因是大家不习惯听到批评的声音。①

我们再来看 2008 年 12 月 8 日《三秦都市报》的一篇文章《青年文学博士直谏陕西作家》披露了这个事件的记者手记。

这是一组精心策划、部署得当、节奏紧凑的连续报道。这组报道的线索源于一次研讨会上一位年轻的文学博士的发言，这位名叫李建军的文学博士出语惊人，对陕西文坛和陕西作家作出了整体评价，尤其是他针对陕西作家陈忠实、贾平凹当时具有很大影响力的作品《白鹿原》《怀念狼》提出了不同的看法，甚至表达了尖锐的批评。记者敏锐地意识到这里面有文章可做，便精心组织策划了"博士直谏"文学大讨论，引起文学界人士和广大读者的强烈共鸣与震动，声波流转、面孔各异、碰撞交锋、共寻真理。

---

① 参见"邢小利访谈录"。

"博士直谏"的系列报道历经近三个月，反响巨大，全国有400多家不同介质的传媒先后予以报道。最终汇编出版《突发的思想交锋》一书，并入选当年中国十大文化事件。这组报道今天看来仍发人深省。①

编写《突发的思想交锋》一书的过程，显然是要抢商机，这个事件稍一平息，几位批评家与太白文艺出版社就加紧运作，中间也曾与贾平凹有过沟通，他不同意，但书还是出版了。王新民曾在一本书中记述了贾平凹对出版此书的反应：

> 平凹似乎想起了什么，起身去拨电话，听口气是为某文艺出版社出版的《突发的思想交锋》与该社负责人交涉，对该书的出版表示不满和抗议，说宣传部也曾指示不出此书，不要人为炒作。出版社一意孤行，见利忘义。如此下去，以后恐怕难合作了。
>
> 待平凹打完电话坐定，我转达某社领导欲请平凹做《美报》顾问，平凹气犹未消地说："不当了，连××社都忘恩负义，其他社恐怕也有所谋。现在对这虚名也没兴趣了。陕西有的出版社信誉差，人家外地出版社讲信誉，讲友情，长期联系，培养友谊，能使人心安住，而陕西有的社只顾自己利益，不管作者，一锤子买卖，《高老庄》让书商发，至今未付清稿酬，像《突发的思想交锋》还伤人心呢。"②

费秉勋先生对这个事件起因的说法更值得玩味：

> 关于这个事件，我的认识不一定正确。但这是我当时的看法，也不是孤立的，其他人也有类似看法。文坛上的风波历来都是这样，起因很多，有文学的，有人情方面的。而且，评论家和作家

---

① http://www.sina.com.cn,《三秦都市报》2008年12月28日。
② 王新民：《书友贾平凹·巧逢双日访平凹》，三秦出版社2001年版。

两方面都有问题。作家像贾平凹和陈忠实都有一帮拥护者，陈当时是作协主席，贾的影响也很大。有些人借此想给自己弄事，因此，把贾平凹搞一下，趁此巴结一下陈忠实。这个事件中的几个重要人物有方英文、李建军、邢小利，他们相互有共识。而另一面的力量比较散乱。按贾平凹的说法，李建军没去北京以前到他家说话肉麻得很。后来看到陈忠实在实力上、行政地位上越来越高，就想借此敲打一下贾平凹，让陈高兴一下。如此，李建军这次发言把贾平凹的作品说得一无是处。方英文在这个事件中比较隐蔽，因为这个事件的发起，阵地在方英文那里，他当时是《三秦都市报》文艺部主任，发稿与否由他决定。后来，方英文解释，他当时去西藏出差了，不知道此事。方英文与贾平凹的矛盾，不止为此，还有别的难以说出口的矛盾。那篇采访稿的记者杜晓英、李建森都是方英文的部下，如果方没这个意思，别人就不会搞。

评论界当时总的现象是年轻人正往出冒，觉得总被老一代压着，有一种情绪。实际上，这种"被压制"的情绪是一种错觉，他们自己不好好弄，出不来，却把责任推到老一代批评家身上。有一次，在芷园开会，应该是《突发的思想交锋》一书的研讨会上，我发言说了两点：一、（我对着方英文）这件事是你弄出的，不要不承认，要敢作敢当；二、对年轻的批评家，我说，你们的情绪不对，我马上就要退出。我不是给老一代讲话，他们不是"占着茅坑不拉屎"，关键是你们拿不出有分量的文章出来。①

把这段话引出来并不是想挑拨是非，而是想弄清真相。毕竟时间过去了十多年，当事人都沉静下来，是可以冷静地还原这个事情的起因了。我不敢断定费秉勋先生的话是否完全真实，但作为一个年逾古稀的学者，想来他也不会胡说，总归有些缘由。而且，李星先生的话

---

① 参见"费秉勋访谈录"。

也可以印证：

> "博士直谏"风波。这是陕西评论界的一件大事。也是陕西文学界的一次大动荡。对这个事件，现在有很多不同的说法。不过，我最了解这个事件其中的内幕和真相。可以说，它是陕西文学界内部派别矛盾的集中爆发。也就是围绕这样一个问题：究竟谁是陕西文学界的领袖？我说这些话，只是为了忠于历史，并不想挑起新的矛盾。或者可以换个说法，就是陕西文学界对两种文学风格的严重分歧，由此形成两个派别：一部分人欣赏陈忠实，拥戴陈忠实；另一部分人支持贾平凹，替他抱不平。因为，陈忠实时为陕西省作协主席，是陕西文学界形式上的领袖，有些支持贾平凹的人不大服气。
>
> 批评界也一样，对肖云儒、王愚、刘建军等这些靠自己东拼西杀闯出来的一代批评家还要不要给他们一个位置？在陕西从理论界来说，尤西林在全国有很大的影响；可在批评界，虽然这些中年批评家还在发挥着他们的作用，但还没有具有全国影响的人。因此，有不少人就开始向他们发难，包括成立陕西省文艺评论家协会时的人事安排，也有意排挤。……所以这是世纪之交、代际更替时陕西文学界、批评界两种文学观念或派别的相互较量和争斗。①

陈忠实被当作幌子，批评家被误导和利用，媒体再次成为"搅屎棍"而从中获利，一场不该发生的贾李之争正式拉开序幕。

畅广元老师说得透彻：

> 《三秦都市报》精心组织了一次关于文学批评的讨论，其所刊登的文章我均认真读过。我的一个突出感受，是报人已不满足

---

① 参见"李星访谈录"。

于在反映现实的层面运作了，而是要在此基础上尽可能地形塑现实，更积极地发挥媒体的社会作用。这是现代媒体的鲜明特征，人们理应尊重。①

"博士直谏"的过程回顾

2000年9月6日，《三秦都市报》记者杜晓英受与会的报社负责人方英文的委派，采访了李建军。这个访谈文字经过整理，形成了一个关于文学批评和陕西作家创作的长篇答问，题为"青年文学博士李建军'直谏'陕西文坛"。整理好的文章，李建军让几个文学界友好传看了一下，得到一致肯定。

杜晓英原说这篇访谈会很快见报，但直至李建军在西安过罢中秋节，回到北京，也没有发出来。据说，是报社有关负责人担心文章过于尖锐，有所不便，压了下来。还听说，这篇文章曾辗转其他报纸，也没有发出来。

事隔一个月之后，10月7日，《三秦都市报》摘发了这篇访谈，题目改为"青年文学博士'直谏'陕西作家"，只刊发了李建军批评陈忠实和贾平凹的内容，相当于原文的一半篇幅。同时还配发了三张照片，李建军居中，陈忠实和贾平凹居于两边，神态各异。

很快，这篇文章就引发了陕西文坛的热闹，引起了陕西文学界的滚动式批评与反批评，并迅速波及全国，国内一些知名评论家和作家也发表了各自的看法。形成了一个文学事件。

10月13日，《三秦都市报》刊发陕西文坛对李建军观点的反应，《博士之谏震动陕西文坛》引用了李星、畅广元、王愚、孙见喜、穆涛、鹤坪、刘建勋六人的看法。其中有李星说"批贾平凹批对了，评陈忠实评错了"的话。

10月14日，李星《与李建军商榷〈怀念狼〉》一方面更正13日报道中对他言论的歪曲，另一方面也指出李建军所指目标的不确。

---

① 畅广元：《喧哗之后的思考》，载《突发的思想交锋——博士直谏陕西文坛及其他》，太白文艺出版社2001年版，第106页。

10月17日,《三秦都市报》再烧一把火,又发两文,一是李建军《陕西批评家太客气》,二是另一人的《贺大师被谏》。

10月18日,《他们为"直谏"叫好》采访了耿翔、和谷、田涧青、麻斌峰、刘亚丽、雷电等作家。

10月19日,《三秦都市报》发表《直谏,陕西文学的光荣——国内文坛权威人士的回应》一文采访了何西来(中国社会科学院研究员)、王彬彬(南京大学教授)、王旭峰(浙江大学文学院副院长)、郭铁城(《文艺争鸣》主编)、洪治纲(浙江批评家)。

10月20日,《三秦都市报》发表肖云儒的文章《别让李建军的批评成为伟哥》。同日,陕西政协主办的《各界导报》文化版用整版篇幅全文刊载了李建军的答问,题为"青年博士直面陕西文坛",内容作了调整归类,并给每类话题增加了小标题。分别是:"《白鹿原》应该有更博大的民族情怀,陈忠实:跳出狭隘民族意识的合围";"《怀念狼》的虚假和苍白是对读者的戏弄,贾平凹:逃离腐败主体合谋写作的陷阱";"批评界缺乏负责的道义感和说真话的勇气,评论家:放下与媒体结伙捧杀的屠刀";"补足学养差,知识构成不健全这一课,青年作家:以虔敬的态度对待创作定能获得成功"。《中华文学选刊》后来迅速转载了这篇答问。

10月29日,《三秦都市报》刊发了西北大学青年教师炜评批评陕西评论界的文章《冬烘与委琐——陕西评论界的进行时态》,呼应李建军的文章。

10月31日,《三秦都市报》又发表王晓新《大堡子里的批评家》、李震的《"陕军"有无"冲A"的实力》,分别表达对这个事件的看法。

11月5日,费秉勋以"醉翁之意在哪里"为题先在《三秦都市报》发表,后以"是'直谏'还是'自我炒作'"为题在《华商报》发表。费文说,李建军对陈忠实和贾平凹创作的批评,有相当大的自我炒作目的,所以就表现出情绪化和无学理这种不正常来。批评《白鹿原》的话没有丝毫道理,对贾平凹近年来的创作是一鞭子扫倒。费秉勋的文章见报后，引起很大争议。

11月14日，《三秦都市报》刊发了一篇《不要诋毁李建军是"自炒"》的文章。并加了编者按，即作者毛安曹是蓝田县北关中学的一名高级教师，46岁，他与周围许多师生一起密切关注着"博士直谏"的有关动态。曹文认为贾氏的包括《废都》在内的以前的小说确实不错，但自《白夜》以下，确实是越写越糟，让人越读越扫兴。人物形象干瘪，故事情节枯燥，结构安排松散，语言不合习惯，说"一切坏小说的毛病，都让它占全了"丝毫不过分而且犹嫌不足，这样的作品难道"不该一鞭子扫倒么"？

11月15日，吉林省文联主办的《文艺争鸣》杂志闻讯后则迅速换掉了一篇已经发排的稿子，换上了经过李建军有所补充的直谏文章，题为"关于文学批评和陕西作家创作的答问"，还加了编者按，于2000年第6期刊发。同日，《今早报》发表了邢建海的《陕西文坛真诚几何》，文中涉及作家的一些隐私。

11月17日，《三秦都市报》在头版显著位置发表声明，说由于有媒体"出现了非学理声音而暂停有关'直谏'话题的讨论"。

11月18日，贾平凹在《西安晚报》和《华商报》同时发表题为"我说几句话"的文章，在他看来："这一场讨论，我反复斟酌，总觉得是一种非文学现象。"

12月12日，陈忠实在题为"感到文学活着"的答问文章在《三秦都市报》发表。同日还刊发了李建军题为"我为什么批评陈忠实贾平凹"的访谈录。陈忠实说："这是一场始料未及的又是近几年来影响最广泛的一次关于陕西文学的讨论。尤其使我感动的是，这场纯粹属于文学话题的讨论竟然引发了远离文学圈子的那么多读者的热烈反响并参与了讨论，且不论他们的看法如何，单是他们对陕西文学的至诚的关注之情就足以使我陡增信心，文学活着。"同日，《文艺报》发表《陕军不怕揭短——"博士直谏"引发陕西文坛关于文学批评的思考》一文算是对"博士直谏"的风波进行了全面总结。至此，这场风波暂告一段落。

"博士直谏"的余波

2001年2月太白文艺出版社出版了《突发的思想交锋——博士直谏陕西文坛及其他》一书。全书28万字，汇集了"博士直谏"事件由始到终所有论争文章、报讯和采访录，还收有20世纪90年代陕西文坛重大文学论争和90年代中国文坛一些文学论争的回顾资料。

3月17日，太白文艺出版社在西安召开了《突发的思想交锋——博士直谏陕西文坛及其他》一书的出版新闻发布会暨文艺思潮研讨会。陕西的老中青评论家、作家、读者代表及新闻出版界60余人参加了研讨会，被谏的两位作家陈忠实到场，贾平凹缺席。与会者对"博士直谏"的积极意义和《突发的思想交锋——博士直谏陕西文坛及其他》一书给予了充分肯定，认为这部书是一本好书。研讨会上，关于文学批评和媒体批评，关于《怀念狼》的评价，老一代评论家和青年评论家之间有交流，也有激烈的争论。

评论家件埂说：文学研究固然有其专业的一面，但把文学欣赏奉若只有极少数人才能搞的神明，把普通读者视为艺术欣赏的群盲。这是一种极其可笑的夜郎自大和妄自尊大。难道普通读者就不能表达他们对一些文学现象和作品的看法包括反对意见吗？文学的小圈子化不一定就是健康的表现。

作家方英文说：李博士的访谈发表后，头一天接了22个电话。有20个电话都同意李建军的观点。我们的报纸是为人民服务的，始终站在人民的一边。专家的意见和人民的意见不谋而合了，当然就值得继续做。

陈忠实发言说：今天大家能坐到一起讨论文学，观点不管多么激烈，意见甚至相左。我都觉得非常好！因为大家是在文学之内讨论问题。在文学的学术讨论上不要管年龄问题，真理面前人人平等。坦率地讲，这场讨论中我最关注最感动的是读者的那一版文章……

在文学界颇有影响力的《作家》杂志在2001年第3期头条发了一篇署名张英的长篇"特稿"，题为"陕西文坛爆发大地震——酷评越来越厉害,文学陕军集体被袭击"。

　　针对这篇"特稿",李建军写了一篇反击文章《写"特稿"的方法》(《作家》2001年第7期),在分析、指出几个主要混淆视听的问题后尖锐地讽刺和批评了此类"特稿"撰写者不做深入调查研究而以"名人"与否画线进而予以裁判的简单、粗暴做法。

　　2001年5月26日《华商报》以"'博士直谏'余波未了"为题报道青年作家再批陕西文坛。报道称,邢建海在2000年11月15日发表《陕西作家真诚几何?》一文后又发表另一篇文章《谁来监督文坛——与陕西文坛不得不再说的话》,正是这两篇文章再次引发陕西一些青年作家在5月25日聚集西北大学就这一话题继续研讨。

　　参会者有仵埂、朱鸿、安黎、薄厚、庞进、邢建海等。他们认为,对于这次思想交锋,焦点主要集中在该不该批评、怎么批评、批评些什么上,其实这些问题已经不是什么问题。陕西文坛当时面临的是文学体制的问题,文坛上不应有霸客,应该真正"百家争鸣,百花齐放"。目前之所以造成评论气氛不好,就是因为一些人面对文坛不说真话,只说"好话",说没有原则的话,塑造一个个神灵,把它们摆进神龛,不能动,也不敢动,不能监督文坛。同时,基于中国一些作家包括陕西作家缺乏独立的人格精神,价值选择不彻底的问题,青年作家们提出"不能为吃一块糖而低下我们高贵的头颅",要具备现代意识、民主意识、价值体系的独立精神,打破文坛旧风气,汲取新鲜的东西,扛起历史的民族的责任。

"博士直谏"的延续

　　两年以后,"博士直谏"的文学论争似乎越来越明确化为李建军对贾平凹的个人不满。从2002年开始,李建军连续发表四篇文章对贾平凹的《废都》予以全面否定。这些文章分别是《消极写作的典型文本》,见《南方文坛》2002年第4期;《私有形态的反文化写作》,见《南方文坛》2003年第3期;《随意杜撰的反真实写作》,见《文艺理论与评论》2003年第3期;《草率拟古的反现代性写作》,见《文艺争鸣》2003年第3期。

2005年《南方文坛》第1期发表邰科祥的《矫枉未必要过正——质疑李建军的"贾作四评"》，针对李建军的上述四篇文章，详细分析了他批评贾平凹在动机、策略、观念、方法等方面存在的问题。不久，李建军又以"庸俗的血亲主义批评"为题进行反批评，但由于邰科祥未作反应，新的一轮争辩并未发生。

2005年，贾平凹的《秦腔》出版。5月18日，李建军很快在《中国青年报》发表了一篇评论文章，称《〈秦腔〉：一部粗俗的失败之作》。三天后，即5月21日，贾平凹应《华商报》记者之邀首次正面回应。李建军与贾平凹的论争完全对立化。

为方便读者了解这个过程，下面转录记者的部分采访内容。

王锋（以下简称王）：贾平凹先生，您知道5月18日京城一家报纸刊载了一篇批评《秦腔》的文章吗？

贾平凹（以下简称贾）：我刚从北京回来，还没看到，是不是李建军写的？

王：署名就是李建军，您与他心有灵犀一点通？

贾：他是我的文学托儿。（笑）我等着他出来骂呀，已经六年了，我干什么事他都骂。我写短篇，他骂；我写长篇，他骂；我到大学带研究生，他也骂。他是号称要把我骂到底的，兼骂莫言、余华、池莉、王安忆他们。他视力不好，但精力好，总是睁大了眼睛在关注着我，也真够累的。像他这样整天疲于奔命地指点文坛，究竟对作家创作有什么触动或启示呢？很遗憾，几乎没有，至少我没有拜领其赐。

王：您认识他吗？有人猜你们之间有个人恩怨。

贾：他是从陕西到北京的，在陕西时我们就认识，那时他称我"老师"，给我说过那么多好话。我还记得他给我说好听的话时的样子，不知道他到北京后还是否留着小胡子？其实我与他有啥个人恩怨呀，几乎没有来往，加上他后来不断写文章骂我，对不起，我没时间看，那就更加有来无往了。

王：如您所说，他在陕西时如此，到北京后那般，您可以理解吗？

贾：他不是骂出名了吗？以前谁知道他呀，从《怀念狼》开骂到现在，不是许多人知道他了吗？现代社会竞争激烈，出人头地的方式很多，他以骂出名，我确实理解，也很同情。但有的人一旦以骂出名后，就正经去做学问了，建构自己的理论体系，而他仍在骂，可见他现在还心虚、不踏实，怎么办呢？那就让他再骂一阵吧。过上几年，如果他还是原地踏步，那我也实在爱莫能助了。鲁迅先生言犹在耳，我提醒自己不要当"空头文学家"，也用这句话来提醒我的学生——那些将来也要变成博士的人，不要变成又一个戴着博士帽的空头文学家甚或废物。

"博士直谏"的串味

2009年路遥逝世15周年，贾平凹应邀写了一篇《怀念路遥》的文章，没想到竟激起了李建军的愤怒。文章中有这样的回忆：

> 想起在省作协换届时，票一投完，他在厕所里给我说：好得很，咱要的就是咱俩的票比他们多！想起他拉我去他家吃烩面片，他削土豆皮很狠，说：我弄长篇呀，你给咱多弄些中篇，不信打不出潼关！想起《平凡的世界》出版后一段时间受到冷落，他给我说：一满都不懂文学！想起获奖回来，我向他祝贺，他说：你猜我在台上想啥的？我说：想啥哩？他说：我把他们都踩在脚下了……
>
> 有人说路遥是累死的……扼杀他的是遗传基因。在他死后，他的四个弟弟都患上了与他同样的肝硬化腹水病，而且又在几乎相同的年龄段，已去世了两个，另两个现正病得厉害。这是一个悲苦的家族！一个瓷杯和一个木杯在一做出来就决定了它的寿命长短，但也就在这种基因的命运下，路遥暂短的人生是光彩的，

他是以人格和文格的奇特魅力而长寿的。①

在很多人看来,这篇怀念文章真诚而有味。它不但传达了贾平凹作为路遥的同行、同事,朋友对逝者的深切怀念。对普通读者而言,它会去除或减弱路遥的神秘感,使他更加亲切、平易;对于专业读者来说,则收获了珍贵的了解路遥的另类信息。所以,无论于情于事,于人于文,这都是篇难得的好文章。

然而,同样的内容却被李建军看出了另一种意味。在他看来,这是对逝者的大不敬甚至是恶意的丑化与诅咒。陕西师范大学的一位叫王建安的硕士生在他2007年11月20日的博客中记录了李建军的反应:

> 李建军博士着重指出了代表山地型气质形态的贾平凹——这位陕西作协的现任主席——的一些低级错误:比如缺乏启蒙精神、缺乏健全的人道主义精神,以及极为消极的写作态度等。
>
> 而最让人们,包括一些到会的专家学者们感到吃惊的是,李博士抛出了一个话题:贾平凹对路遥的怀念文章充满了贬低色彩。李博士说,他是在来西安的飞机上读到《华商报》上登载的贾平凹怀念路遥的文章的……李博士认为,以上(遗传基因的)看法完全不是怀念人的文章里应该写到的东西。……而且,李建军先生还给大家爆了个料:据说贾平凹说过,"以前人们拿路遥压我,现在人们又拿陈忠实压我"。
>
> 不知道李博士爆这样的料的目的是什么,但似乎李博士已经放弃了对贾平凹过去拯救似的"言论",而变成彻彻底底的"批判"……他说:如果贾平凹将来得了诺贝尔文学奖,哪怕他得了月球上的诺贝尔,他写的东西也是一钱不值的垃圾……②

---

① 申晓:《守望路遥》,太白文艺出版社2007年版,第239页。
② http://blog.sina.com.cn/wja185。

这个发言差点又成为媒体的"火把",《华商报》记者狄瑞红当时确有想法,企图制造第二次"博士直谏",但被人们挡驾了。那是在当晚的一次聚餐中,饭局由散文家陈长吟做东,主请四川《当代文坛》的时任副主编夏述贵。作陪的除了陈的夫人,还有李国平夫妇、冯希哲、邰科祥及狄瑞红女士。大家说到白天研讨会上李建军的发言时,狄瑞红表示她正考虑以什么样的视点报道这个发言,在座者却都不主张为此大做文章,此事也就到此为止。

一场持续十年之久的"博士直谏"逐渐归于沉寂。自此以后,很少见到李建军直接批评贾平凹的文章了。但这个事件却给我们留下了很多值得回味的内容。

"博士直谏"的意义

畅广元:"'博士直谏'打破了批评的沉闷,激发陕西评论界反思自身。李建军不是没有偏颇,(他想一棍子'打死'贾平凹),但陕西对自己树立的作家总是要极力保护(这也是问题)。所以,一石激起千层浪,从这一点说,这个事件是有意义的。不过,李建军由于观点的过分偏激,往往让人们不能接受他的观点。因此,文学批评需要理性,公正地面对作家文本。片面性举动固然能带来片面的深刻,但也会带来不应有的负面效应。所以这个事件有价值也有局限。"[1]

肖云儒:"这个事件的当事人李建军,他的观点有一定道理,但作为我或者很多人又接受不了他那种评论风格。不过,这个事件对陕西以至全国评论界有两个意义:第一,标志着陕西中青年评论家的崛起,他们希望发出自己的声音;第二,冲击了陕西评论界'温良恭俭让'的传统风气,为评论界吹进一股清新之风。"[2]

---

[1] 参见"畅广元访谈录"。
[2] 参见"肖云儒访谈录"。

邢小利："应该看到，这场'博士直谏陕西文坛'的讨论具有一种文化突围的意义，它廓清了笼罩在文学批评中的一些迷雾，开拓出了一种文学批评的新境界，使人们再次认识了文学批评的性质和意义。这次讨论的影响也是深远的。在陕西，在后来的几次关于文学的活动中人们谈起文学来则更真诚，也更能讲真话了。在对文学神话的质疑中，某些文学造神活动多少也有所收敛。"①

笔者以为，这个事件主要是一场批评之争。而争论的焦点本为文学观念（标准）、方式之争，但后来由于种种原因却演变为个人意气之争，文学事件成为一个非文学事件。尽管如此，在商品大潮不断浸染文学净土的大背景下，它毕竟给作家与批评家提出了警醒，从另外一个层面，它预示了文学走向成熟之后的风格与流派的酝酿和成形。

---

① 参见"邢小利访谈录"。

民间文学社团、刊物的涌动

历史有很多偶然的巧合,正当贾平凹遭受着李建军等人猛烈地批评甚至人身攻击之时,贾平凹的一帮同好及其支持者却酝酿着成立一个民间文艺社团。尽管根据他们公布的筹备时间来看,这个动议是先于"博士直谏"事件,但正式成立的时间正在此际。

当然,我们也可以理解为,陕西文学的"派别"或社团恰好在21世纪伊始开始形成。正如前文所说:

李星:这(博士直谏)是世纪之交、代际更替时陕西文学界、批评界两种文学观念或派别的相互较量和争斗。①

费秉勋说:"作家像贾平凹和陈忠实都有一帮拥护者,陈当时是作协主席,贾的影响也很大,所谓'一个槽上拴不下两个叫驴'。有些人借此想给自己弄事,因此,把贾平凹搞一下,趁此巴结一下陈忠实。"②

邢小利:"'博士直谏'事件尽管对陕西批评界风气转变有极大的推动作用,也给陕西文坛带来意外的负面影响,陕西文坛从此出现了以陈忠实和贾平凹为中心的两个圈子,其实想起来也很正常,他们两人都有一些朋友,自然地就现出了各自的交往范围。而且老陈和平凹是朋友,两人没什么矛盾,至少据我所知是没有。

---

① 参见"李星访谈录"。
② 参见"费秉勋访谈录"。

但有了圈子就会有猜疑、有帮派。"①

实际上，不管是帮派还是流派，都显示了陕西文学人相互竞争，追求多元格局的意识开始凸显，这无疑是好的兆头。

（一）民间文学社团与刊物简介

1. 太白书院

2000年10月16日，由贾平凹等人发起的"太白书院"，在《华商报》的积极支持下，于太白八景之一的"红河丹岩"的眉县红河谷正式成立。

早在1999年3月，贾平凹与马河声、孙见喜等四人相聚李杰民家，商量成立一个纯属文人学士书画沙龙式的书院。四人随后向陕西省文化厅提交了"成立太白书院的申请报告"，省文化厅于当月29日对他们的申请作了批复。同意他们进行筹备工作，请他们严格遵照有关规定向登记管理机关陕西省民政厅申请成立"太白书院"，依法履行报批手续。

同年9月，四人又向省民政厅提交了申请报告。2000年4月，他们的申请得到了省民政厅的批准。经过几个月的准备，他们推选贾平凹为第一任院长，产生了执行机构，制定出书院章程，并在16日的成立大会上得以通过。

按照《华商报》当时在报道中的说法，如今全国已有数百家民间性质的书画院，但像此以作家、学者为主的书院还是第一家。

为何要成立这样一个民间社团？贾平凹在一篇文章中谈到了其中的某些意图。

> 古人恐怕是没有专门的书法家的，现在书写工具在改变，仅仅能以毛笔字写字就称之为书法家，他们除了写字就是写字，将深厚的一门艺术变成了杂耍。正是基于对现状的不满，我们一批

---

① 参见"邢小利访谈录"。

作家、学者和教授组织了一个民间性的书画社团，起名为"太白书院"。①

这段话透露出他们的初衷是以振兴书画艺术为主，成员是广义的文人而不是纯粹的书法家。由于这段话出自对一个书画新人的推荐，所以，关于创办书院的全部意义，并没有讲透。

倒是太白书院副院长的孙见喜，在多年之后，回答记者访问时说过一段话，较完整地道出了他们成立的动机。他说：

> 太白书院纯属文人学士书画沙龙式的书院，书院式的学术环境和教学形式，其精神成果必将成为未来主流意识形态的思想资源库。案头拥有百卷古籍，种一片土地，听一曲古琴，这种看似陈旧的生活方式，其实最能滋润自己的精神，而且，更易于产生独立之思。②

他强调了两点，一是书院应对主流意识形态有所贡献，成为他的思想库；二是书院倡导的是一种优雅的生活方式。这与"白鹿书院"后来的实践基本相投。

然而，太白书院成立以后所开展的活动却并没有起初设想的那样宏大、频繁。据贾平凹与马河声回忆，也就是举办过几次成员的书画展，大约三次，一次是2000年12月30日，在历史博物馆，举办"太白书院书画展"，展出贾平凹画作58幅；一次是2003年1月25日在汉唐书城举办"太白书院羊年书画特展"；还有一次在陕西省美术博物馆召开过一次书院理事会。

当时，也曾在短期内有一个办公地址，就是现在的西安市北郊龙首村附近的陕西国画院里，有两间画室，但两三年后就不存在了。

曾出过一期院刊，就叫《太白书院院刊》，后来没有延续。现在

---

① 贾平凹：《推荐马河声》。
② 陕西书院：《看似松散实则团结》，《华商报》2012年5月29日。

有个《懒园》也许可以说是其的衍生,但主办者大多已不是太白书院的原班人马。

正因为开展的活动非常少,难怪西安交通大学宫辉先生在博文中感叹:

> 可以看出,位于红河谷的太白书院,有可能是最年轻的太白书院之一,或许要比马鞍山尚未竣工的太白书院要年长几岁。但是,马鞍山的太白书院即便尚未诞生,但就已经名扬天下。而身居太白山北麓的太白书院,好像一个私人会所一般,不为周围老百姓所了解。书院是承载历史、弘扬传统、推广文化、启迪未来的,如果墙外的老百姓听不到书声朗朗,那也应该看到文人书生高朋满座、高谈阔论。太白书院,不论是因李太白而起,还是因太白山而起,皆属于名人名山之延续,理应妇孺皆知,昭示天下。①

12年后,一位太白书院的成员向记者透露,目前书院的不足就是活动太少,而成绩则是书院成员都在各自的领域内不断精进,"看似松散,实则团结,符合当下书院的时代特色和陕人特色"。②

为什么这个在全国成立最早的、以作家为主的现代书院最后又消失得最快?据马河声2017年5月10日回忆:

> 因为成员身份太杂,书院制度也不健全,不少后来者都想进来混个名号,但他们的身份、成就、人品又参差不齐,成员之间互不待见,组织起来就很难,慢慢地这个组织的就瘫痪了。
>
> 它起初的成员有二十多位,顾问是肖云儒、费秉勋、晓雷,其他都是院士,除了我们四个发起人之外,还有邢庆仁、柏雨果、吴振锋、陈彦、方英文、京夫、匡燮、蔡昌林、王志平等。

---

① http://blog.sina.com.cn/stephengonghui,2008年1月5日。
② 参见《华商报》2012年5月29日记者谢勇强文。

2. 白鹿书院

白鹿书院是由陈忠实先生发起，陕西著名作家、评论家与西安思源学院利用非国有资产共同举办的非营利性文学艺术及相关文化研究和培训组织。

陈忠实先生创办白鹿书院，旨在传承中国传统文化，尤其是黄河文化，守住中国文化的根。白鹿书院是一个平台，旨在广泛团结、联系国内外的作家、评论家和学者，开展文学和文化交流活动，设坛讲学，让传统文化在现代化进程中焕发生机。

陈忠实说："创办这个书院，一是要探讨传统文化精华对今天的意义；二是关注当代人文心理新的倾向；三是想做点实事，现在不是出书难吗？没有名气就出不了书，我们想帮助新人出书。"[①]

①成立过程

2002年12月8日上午，陈忠实参加西安嘉汇汉唐书城开业仪式，下午在东方大酒店休息时，与邢小利等人第一次议及成立白鹿书院事。

2005年6月6日，陕西省民政厅批准白鹿书院成立。2005年6月28日，白鹿书院成立庆典在西安曲江宾馆腾龙厅隆重举行。著名作家从维熙、张贤亮、熊召政等近200名学者、作家、艺术家参加了揭牌仪式。

②功能定位

白鹿书院以文学为其特色，藏书、编书、教书，研究、讲学、交流，编辑出版不定期研究文集《白鹿论丛》。

白鹿书院下设文学研究院和艺术研究院、陈忠实文学馆、白鹿书坊、白鹿丛书编辑部、白鹿文学培训中心、白鹿书院网站等机构。

陈忠实为白鹿书院院长，西安思源学院校长周延波为白鹿书院理事长。副院长有：邢小利、王治明、曾文、王东红。文学研究院共聘

---

① 苏度：《专访"白鹿书院"院长、作家陈忠实》，《国际先驱导报》2005年7月7日。

请了张贤亮、从维熙、熊召政等 41 名院士，艺术研究院共聘请了王西京、江文湛、吴三大等 39 名院士。

③活动剪影

2005 年 6 月 29 日，白鹿书院举办首届白鹿论坛，即以"影响中国人的传统观念"为题，开启"中国传统文化精英论坛"。

2006 年 6 月 17、18 日，白鹿书院成立一周年之际，由白鹿书院、西安亮宝楼主办，西安思源学院、煤航集团、《各界导报》和《西安晚报》协办，白鹿书院举办首届中国文人书画邀请展览和文人书法论坛。

2006 年 12 月 18 日，西安思源学院图书馆新馆揭牌暨陈忠实义学馆建馆启动仪式在西安思源学院图书馆广场隆重举行。

2007 年 8 月 4 日，白鹿书院在西安沁水新城沁艺馆举办了白鹿书院第二次书画展和中国传统文化精英论坛。

2008 年 8 月 30 日，与西北大学现代学院、中国散文研究所。在西安音乐学院主办"紫香槐散文丛书"暨当前散文创作研讨会。

2009 年 4 月 29 日上午，白鹿书院在陈忠实文学馆隆重举办了王红武历时 6 年，用小楷书写的《白鹿原》长卷展览开幕式。

2009 年 12 月 12 日，白鹿书院举行了 21 世纪第一个十年的文化状况与文学状况研讨会。

2010 年 6 月 26 日，白鹿书院成立五周年之际，举办了"中国书院与当代中国社会"学术论坛。

2015 年 6 月 28 日，白鹿书院成立十周年庆贺暨黄土派文学研讨会在西安思源学院学术交流中心隆重举行。本次庆贺暨研讨会上首次提出了要进行"黄土文学派"研究的设想。

白鹿书院除了举办各种论坛、展览等活动外，现已出版"白鹿论丛"两辑，《白鹿文丛》一集。截至 2016 年 5 月，白鹿书院共出版作品、研究专著等 12 种。

特别值得一提的是，截至 2017 年，白鹿书院共牵头举办了九届"白鹿雅集"，这种雅集活动，其实是承继了"笔耕"文学组时期由王愚他们所兴起的家庭小范围的雅聚活动的余脉，只不过推广为公开的、群众性的娱乐活动。在他们的聚集中往往穿插歌舞的表演、诗词的朗诵、书法的挥毫等，同时伴之以春日的赏花、闲游。

正像邢小利所说：雅集自古以来是文人的活动。中国文人，喜欢择佳日，觅胜地，吟诗作赋，操琴鼓瑟，以为乐事。像"兰亭集会""西园雅集"等不仅给后世留下了一段段人文佳话，而且留下了名存青史的《兰亭序》《西园雅集图》等书法、绘画作品。所以，这是效仿兰亭聚会的曲觞流饮和西园的文士风流。仵埂感慨道："在中国传统文化中，雅集不仅仅作为文人雅士聚会的形式，更多是作为中国人独特的审美方式而存在的。"

在笔者看来，雅集的关键在雅，倡导风雅，践行风雅，并传递风雅，风雅换个词就是高贵或高尚。高尚的生活观念，要依靠现代精英文人的倡导、践行，形成一种全民追求文明、向往高贵生活情趣的风气。生活中经常有富而不贵的说法，并不是有钱就高贵。有句网络流行词"土豪"，其实就是指这种缺乏高贵气质的人。所以，像这种身体力行的风雅作为恐怕在一定程度上比写书、说教更能发挥对社会移俗化风的作用。

3. 柳青文学研究会

2007年9月8日，柳青文学研究会成立大会暨首届会员大会在西安市长安区常宁宫举行。

大会选举畅广元担任会长，董颖夫为常务副会长，邢小利、刘炜评、齐雅丽、段建军、仵埂等为副会长。聘请陈忠实、贾平凹、雷涛等担任名誉会长。向肖云儒、孙豹隐、李星、王仲生、张平等颁发了顾问聘书。2016年6月13日换届，邢小利担任会长。

柳青文学研究会成立十年来，承办了四届柳青文学奖评选活动，编辑出版了《柳青研究文集》《柳青纪念文集》等专著60多万字，编排大型秦腔现代戏《柳青》一部，同时还收集整理了大量的柳青文史资料等，使柳青精神得到进一步弘扬和彰显。当然，柳青文学研究会的最大成就在于连续十年运行会刊《秦岭》。

《秦岭》于2008年1月20日创刊，每年出刊4期，从2010年开始，主办单位由原来的柳青文学研究会独办，变更为白鹿书院与柳青文学研究会合办，且白鹿书院成为第一主办单位。加之两个编辑邢小利与仵埂恰好与这两个民间团体都有关联，由此开启了《秦岭》成为白鹿书院院刊的时代。

截至目前，《秦岭》虽然仍是内刊，但连续九年出版36期，且发表的文章中有不少优秀之作，真正体现了他们所提倡的民间写作宗旨。这一点，应该是柳青研究会与白鹿书院联合最扎实的一项工作。一本民刊，能够期期不落，坚持九年，仍然继续向前，非常不易。而且汇集了全国文坛上很多有影响的人物，如张贤亮、张炜、熊召政、周明、阎纲、叶舒宪、李建军等。

《秦岭》作为民刊其质量和社会反响也得到同行的认可。袁敏杰在《凝视"秦岭"》一文中说：

> 我喜欢《秦岭》这本杂志，一位在当下文学期刊的族群中，相对比较"另类"，比较有个性。其特点：有品位、有思想、有精神、有灵魂、有深度，有担当，有内涵，有底蕴，别具一格，也见出办刊人不苟流俗的品质、守持知识分子良知与独立人格。①

4. 终南学社

2009年5月29日，陕西终南学社成立仪式暨首届终南论坛在终南山下举行。贾平凹、梁衡、雷抒雁、谢冕等文艺界知名人士出席成立仪式。

终南学社是一个以研究终南文化为中心的民间学术文化研究团体，由中国思想文化史专家张岂之教授担任名誉社长，西安翻译学院院长丁祖诒担任社长（2012年3月后由继任院长沈久福担任），著名文艺评论家李星担任执行社长。

---

① 袁敏杰：《凝视"秦岭"》，《秦岭》2013年春之卷。

学社广泛团结海内外各学科专家,从哲学、史学、文学、宗教学、艺术学、民俗学等多层面对终南文化进行全方位的研究,鼓励以独立的精神风度和自由的思想气质开拓、进取、创新,逐渐形成"终南学"。终南学社下设终南译社、终南文社、终南书社、终南诗社、终南民俗社、终南宗教社等分社,开办"终南文化网"(www.znwhw.com)和"终南大讲堂",编辑出版《终南学刊》和《终南文库》。

与其他民间文艺社团一样,终南学社的活动之一仍然是邀请全国著名文化人开设讲座,如梁衡、谢冕、韩石山、孙皓晖等,与此同时,主办社刊《终南学刊》,已经连续出版20多期,所不同的是,这个刊物的很多稿件是来自网络或者从其他媒体选编而来,原创的文章不多。

(二)民间文学社团与刊物兴起的反思

在21世纪,文学社团的形貌与民国时期和中华人民共和国成立初期的文学社团已经不太相同,尽管它仍然是由文学人发起并组织,但它不是纯文学的组织,而是泛文学或文化组织。因此,无论在陕西还是全国,大都以书院命名。

若从纯文学而言,进入21世纪,民间写作的潮流开始汹涌。尽管按照陈思和的观点,中国当代文学从20世纪50年代始,民间的因素就从未间断,但20世纪90年代或21世纪以来,民间所涵盖的意义越来越广泛。

民间文学社团的兴起无疑是文学发展到繁盛期的结果,此时作家数量剧增,作品层出不穷,少数作家的风格形成、威望日隆,作家、艺术家之间的交往频繁,相互激励、切磋的内在需求不断增加,尤其是文学的文化功能逐渐凸显,作家们已经不满足于码字,不愿意仅仅局限在文学的小世界中,他们的社会使命意识随着社会的变化日趋强烈。这就有了对现代书院功能的多重赋予。

1. 书院与国学

2000年以后,兴起于中华大地上的书院,最初的起意都与传统文化有关,即与国学结缘。无论是太白书院、万松浦书院、白鹿书院还是北洋书院莫不如此。这几个书院中都是由作家牵头，也就是他们的老本行都是文学，为什么都不安于本行，要跨界发展？

我想，除了他们在文学行当功成名就外，文学行当已经不能满足他们的诉求，必须寻求新的领域发展这一点内因外，再就是他们作为现代公共知识分子对文人使命的自觉意识与担当。作家不能只限于狭隘的文学圈子中，特别是进入21世纪以后，社会的格局发生了质的变化，文学逐渐回归本来的领域，所谓经国大业、不朽盛事的20世纪80年代的黄金时期已经一去不复返了。文学家要成为文人，文人也可以是文化家。也就是说，作家们已不满足于写作这个专业，社会也需要他们在各个领域说话，发出他们的声音。这就有了书院振兴国学、传播优秀传统文化的自觉担当。

> 畅广元说："把这种文化人的历史使命的自主自觉以其鲜明的特色向社会展示出来是当代书院的目标。包括：建设公民社会的一支文化新军；坚持思想的独立性，所谓独立性，主要是指与主流意识形态保持清醒的思想距离。"①
>
> 陈忠实说："创办这个书院，一是要探讨传统文化精华对今天的意义。"②

2. 书院与教育

现代作家创办书院的一个直接目的，其实是对现行教育体制的不满。应试式或者大工厂的批量生产式教育几乎泯灭了学生的创造性，甚至破坏了学生对学习的兴趣。如何保证学生的个性得到充分的发掘，这是现行教育体制无法解决的困惑，书院是他们这一代知识分子回归传统文化，拯救现代教育能够想到的最有效的招数。张炜说：

> 人们现在议论最多的是中国的教育体制，开始进行反思了。

---

① 畅广元：《对当代书院的期待》，《秦岭》2010年夏之卷。
② 苏度：《专访"白鹿书院"院长、作家陈忠实》，《国际先驱导报》2005年7月7日。

从小学到中学到大学的应试教育是非常可怕的。那么书院在这种情形下能做些什么？选择一个切入点是非常重要的。现在教辅多得汗牛充栋，有的是出于忧虑，有的仅仅是一种商业行为。书院的责任感，也表现在这里，我们不能在这场教育的反思和变革中做一个袖手旁观者。我们也要有声音，也要做努力。①

3. 书院与文学

书院的兴起意味着文学的边缘化或回归本体，文学的文化化、文人的集结。

  陈思和说："民间所涵盖的意义要广泛得多，它是指一种非权力形态也非知识分子的精英文化形态的文化视界和空间，渗透在作家的写作立场、价值取向、审美风格等方面。知识分子把自己隐藏在民间，用'讲述老百姓的故事'作为认知世界的出发点，来表达原先难以表述的对时代的认识。"②
  畅广元说："当代书院的优势在于它的民间性。它是相对于政府支配力的、整体社会影响力的重要组成部分。"③

邢小利在《论文学社团与文学组织》一文中，对书院与文学的话题谈得比较透彻，他专门区分了文学社团与文学组织两个概念。

  1949年以来中国的文艺组织，是一种具有上下级关系的甚至等级还比较森严的机构。正式的称谓叫"联合会"或"协会"。这种文艺组织具有如下特点：
  一，是文学或某个艺术门类的唯一组织。二，它是官方的，

---

① 张炜：《书院的思与在》，《万松浦网站》2007年7月3日。
② 陈思和：《中国当代文学史教程》，复旦大学出版社2008年版，第363页。
③ 畅广元：《对当代书院的期待》，《秦岭》2010年夏之卷。

民间不得另设……①

由此，他数落了文艺组织的"十宗罪"，虽不一定全部准确，但基本上切中要害。与此同时，他又列举了文艺社团的诸多好处：

> 一，它是民间社团……就是有一两个负责人，也是大家心平气和推举出来的，能服众。
> 二，大家自愿结为一个社团，诸人自有许多共同处，或志同道合，或趣味相投，或风格相近，或相处融洽，因而彼此欣赏，相处愉悦，惺惺相惜而不是互为寇仇，故能互益共进。②

他还指出刊物在社团中有非常重要的作用。从张扬作家个性和彰显群体艺术风格的客观效应来看，有时候不成立专门的社团，只要有自己的作品阵地，久而久之，也能达此效果。他的总观点就是，将民间的交给民间，把政府的还给政府。

不难看出，邢小利竭力主张发展民间社团，一方面是为了打破官方主导的大一统的文艺局面，实现文艺的百花齐放、百家争鸣；另一方面追求文艺的自由，在同好的基础上，最大限度地发挥文艺家的创造性和积极性。这两点正好表明了他们创建白鹿书院、创办《秦岭》杂志的初衷。

当文学成为官方的工具，并且独霸天下时，文学就失去了活力。文学要恢复生机必须回归民间，像草一样，在山野间迎风沐雨，自由自在地成长。

4. 书院与生活

现代书院建立的最终目的当然是要弘扬传统书院的优良作风，比如对知识分子自身人格的修养。畅广元说："与书院社会作为的独步性密切相关的是书院的个体文化人能否将自己养成'独行君子'，具

---

① 邢小利：《论文学社团与文学组织》，《秦岭》2011年冬之卷。
② 同上。

体说来,就是自立其诚,格物致知,知行统一,一反主流文化中人的那种言与行相悖,喜表扬而恶批评的劣根性。"①

书院与生活的关系就在于白鹿书院自2010年以来连续举办的雅集活动,前面已经说过,这已不是少数文人的私下聚会,而是发展成为大众娱乐的风景,它的意义在于唤起现代公民对于高尚生活的敬仰与兴趣。

综上所述,不管是民间社团还是民间刊物的兴起,他们其实都标志着文学常态的恢复与到来。这些年,"经济新常态"的提法非常普遍,但人们更多关注的是经济发展速度的减速及平稳的现状,很少人对以往的高速发展进行理性的反思。我们不可否认,高速发展给中国经济、中国社会带来的翻天覆地的变化,但是不少人并没有意识到,高速发展并非常态,而是非常态甚至变态,是需要警惕的。

经济的规律如此,文学也一样。20世纪80年代,文学的黄金时代让我们怀念不已,但是,谁都知道,那个时代不可能再现。文学不是经国之大业,当然也非雕虫小技。文学就是艺术的一种,是人类的一种精神生活状态与方式。

---

① 畅广元:《对当代书院的期待》,《秦岭》2010年夏之卷。

【作家作品研究】

族长的形象自觉及其文化学意义

——陈忠实《白鹿原》的价值

在中国现当代文学史中，曾经有一类人物形象让读者记忆犹新，那就是地主。在 20 世纪 80 年代前，作家笔下的韩老六、杜善人、钱文贵、江世荣、冯兰池、黄世仁、南霸天、周扒皮等凶恶的地主形象早就固化在一代人的头脑中，所以，当《白鹿原》中的白嘉轩出现的时候，很多人不由得惊呼："好地主"或者"新地主"出现了。

就在《白鹿原》出版的 1993 年，评论家蔡葵说："作品的新，表现在写了两个地主，作为主人公、正面人物，在新文学中很少见，这种全新的地主形象，我们能接受，有征服力。"①

曾镇南也说："作品主要写了两户地主和他的儿女们的命运，表面上消解了阶级斗争，实际上有更深刻的阶级对抗。"②

直到 2008 年，还有评论者以"好一个'大写'的地主——试析〈白鹿原〉中白嘉轩形象的创新意义"为题来表述白嘉轩的形象。此文说："白嘉轩的形象颠覆了长期以来我们在文艺作品中司空见惯的'贪婪、吝啬、凶残、狠毒、淫恶'的地主形象，而给读者一种耳目一新的阅读感受；同时，白嘉轩还以其独特的地主身份和经历，引发当代读者对地主这一特殊阶层的重新审视和评价。"

---

① 人民文学出版社编辑部：《〈白鹿原〉评论集》，人民出版社 2000 年版，第 431 页。
② 同上书，第 435 页。

然而，笔者在2009年采访作者陈忠实先生时，他却这样回答：

> 很多评论者都提到白嘉轩是一个好地主、新地主形象。如果放在文学史上地主类人物的形象画廊中去看，他的确与以往的形象大为不同。但是，实际上一开始我根本就没有这个意识，我没有想着去塑造一个新地主的形象，更没有想着把白嘉轩与南霸天、黄世仁等有意区别开来。①

也就是在作者自觉的创意中，"好地主"或"新地主"的概念就不存在，他根本不想从这个视角去塑造他笔下的主要人物。

> 我没有自觉地反叛以往地主类形象的写作意识，而且在我的观念里，我并不否认现实中真有黄世仁之类的地主。我只是不想用以往的阶级斗争的观念去描写人物，如果非要说有反叛的话，这一点可能是明确的。我在80年代中期接受了一个文艺理论家的文化心理结构学说，我是用这个理论来塑造人物的。②

陈忠实非常明确地告诉我们，他塑造白嘉轩这样的人物，是摒弃了以往的阶级斗争观念，而用当时刚兴起但却为他所认同的文化心理结构学说作为理论支撑。而且，他也着意选择了一个新的字眼或概念来对他笔下的人物给予命名，这个字眼就是族长。

> 我没想着写一个地主，而是要写一个族长。③

当我从他口中听到这个名词时有点意外，但更多的是困惑。在我的期待中，希望他承认白嘉轩就是一个好地主或新地主的形象。然而，

---

① 参见"陈忠实访谈录（一）"。
② 同上。
③ 同上。

陈忠实不但明确否认其具有这个意识，而且还要换一个名词，我在内心中，当时觉得他有点故意标新立异，或者说玩文字游戏，把猫叫个咪。直到很久之后，我才意识到，族长的称谓有其非同寻常的意义。

族长与地主根本不能画等号。它与经济实力有关也无关，不是谁地多业大就能成为族长，除了地多外，还要有其他方面的资质。正如作品中的朱先生说：房是招牌地是累，攒下银钱是催命鬼。拥有过多的土地，成为地主本来就不是实践朱先生思想之白嘉轩的目标。《白鹿原》中的鹿子霖从土地的拥有量上来说不弱于白嘉轩，甚至曾几度超过他，而且从本心里，鹿子霖也特别想当这个族长，但事实是他就是当不上族长。用陈忠实的话说：

> 也不是谁都可以做族长，一般来说族长不会是穷人，当然也不一定是大地主，常常是我们称作"财东"的人为多。①

> 族长也不是一级行政官吏，不是政治身份的标志。他没有行政权。

> 他们没有国家赋予的行政权，他们主要依靠一个宗族自己制定、延续的乡约来规范和约束族中人的行为，这个乡约其实是儒家思想的通俗化。②

所以，族长其实就是一个文化符号，是民间乡约、秩序的代表，是族众自发推举或拥戴的精神领袖。他们在乡村的地位凌驾于同层次政治与经济人物之上。

> 在乡村最有权威的人是宗族势力，它的代表人物就是族长。③

---

① 参见"陈忠实访谈录（一）"。
② 同上。
③ 同上。

族长还是一个历史概念，它具有鲜明的时代印记。在封建制度延续的时代，它是一直通用并具有实际功能的民间自治领袖。但在民国之后就逐渐被淡化，直到1949年以后就再也不复存在。地主的形象虽与之有一定重合，但地主这个阶级概念的出现已到了20世纪20年代之后。所以，要描述新旧交替时代区间的这类人物就只能用族长的称谓。

另外，对《白鹿原》主旨的设计同样呼唤着族长的形象。陈忠实说：

> 我想得最多的是，处于封建制度解体、民国建立这种改朝换代的特殊区间的中国人到底做了什么？我们传统人格中一个完整的人是什么样的？①

在这个改朝换代的特殊区间的中坚人物就是族长，正是他们承袭着老祖宗的文化基因，艰难地维持着家族的稳定；同样，传统人格中完整的、理想的代表仍然是族长。所以，《白鹿原》倾其心力塑造了白嘉轩的形象。

在陈忠实看来，只有族长的形象才能够完整地显现中国传统文化对个体性格的塑造过程与结果。白嘉轩是传统文化的践行者。儒家思想的精华与糟粕在他身上完整的得到体现。他做到了非礼勿视，非礼勿听，非礼勿行。他做事光明磊落，从不悄悄摸摸；他为人说到做到，对所有人都一视同仁（对子弟犯错不姑息，对长工如兄长般尊敬）；他疾恶如仇，见善必行；他的腰挺得很直，让黑娃一辈子都感到敬畏。总之，凡是与儒家思想冲突的行为，他一概反对。

由此可见，陈忠实有意区分"地主"和"族长"的人物称谓显然不是简单的用词之别，而是蕴含了他自觉的思考。

那么这种对族长形象清醒与自觉的意义何在呢？

首先，族长的形象塑造有助于揭示中华民族生生不息的动力和源

---

① 参见"陈忠实访谈录（一）"。

泉。《白鹿原》中的族长不要单单理解为白鹿两族的首领，实际上，在作者的思考中，其也是中华民族世代脊梁的代表。陈忠实显然不是讲述一个家族的故事，而是反思整个中华民族延续几千年而不衰落的原因。为什么作为世界上四大古文明之一的中华民族，是历史唯一没有间断的民族？就是依靠着像族长这样的精英和脊梁才得以持续。所以，白鹿家族是中华民族的缩写，白鹿原的族长也是中华民族世代英雄的化身。

陈忠实特别指出，延续几千年的传统文化中尽管有腐朽的基因，但主要是优良基因在发挥着作用。

> 我有一个很清醒的理念：那就是如果传统人格、文化全是腐烂的、糟朽的，在乡村具有重大影响的人都是黄世仁、刘文彩，那封建社会还能延续两千年吗？虽然有些朝代的皇帝昏庸无能，但总体的传统文化精神没有改变，绝不能简单地用腐朽一词来概括。王朝更替，人的文化心理结构不变。准确地说，支撑我们民族延续几千年的文化因素是最优良的基因与最腐朽的基因的结合物。①

1949年以后，受阶级论思想的影响，封建社会被视为腐朽透顶的制度，没有任何正向的价值可言，这种简单的文化虚无主义导致了较长时间中国人对自己历史传统的严重误解甚至全盘否定，实际上也给自己造成一个难以自圆其说的巨大困惑。按照一般的逻辑，一个制度中如果没有进步的、合理的因素，它怎么能存在几千年之久？但在那个被洗脑的时代，没有人愿意或敢于去认真地思考这个问题。《白鹿原》应该是在文学领域最早直面这个话题的作品。关于这一点，其实在《白鹿原》出版的当年，就有费秉勋教授专门指出过，可惜没有引起很多人的注意。

费秉勋说："对于中国封建制度生命活力和长命因缘的揭示，也

---

① 参见"陈忠实访谈录（一）"。

应成为中国文学用武的一个领域。白嘉轩这一人物的塑造，就不期而然地做了这种独特的工作"。①

这种"生命活力"或优良基因实际上已经内化为中国人心理的深层结构，成为左右中国人几千年行为的集体无意识。

> 文化心理结构在我看来是一个深层的人性特征。中国人和西方人在外形上好辨别，差异不大，无非一个是黑眼睛、黑头发；另一个是蓝眼睛、黄头发。这些很表面，真正的差别在心理结构，尤其是做人。《白鹿原》中提到的乡约实际上就是普及中国乡村的心理结构，它能判断人和事的好坏、高下、是非。②

这个集体无意识，具体地说就是以儒学思想为主体的价值观，不论是改朝换代还是政党纷争，不管是作为个体的为人处世的准则还是作为协调人际关系的基本规范，几千年来，都是它在一直发挥着支配性的作用。

其次，族长的形象自觉开拓了中国当代小说描写的视野和领域。在此之前的同类题材的作品，意识形态的党派立场成为他们审视世界的唯一工具。一方面沿用阶级分析的观点，对人群进行简单的归类；另一方面局限于历史教科书的材料，对众所周知的事件给予人云亦云的解释。尤其是涉及1949年前国共两党的敏感话题，就更没有作家敢于跳出这个阈限。

但《白鹿原》试图站在民间的立场，为中华民族书写一部人类的秘史。这个秘史并非逸闻趣事，更非宫闱私密，而是中华民族的心灵史。此前的历史教科书还是历史小说大多注重表层的社会事件和领袖人物而忽略或无视人心的轨迹以及普通群众的生活。这样的历史叙事无疑只能就事论事，浮于表面，难以排除政党必有的倾向性，也不可能挖掘出历史背后的动力。我们常说一句大而空的熟语：人民是历史

---

① 费秉勋：《谈白嘉轩》，《小说评论》1993年第4期。
② 参见"陈忠实访谈录（一）"。

前进的动力。人民自然是历史的创造者,但人民的"什么"在推动历史才是我们更加关心的问题,这个问题数千年来没有人主动回答或去自觉地探索,《白鹿原》借助族长这个形象的塑造正好回答了这个问题。一个家族的兴盛有赖于他们数代祖先所总结、流传下来的经验,就像白家的"匣匣经"保证了他们家族的不败和强大。一个民族的昌隆同样有其被时间反复验证的优良传统。《白鹿原》中有一段话:

> 白嘉轩从父亲手里承继下来的,有原上原下的田地,有槽头的牛马,有庄基地上的房屋,有隐藏在土墙里和脚底下的用瓦罐装着的黄货和白货,还有一个看不见摸不着的财富,就是孝武复述给他的那个立家立身的纲纪。①

白鹿宗族繁衍不乱的传统就是我们在前文反复提到过的乡约:德业相劝、过失相规、礼俗相交、患难相恤。

那么,中华民族几千年屹立于世界民族之林而不倒的精神支柱无疑就是"仁义礼智信"等。《白鹿原》通过白嘉轩作为族长的正面形象以及鹿子霖作为"乡约"的负面形象完整地演绎了人性的内在动力。

陈忠实以一部长篇小说为自己赢得生前身后名,《白鹿原》之所以长销不衰并逐渐地成为当代文学经典,其原因也许就在这里。

---

① 陈忠实:《白鹿原》,人民出版社1993年版,第300页。

"意境叙事"的试验及其成功范例

——贾平凹的民族化小说探索之路

自觉试验"意境叙事"近30年的贾平凹,终于借助《古炉》完成了他重铸现代中国小说范式的夙愿。意境叙事虽不是现代小说民族化的唯一出路,但意境叙事无疑是最有中国特色、最有难度的小说范式之一。意境概念是中国人对世界美学的独特贡献,它原本是抒情性作品的一种高度,但贾平凹用其开展小说的试验,而且取得了成功。

贾平凹"意境叙事"概念的辨析

尽管贾平凹从来没有把"意境"与"叙事"连用,不过,他却在谈到小说的目标时多次使用了"意境"以及与之类似的"意象""境界"等字眼。他说:

"艺术家的最高目标在于表现他对人间宇宙的感应,发掘最动人的情趣,在存在之上建构他的意象世界。"(《浮躁》序言之二)

"我的初衷里是要求我尽量原生态地写出生活的流动,行文越实越好。但整体上却极力去张扬我的意象。"(《高老庄》后记)

"以后的十年里我热衷于意象,总想使小说有多义性或者使现实生活进入诗意,或者说如火对于焰,如珠玉对于宝气的形而下与形而上的结合。"(《怀念狼》后记)

"如果在分析人性中弥漫中国传统中天人合一的浑然之气,意象氤氲,那是我的兴趣所在。"(《病相报告》后记)

"我主张在作品的境界,内涵上一定要借鉴西方现代意识,而形式上又坚持民族的","我喜欢用'作品的境界'这个词"。(胡天夫《关于对贾平凹的阅读》)

"我主张过以实写虚,以最真实朴素的句子去建造作品浑然多义而完整的意境,如建造房子一样,坚实的基,牢固的柱子和墙,而房子里全部是空虚,让阳光照进,空气流通。"(《古炉》后记)

不难发现,在较长的一段时间里,贾平凹更多地使用"意象"的概念,直到最近,才出现"意境"的提法。但这不表明,他倡导的是"意象叙事"。其实,他所说的"意象"就是"意境"。他有一句话说得很明白:"如何将西方的抽象融入东方的意象,有丰富的事实又有深刻的看法,在诱惑着我也在煎熬着我。"(胡天夫《关于对贾平凹的阅读》,参见贾平凹《病相报告》附录)可见,意象并非他创作思维的全部内容。如果比照意境作为"情景交融、虚实相生的形象系统及其诱发的想象空间"这一通用概念进行元素的对应,那么贾平凹的所谓"意象"只相当于意境中的"景"或者"以实写虚"中的"实"。

既然意象不是贾平凹的真实意图,他为什么较长时间坚持用这个概念?在我看来,有两个可能:一是从元素的构成或字面上,贾平凹觉得意象与意境相似,也可以拆分成意与象两个方面;二是他可能没有意识到意象和意境的本质区别。

"意象"概念主要强调"象"的内涵,它的目的是寻找包含着特定意义的象,所谓"观念之象"或者抽象之象。从性质上说,意象是形象的一种;至于象与意的密附程度如何,意象并不讲究;用词组的构成类型来说,意象属于偏正词组,中心词是象,意不过是限定语而已。

而意境并非形象的种类而是形象的系统,它追求整体的效应,"情和景"是作者同时并重的元素,且情与景浑然一体,不可分割;在词组的构成上,意境类似于联合词组,不存在谁主谁次。

由此可见，意象确非贾平凹的本意，也与他的创作实际不相符合。加之，"意象主义"或意象叙事主要是西方现代派的一个分支，也是国内众多先锋派小说家的徽号，这与贾平凹自觉探索民族小说范式的初衷有点抵触。所以，尽管评论界已经有不少人用意象叙事来概括贾平凹的小说范式，我们还是不愿认同，而主张使用"意境叙事"。

标举"意境叙事"的提法，不只是要正确地描述贾平凹小说创作观念和实践，也是想肯定他在现代小说民族化范式探索中的贡献。意境概念作为判别优秀抒情性文学作品的标志，被运用到叙事性文体的小说方面，这应该是贾平凹的独创，是他近30年孜孜不倦的追求，其已经成为贾平凹的小说区别于其他小说家的显著特征。

意境叙事，顾名思义，就是用意境讲故事或者说用有意味的故事制造意境。这其中，故事非常重要，也比较特殊，它不注重事件的线性延展，也不要求时间的持续长度，只要有"共时性"的特征并具有辐射性的兴发效果，达到故事与意味的水乳交融即可。

"共时性"的特征是相对故事本身的历时状态而言。既然是故事就有时间的持续和延展，尤其是长篇小说的故事，一般持续的时间更长，少则十年多则百年，所谓史诗类的长篇小说大都如此规模。贾平凹的小说与之不同，他当然不能抛却故事，但是在故事的时间方面，他的确不追求数年的长度，最多两年，最短几个月。他主要追求故事的密度。

在贾平凹几部重要的长篇里，对于时间的处理有着其他作家所没有的自觉。《秦腔》里写的生活时间是一年左右，《高老庄》大概写了一个月，《废都》里的时间差不多也是一年左右。一部大篇幅的长篇小说，只写一年左右的现实生活，而且写得如此生机勃勃、真实有趣，这在中国作家中是不多见的才能。中国作家写长篇，大多数都喜欢写一个非常长的时间跨度，动不动就是百年历史的变迁，或者几代家族史的演变，但贾平凹可以在非常短小的时间、非常狭窄的空间里，建立起恢弘、庞大的文学景象，这种写作难度要比前者大得多。①

《古炉》中的生活时间是一年半。所以，贾平凹的长篇小说更近似于中短篇小说的时间跨度，他选择的是生活的横剖面，就像勘探工人选择一个典型的取样，就能掌握整体的信息。这种写法类似于诗的思维，我认为，贾平凹其实是用诗的形式来写小说，或者说，他的长篇小说就是诗小说。不过，这种诗小说不同于普希金的《叶甫盖尼·奥涅金》或者歌德的《浮士德》，前者是具有情节的长篇叙事诗，后者是用诗句写的剧本或者剧本形式的诗，《古炉》等则是诗小说，具有诗的意境和思维的小说。如果说，普通小说的情节是线性发展的，贾平凹的小说是核心辐射的。故事当然不能不发展，但贾平凹的长篇小说不是朝一个方向延伸而是由一个点向四周散发，像水中的涟漪，一圈一圈，由内而外不断扩大，这种同心圆的辐射就是意境叙事的所谓"共时性"特征。我们不能理解为这些故事的发展是绝对不动的，而是大致不动或者不线性运动的故事。

这种高密度的故事让我想到了浩然的《艳阳天》，王蒙的意识流小说《春之声》《蝴蝶》等。《艳阳天》把一个实际上只发生了两天的故事演绎到25万字，作者浩然也说：

> 《艳阳天》是一部"密度"较大而"跨度"较小的作品。②
> 叶君说："小说对'小石头之死'的叙述，在时间向度上推进的缓滞，几乎超出了读者对故事结局昭白的心理期待的承受限度，以至于仅从这个角度上就会让人产生对其真实性的怀疑。在这里，我不得不作一番统计学的分析。小说中马小辫对这一事件的策划，始于第109章，而事件的最后昭白却在第136章，共迁延了约25万字的篇幅。可以说，小说整个第三卷都笼罩在这一事件的阴影之下，而叙述的现实时间跨度却只有两天多。叙述所指涉的真实

---

① 谢有顺：《贾平凹小说的叙事伦理》，《当代作家评论》2005年第5期。
② 参见孙大佑、梁春水编《浩然研究专集》，百花文艺出版社1994年版，第184页。

时间的短暂,与叙述在阅读者的期待心理上所产生的心理时间之漫长形成了强烈反差,以至于最后几乎迫使读者放弃。对小石头生死的关注。"①

浩然把短暂的时间无限拉长的做法也可以理解为一种艺术的延宕,不过这种处理除了让人惊叹作家的想象力之外,其真实性也令人怀疑。

《春之声》的故事时间只有几个小时的旅程,但生活时间却贯通了几十年。这种压缩被称为意识流,即生活的时间可以无限流淌但故事的时间却非常集中,因为人的意识可以在短时间中跨越千年。所以,这种压缩是真实可信的。

贾平凹的时间浓缩其实与他们两者都有不同,他既不是意识流也不是故意的延宕,而是典型的优选,即截取生活中最有意味的一个区间,近似于掐头去尾保留中腹,从而让读者去补足头尾的做法,这样就可以保证小说的简练而丰富的特点,达到意在言外的效果。

故事的韵味是意境叙事的必然要求。不是所有故事都有韵味,大部分故事就是一个过程,是个载体,本身没有意味或意味不大。意境叙事的故事必须是有内涵的,而且要有多种蕴含,换句话说有多义性或歧义性,要让读者从中自然地联想到很多类似的场面、事件、意义。所谓兴发功能。

贾平凹"意境叙事"试验的轨迹

如果意境叙事只是作为一个口号永远停留在理论层面,那么其意义就要大打折扣。值得称道的是贾平凹不但这样思考、张扬,而且通过他 30 多年坚持不懈的努力为之奋斗。在这个过程中,贾平凹经历了很多失败和艰辛。正像有些评论者所指出,他的小说中包含着很多悖论,看起来简单,真正要操作或者把这些悖论统一起来却很困难。

---

① 叶君:《论〈艳阳天〉》,《文艺争鸣》2007 年第 8 期。

令我讶异的是，贾平凹一直想在自己的写作中将一个悖论统一起来：他是公认的当代最具有传统文人意识的作家之一，可他作品内部的精神指向却不但不传统，而且还深具现代意识。他的作品都有很写实的面貌，都有很丰富的事实、经验和细节，但同时，他又没有停留在事实和经验的层面上，而是由此构筑起了一个广阔的意蕴空间，来伸张自己的写作理想。①

首先，贾平凹对意境内含的认识经历了由模糊到逐渐明朗的过程；另外，他的叙事理论与实践呈现出"白描传神""以实写虚""意象叙事""意境叙事"四个阶段，特别是他关于"意境叙事"的很多概念和提法不断在变化、更新。

1982年，在《卧虎说》中，他首次觉悟到："以中国传统美的表现方法，真实的表达现代中国人的生活和情绪，这是我追求的东西。但是，实践却是那么艰难，每走一步，犹如乡下人挑了鸡蛋进闹市，前虑后顾，唯恐有了不慎，以至怀疑到了自己的脚步和力量。终于有幸见到了卧虎，我明白了。"明白了什么呢？这就是"卧虎"给他的启示："重精神、重情感、重整体、重气韵，具体而单一，抽象而丰富，正是我求之而苦不能的啊！""我知道，一个人的文风和性格统一了，才能写得得心应手；一个地方的文风和风尚统一了，才能写得入情入味。"尽管在这个时候，贾平凹没有明确地意识到这就是"意境叙事"的发轫，但现在回过头去看，实在是一脉相承的。这其中还有很多具体的环节需要慢慢揣摩和探索，所以这个时期只标志着贾平凹小说创作民族化意识的清醒。

如何达到这种具体与抽象、单一和丰富的目标，贾平凹只是有了感觉，即像浮雕"卧虎"的手法一样，寥寥几笔却能传神。他把这种思维和方法称为"中国传统美的表现方法"，可以用"白描传神"来表示。这里潜藏着很多问题：小说怎么才能做到传神？如何

---

① 谢有顺：《贾平凹小说的叙事伦理》，《当代作家评论》2005年第5期。

才能使文风和性格统一？他所说的风尚是流行的时髦还是世界大师的境界？

在这之后，贾平凹发表了《鸡窝洼的人家》《腊月·正月》《小月前本》，出版了他的第一部长篇《浮躁》，虽然，这些小说都受到了好评，但是这些作品的创作思维和套路似乎与他的追求不相协调。因为，这些作品正是"五四"以后流行的现实主义思维，西化的味道很浓。于是，在1986年《浮躁》刚刚写就，贾平凹就马上宣布他从此再也不愿用这种方法来写作了。

改弦易辙，正式开始试验"卧虎"的写法，这就有了1989年发表的《太白山记》，他称之为"以实写虚"。这是贾平凹认为实现"抽象而丰富"境界的一条新途径，不过，改"卧虎"的"以简求复"的套路为"以密达丰"。这种"以实写虚"的写法直接反对的就是"五四"以来或者《浮躁》等小说坚持的西方的"以虚写实"。显然，在贾平凹看来，传统的西方路子不通，但问题是"以实写虚"是否是中国传统的写法呢？

贾平凹以金吐双的化名在《太白山记的阅读密码》①中说："形式之所以有意味，是思维上的变化。《太白山记》却是反其道而行，它是以实写虚，将人之潜意识化变成实体写出。而它的好处不但变化诡秘，更产生一种人之复杂的真实。气功的学说里有意念取物，观者看到的是物在移取，而物之移取全在于意念作用，《太白山记》正是这种气功的思维法。"气功思维就是中国独有的神秘思维方式。在这里，"虚"指人的潜意识。"实"的解释还很模糊。好像是一种真实的描写或者一种杜撰的真实情景。

《废都》的试验恰恰深化了贾平凹对"实"的觉悟。"实"成为小说中的故事或事实。不过这个事实是一种特别的事实："以我在四十岁的觉悟，如果文章是千古的事——文章并不是谁要怎么写就可以怎么写的——它是一段故事，属天地间早有了的，只是有没有宿命觉得

---

① 参见贾平凹《太白山记的阅读密码》，《上海文学》1989年第8期。

到。"①《废都》之所以引起了中国文坛的大地震，创造了中国文学史上前无古人后无来者的轰动效应。它的创作秘诀正在于贾平凹觉悟到一个"天地间早有了的故事"——人类对性的迷恋和矛盾。但是这部小说同时引起了很大的争议，我指的是关于其艺术价值的争议，可以说，《废都》在"实"的内涵上获得了成功，可是由于对"实"的处理出现了某些错位，从而引起了读者的误读。

《白夜》写完后，他首次提出了自己的小说观念："小说是一种说话，说一段故事。"② 这种观点其实是对"以实写虚"中"实"的含义的全面而完整的描述，也是对《废都》教训的矫正。如果说，《废都》强调了小说的"实"的内涵，那么，《白夜》就进一步明确了"实"的形式："真诚而平常地说话，说大家都明白的话。就像对着家人或亲朋好友提说一段往事。"

在《高老庄》的写作时期，贾平凹更加意识到"新的小说试验"的艰难："我在缓慢地、步步为营地推动着我的战车，不管其中有过多少困难，受过多少热讽冷刺甚或误解和打击，我的好处是依然不调头地走。"③ 再次强调或明确"实"的形式："原生态地写出生活的流动，行文越实越好。"实的内容为"意象"，正式以"意象叙事"替换"以实写虚"的表述。并且在整个试验过程中，清醒地意识到自己在叙事上的最大失误是："形而上与形而下的结合部的工作还没有作好。"《高老庄》也确实存在这样的问题，尽管作者设计了很多"局部意象"如故乡的名字"高老庄"、主人公子路、西夏的名字、野人出没的"白云湫"包括具有通灵意识的石头等，但是这些局部意象缺乏整体感也不能与他的"虚"或境界——人类意识相打通。

《怀念狼》后记中，贾平凹进一步探索《高老庄》中发现的"虚实结合不好"的问题："十年前，我写过一组超短小说《太白山记》，第一回试图以实写虚，即把一种意识，以实景写出来，以后的十年里

---

① 贾平凹：《废都》，北京出版社1993年版，第519页。
② 贾平凹：《〈白夜〉后记》，华夏出版社1995年版，第385页。
③ 贾平凹：《〈高老庄〉后记》，太白文艺出版社1998年版，第414—415页。

我热衷于意象，总想使小说有多义性或者使现实生活进入诗意，或者说如火对于焰，如珠玉对于宝气的形而下与形而上的结合。但我苦于寻不着出路，即便有了出路处理得是那么生硬甚或强加的痕迹明显，使原本的想法不能顺利地进入读者眼中心中，发生了忽略不管或严重的误解。《怀念狼》里，我再次做我的试验，局部的意象已不为我看重了，而是直接将情节处理成意象。"通过小说的写作，他觉悟到"越写得实，越生活化，越是虚、越具有意象"，关于"虚"的特点，他含糊地意识到要讲求多义性或兴发性，但究竟虚的内涵是什么还没说清。

另外值得注意的是，他又一次提出了一个新的概念："新汉语文学。"他说："20世纪末，或许21世纪初，形式的探索仍可能是很流行的事，我的看法这种探索应建立于新汉语文学的基础上，汉语文学有着它的民族性，即独特于西方人的思维和美学。"① 究竟什么是"新汉语文学"，他只点出民族性的思维特征并没有做具体说明。

《病相报告》后记正好回答了这两个问题："作品是武器或玉器，作者是战士或歌手，是中国汉民族文学的特点。"相对的，西方现代文学"最主要的特点是分析人性"，特别是"人性中的缺陷与丑恶"，"鲁迅好在有《阿Q正传》，是分析了人性的弱点"。在这里，贾平凹探索的主体发生了转向，民族性其实不是他要说的重点，因为这个问题也就是围绕"实"的表述，这个问题已经解决，现在的新困惑变成了"虚"的内涵，而关于西方现代文学特点的概括恰恰是贾平凹对"虚"的明朗化。他说："我更觉得文学要究竟人的本身，人是有许许多多的弱点和缺陷的……"

他意识到：写人性的缺陷应该是他以后小说努力的方向，《病相报告》写"爱情是一种病"正是出于这种考虑。不过我们不能这么简单地认识这个题旨，他其实不只谈爱情，而是把爱情作为一种象征。人性有各种各样的弱点或特点。正是这个觉悟使他更进一步指出"小

---

① 贾平凹：《〈怀念狼〉后记》，作家出版社2000年版，第271页。

说的观念（或文学观）应该改变"。

需要注意的是贾平凹把人性的缺陷与民族的背景并置，这正是他探索了30多年的命题："以实写虚"或"以中国传统的美的表现方法真实地表达现代中国人的生活与情绪"的观念明确的、具体的表述。也就是说，到此为止，他以为的"虚"或"现代人的情绪"就是人性的缺陷；"实"是中国汉民族的背景：思维、表现方法、说话一样的真实的日常生活以及密实的叙写，无序而来，苍茫而去，汤汤水水又黏黏糊糊的结构还有"新汉语"等。

当"虚""实"的内涵和形式在认识层面完全解决以后，贾平凹的小说理论就开始从整体，即"意境叙事"角度言说了："我所感兴趣的是在中国民族背景下分析人的本身，即人性中的弱点和缺陷，这样的小说是简单的故事。""必须有故事，但不在于故事本身，所以强调其简单。"① 这里有两点需要注意，贾平凹一方面强调中国文学或作家面临的共同民族背景；另一方面指出了在小说意味层面要写人性的弱点。这两点恰恰是对"中西结合""虚实相生"的意境叙事范式的新的阐释。简单的故事是西方文学关于"实"的经验，"人性的缺陷"是世界文学大师关于"虚"的经验。这两点在中国文学中都能找到对应。但是，这个意识清醒得太晚，也太艰难了。

贾平凹分析中国当代作家之所以落后的原因：一是年龄大的作家有这种意识的时间比较短而且只停留在意识上的层面没有去实践；二是一些年轻的作家虽容易接受新的东西往往又缺乏本民族的传统。他自我解剖："我当然在两方面都欠缺，只是在补课和试验。"②

> 西方的生存经验即民主自由，注意人，人的个性，同时工业对人的异化，高科技使人产生的种种病相等……他们的经验和我们的经验结合参照，我想应该是我们写作的内容……再是寻找一

---

① 贾平凹：《病相报告·关于对贾平凹的阅读》，上海文艺出版社2002年版，第305—316页。

② 同上。

种语感……必须加入现代，改变思维，才能用现代的语言来发觉我们文化中的矿藏。现代意识的表现往往具有具象的、抽象的、意象的东西，更注重人的心理感受，讲究意味的形式，就需要去把握原始的与现代的精神的契合点，把握如何去诠释传统。一部好的作品关键在于它给人心灵深处唤起了多少东西，不在乎读者看到了多少，在乎于使读者想起来多少。①

这段话里对如何完成形而上与形而下的虚实结合，从中西文化的参照角度提出了具体的建议：不管是"虚"或"实"都要注意吸收中西方各自的优长而不是以往所说的"西虚中实"；另外，还要有"语感"。语感很显然是从"新汉语"的角度去说的。在与韩鲁华关于《秦腔》的访谈中，他把这个意思说得很明确："我的意思是在'五四'时期的基础上吸收更为鲜活的民族语言……就得把古文、'五四'时期的白话文、外文和民间话语结合起来。"②

同时，他指出了这种叙事范式完全实现后的读者的兴发效果，会使读者想起很多。到这里，关于意境叙事的内涵，贾平凹可以说全部讲清楚了。

也正是在这种情况下，贾平凹着手创作了《秦腔》，它企图以清风街这镜中花、水中月的"虚"来兴发故乡棣花街的"实"，他把这种实的写法命名为"密实的流年式的叙写"，这种实的对象是"一对鸡零狗碎的泼烦日子"。这部小说受到了高度评价，但中肯地说，评论界更多的是对其"流年式的叙写"给予了肯定和赞美，至于小说的"虚"其实是存在争议的。我个人觉得，从整体上，《秦腔》的"虚"与"实"结合的还算密附，但就是"虚"的人类意识或世界视野不够。

为此，《高兴》又开始了。贾平凹听到很多读者包括专家对这种

---

① 贾平凹：《病相报告·关于对贾平凹的阅读》，上海文艺出版社2002年版，第305—316页。

② 韩鲁华主编：《〈秦腔〉大评》，作家出版社2006年版，第602页。

密实的写法有点不满，所谓读不下去，所以，他马上进行新的试验。即要"故事特简单明白"当然"又要以故事和人物透射出整个社会"。由此可见，贾平凹的总体目标始终未变，不断变化的是"意境叙事"的最佳途径。《高兴》最终实现了阅读的轻快感，即让故事特简单明了，以简约写简单。然而，艺术总是存在悖论，故事简约了，"意义"也同时简单了。这当然就不是贾平凹的愿望了，他的本意是让简单的故事激发联想，意蕴丰富，使小说飞扬起来，但事与愿违。那么问题出在哪里？恐怕是"虚"的程度过于明朗和单纯。刘高兴这个人物与他的乐观态度这两方面亦即虚实结合的密度不错，但意太简单、明朗就误导读者忽视了其他象征。

最后就到了《古炉》，贾平凹可以说吸取了以往多次试验、"倒腾"中的教训，终于找到了一个"意境故事"。在这里，虚与实已不是简单的相加而是虚中有实或实在虚中的自然融洽。读者看到的故事既熟悉又简单，可是这个故事中潜藏着复杂的耐人琢磨的意蕴，而且这些意蕴的某些方面直接触及人类的共通话题，所谓人性的弱点。因此，贾平凹的意境叙事试验成功了。

贾平凹"意境叙事"的成功范例

引用贾平凹自己的话说，到了《古炉》创作期间，他才算是真正有了"夙命"，发现了一个"天地间早有的故事"，所以也成就了他苦苦试验三十多年的小说梦想。不用说，这个故事一定是自成意境，也就是说这个故事既简单又潜藏着丰富的意味。的确，"文化大革命"作为意境叙事的内核再合适不过了，作者只需把这个故事完整地、活脱地呈现出来，必然产生辐射性的兴发效应。

《古炉》的意境描述起来非常容易，用一句话就可说明："文化大革命"展开过程中所集中引爆的人性恶。但是，《古炉》的韵味却值得我们反复咀嚼。我们可以说，贾平凹用自己的概念来拆解这个意境，"文化大革命"是"实"，"人性恶的爆发"是"虚"；"实"完全是一个"天地间早有了"的故事，贾平凹终于抓住了这个"夙命"，故事中内含着复杂的、深远的人性话题"虚"。"文化大革命"是中国现代史上一个巨大的、特殊的真实故事，是中国人用智慧、阴谋使凶斗狠的集中表演，是完全"东方的意象"；"人性的弱点"特别是众恶共发的情形在西方文学中一直是一个热门的"抽象"话题；"说话"的小说观念深化了西方"让说者和听者交谈讨论的"说法。一句话，《古炉》的意境也做到了"虚实相生"。

需要指出的是，《古炉》这种"情景交融、虚实相生的形象系统"既实现了美学上"量"的"多样统一"，也达到了"质"的"难美"高度。"多样统一"包括"意象与抽象的融合""民族与世界的融合""传统与现代的融合"等；"难美"是指这种多样的融合并非符合逻辑的自然融合，而是违反逻辑的悖论融合。简单的自然融合比较容易，"多样的悖论融合"难度很大而且价值更高，就目前来说，小说家中能完全做到的屈指可数，贾平凹的《古炉》位列其中。

"多样的悖论融合"是指贾平凹既要坚持写实又要追求深远的寓意，既要保持传统又要有现代意识，既要民族化又要与世界接轨。种种这些在理论上既相互矛盾，在实践上也很难操作。可是，贾平凹通过三十多年的试验却找到了克服这些悖论的范式，这就是"意境叙事"。因为，意境是共时概念，叙事是历时的过程，因此，"意境"与"叙事"的概念组合同样成为一个悖论。如此，悖论借悖论来克服就成为一种必然也是唯一的选择。具体到《古炉》，主要有以下三点。

第一，选择形式简单而意味深长的事件——"文化大革命"作者做到了写实与高远的融合。正像我们前面所指出的，好的小说故事往往是简单的，简单让读者容易记住，也能启发读者的思考，但简单的故事中必须有蕴含，简单不是故事内涵的简单明了而是外在形式的单纯和日常，即使日常也是人生的恒态。所以写出了日常就可能传达出永恒。贾平凹多次引用的海明威"面对永恒而没有永恒的场面"的用意正是要指出：日常中有无限。但这种事件显然不是所有日常事件而是日常中的个别事件。"必须有故事，但不在于故事本身，所以强调其简单。"① 贾平凹认为这种事件是可遇而不可求的，就"看作家有没有宿命得到"。这句话有点神秘，其实他要传达的正是这个事件的特殊性"简单而复杂"或"事简意丰"。简单而复杂的事件本身就具有悖论性。

第二，坚持以日常琐事反映人类的共通意识。很多评论者说贾平凹是一个传统气息浓厚的作家，无论是他的古代文人的情调还是他的文学观念包括他的文学语言都有士大夫的味道。可与此同时贾平凹的美学思想又很先锋，他的眼光一直紧盯着世界文学的潮流，他的文学目标是"奥林匹克"，他一直在揣摩世界文学大师成功的规律，他找到了一条可以抵达世界文学顶峰的可行性途径，那就是：在日常生活中叙写人类意识。日常叙事是我国古代小说特别是《红楼梦》的传统，而复调叙述、人称变化是现代叙事的趋势。他们共同作为小说的表现方法，属于同一性质，融合不存在问题。

第三，在开阔的世界视野下完善民族化的小说范式。"民族化"是贾平凹几十年来倾尽心力探索的写作道路，到了《古炉》，这套拳路已经成熟、完备。概括起来有四个方面：整体的意境思维；"日常琐事"的描写对象；"聊天"式的叙事结构；现代口语中的雅言运用。"世界性"指全球作家共同拥有的人类意识和世界眼光。世界性是视野，民族化是方法，在范围上好像局部与整体不能兼顾，但在实质上并无矛盾。

《古炉》的意境必然在读者心目中产生无尽的兴发效果。"文化大革命"的叙事不只是让读者重温那段并不遥远的历史，更主要的是"唤起"读者对人性恶及其后果的反思。小说的整体意象是"古炉村的'文化大革命'全过程"，但未尝不是中国的总体"文化大革命"的面貌，也许世界上所有的反动事件，如政治运动、战争、灾难等"大恶"莫不保持这种异质同构的特点。小说的整体抽象是揭示人性普遍存在的缺陷。套用列夫·托尔斯泰的句式：善是相似的，恶各有

---

① 贾平凹：《病相报告·关于对贾平凹的阅读》，上海文艺出版社2002年版，第310页。

各的不同。《古炉》告诉我们：有一种恶，它的名字叫积怨。俗话说，众怒难犯，相应的，积怨难防。这种恶不是众人约定好的共同犯罪，而是长期积累不期然的大面积暴发，类似于近年来所说的"集体性突发事件"。对于这类事件来说，起因往往是简单的一个民事口角，但结果可能成为一个大的政治事件。谁也不能确定，这种结果是某个个人所致。实际上，个人或具体的冲突只是一个导火索，炸药埋藏在所有参与者的心里。政府的舆论可以指责这种事件是一种动乱或者暴乱，但是没有具体的人可以为之担责，就是最终惩罚了事件的带头人，他们不过是"共恶"的替罪羊罢了。

这一切的推理和演绎都不在小说的文本之中而在文本之外，但又不是读者牵强的附会而是小说所选择、营造的意境自然引发的联想、想象。那么，这种"言有尽而意无穷"的"言外之意""味外之旨""弦外之音"不正是"意境"的兴发功能才可达到的效果吗？

面对《古炉》我们难道说，它只是中国20世纪60年代一场政治运动的回忆？显然，它有着更为多向的隐喻和象征。作者没有做任何的注释与引导，可有常识的读者都会产生这样的联想和想象，这不正是贾平凹多年来期待的小说"兴发"效应或者"单一而丰富"的目标？成功的意境叙事并不要求面面俱到，所谓"意象和抽象"同时精彩，而是只要"意象"丰富，抽象就自在其中了。贾平凹说要"以实写虚"，根据我们的研究，表述为"以实蕴虚"恐怕更加准确。

有人可能会说，《古炉》中也大量地运用了"意象"，如"古炉""瓷""中山""朱夜两姓""薯屎""隐身衣""太岁""石狮子"等，而且作者还很自觉，这难道不是"意象叙事"吗？的确，从表面上看是这样，但实际上《古炉》仅仅依靠这些意象是难以完成小说的整体使命的，因为作为独立存在的意象，就如散布在田野中的各色野花，虽摇曳多姿却互不相干。《古炉》中的意象之所以具有价值就是因为它们是一棵大树上自然生长出来的枝叶，是意境整体的有机构成。

贾平凹说："在我的意思里，古炉就是中国的内涵在里头。中国这个英语词，以前在外国人眼里叫作瓷，与其说写这个古炉的村子，实际上想的是中国的事情，写中国的事情，因为瓷暗示的就是中国。而且把那个山叫作中山，也都是从中国这个角度整体出发进行思考的。写的是古炉，其实眼光想的是整个中国的情况。"① 在这里，贾平凹还是谦虚了，应该说，他的眼光想的是整个世界、宇宙的情况更为准确。那个"狗尿苔""蚕婆"是"外星人"还是世界中的"通灵"一族？他怎么就能通过一种特殊的气味感知或预测生活中的灾难或不幸呢？是像蛇对地震的生物反应，还是人的一种超能力？生活中的未知领域很多，贾平凹很早就注意到并坚持记录和描写，这绝不是为了简单地浓化作品的神秘氛围而是要探索宇宙的奥妙。

而村中"朱和夜"两族的名姓显然隐喻着红与黑的较量；他们各自成立的榔头队与大刀队就是两个势不两立的组织；"薯屎"的比兴太高明了，这个情节既是迷糊精神崩溃后的错乱，也是两个小孩互相捉弄的游戏，更主要的是作者对派别斗争的荒诞、愚蠢的讽刺。不是榔头队战胜了大刀队，也不是大刀队击败了榔头队，而是解放军收拾了两派。谁"吃屎"了？都吃了。为什么要吃屎？是狗尿苔捉弄牛铃还是牛铃报复狗尿苔，抑或是有一只看不见的手在操纵着这一切？

"隐身衣"一般是自我保护的工具，但在一定程度上也会成为高智商者作恶的技巧，不管什么情况，前提都是相同的。那就是存在一种对个体的生命和安全具有威胁与伤害的力量。这个力量是什么？在《古炉》中，那就是"成分论"。就是这个虚幻的但在那个年代非常重要的"公民证"给不少人造成了莫大的伤害与恐惧。使他们不但没有正常人的尊严，还要提防随时到来的打压、挤兑、排斥、批斗。所以，狗尿苔的人生理想很简单，他并不是首先考虑增长个子，免受奚落和屈辱，而是卸去自己头上的那顶看不见的帽子。这个帽子使数以百万计像狗尿苔一样的"可教子女"蒙受了长达数年的人生冤屈，失去了多少正常人应有的发展机会，使他们的心灵受伤以致扭曲。守灯性格的变态就是典型，他本来是多么有才华的民间艺术家，青花瓷的工艺

---

① 贾平凹：《古炉》，人民文学出版社2011年版，封底题词。

可能在他手里复活，可是没人给他机会，反倒处处打压，绝望的他最后走上了报复的道路。因此，隐身衣是他们最基本的人生需要，是保护自己生存的工具。这种极度压抑而又祈求保护的心理很自然的使我们联想到卡夫卡《变形记》中格里高尔变作"甲虫"。如果说格里高尔为了一个生存的职位在努力，狗尿苔则是为生命的尊严而奋斗。

  不难发现，这些意象虽有各自具体的喻义，但它们又都指向一个中心，对人性恶或造成恶的根源等的多向阐发。所以说，贾平凹的《古炉》已经不是以往批评家们概括的意象叙事，而成为整体的"意境叙事"。两者的差别就在于"局部"与"整体"，如果是依靠局部的意象来完成小说主旨"有"的传达，那就是意象叙事；而用整体的意象混沌地端出存在之"无"，那就是意境叙事。这一点，在 2000 年《怀念狼》写完后，贾平凹就明确觉悟到了。"当写作以整体来作为意象而处理时，则需要具体的物事，也就是生活的流程来完成。"① 遗憾的是，《怀念狼》没有实现这个意图，因为小说的"物事"或"生活的流程"带有相当的虚拟和象征意味。到了《古炉》，"生活的流程"才原原本本、真切地得到呈现，这也正是《古炉》获得成功的关键所在。整体的意象不是借助人工的赋形，而是自然天成。

  贾平凹从觉悟到一种叙事范式到这个叙事范式实验的完全成熟，整整走过了三十年，这期间由于《废都》引发的轩然大波，曾经冲淡了读者对意境叙事的关注，若非《秦腔》的好评如潮，意境叙事的成功恐怕还得一段较长的时间，庆幸的是，《古炉》终于走完了这条漫长的民族小说范式的探索之旅。

---

① 贾平凹：《怀念狼》，作家出版社 2000 年版，第 271 页。

创作观念与创作实践的错位

——评高建群的《最后一个匈奴》和《统万城》

无论是二十多年前，阅读高建群的首部长篇小说《最后一个匈奴》，还是二十年后又一次浏览他的另一部长篇小说《统万城》，我始终有一个困惑不得释然。为什么这两部小说从名字上都能勾起我强烈的阅读欲望，但最终掩卷却皆是失落？我曾经以为这是自己的阅读期待强烈受挫的缘故，事后发现，也不尽然。

大多数读者，也包括我，都企图从《最后一个匈奴》中看到一个强悍民族突然消失的过程与原因，但是，读到终了才发现，这部小说实际上并非描写这一内容，所谓"最后一个匈奴"不过是一个"噱头"，准确地说，是故事的某种背景或引子，主体情节完全与此无关。而《统万城》才是真正叙写最后一个匈奴的小说，按照高建群这本书的题记和尾歌所述："这个来自中亚西亚高原的古老游牧民族，曾经深刻动摇过东方农耕文明和西方基督教文明的根基，差点儿改变历史的方向。""统万城的修筑是一个大谜，匈奴民族在行将灭亡前的那天鹅一唱是一个大谜，宗教的创世纪亦是一个大谜。"由此可见，《统万城》企图破解这三个大谜，也就是回答匈奴民族是如何影响农耕文明，如何差点改变历史的方向？佛教如何传入中国，改变中国这两个沉重的也是深刻的历史话题，但我们现在看到的文本却变成了最后一个匈奴王赫连勃勃与汉传佛教领袖鸠摩罗什的合传。显然，从一开始，高建群就给我们一个严重的名实反差，所谓文题不符。这也就难怪读者如我等有所失落。不过，这还不是要害，真正导致这两部小说不如人愿的实质是作者创作观念与创作行为的错位,具体到小说中,就是立意与文本的乖谬。

高建群具有很强的诗人气质,在很多宣传他的文字中也都有"浪漫主义文学的最后一位骑士""中国文坛罕见的一位具有崇高感和理想主义色彩的写作者"的描述,由此可见,不管是同行还是高建群本人都早已将自己定位为浪漫主义作家。的确,他的才情或者禀赋更适合写诗和散文这类张扬理想,充分抒发作者主观情感的浪漫主义作品。所以,我们不时从小说中能发现作者的灵光闪耀:诸如机敏的顿悟,激情的迸发,辞藻的仓啷作响,包括一些零星的神来之笔。

在《最后一个匈奴》中有几个地方充分表露了高建群的浪漫主义强项。其一,他对陕北大文化包括匈奴民族中的悍勇本色,以及他们张扬个性的自由精神的觉悟。他认为,"黑皮"性情就来自一种匈奴气质,"黑皮是一句陕北方言,它的意思,大致与'泼皮'相近,也就是说,是无赖,但是在无赖的特征中,又增加了一点悍勇"。①

> 在本书的上卷,伴随着革命苦难而又庄严的行程,我们注意到了,有一个若隐若现、时有时无,然而却不可或缺的副线贯穿其中,这就是陕北大文化现象对这场革命的影响。……那么,是不是说,在温良敦厚的民族性格中,还有个性张扬的一种性格?②

而且他也给我们速写式地勾勒了这样一个人物——曹国舅,虽着墨不多,但他的所谓"狼狗哲学",就是黑皮精神的一个方面。所谓"咬人不咬人,先把尾巴乍起来"。③

其二,下卷中的主人公黑寿山也是作者把握得很好的一个角色。按说,杨岸乡应该让作者浓墨重彩,但从效果而言,黑寿山却熠熠发光。黑寿山作为陕北人的智慧、狡黠通过他平反杨作新的案子、治理

---

① 参见高建群《统万城》书舌。
② 高建群:《最后一个匈奴》,作家出版社1993年版,第489页。
③ 同上书,第525页。

沙漠、启动杏河子流域治理工程、安排自己的接班人等一系列动作，特别是离休后，跟着白云山道士为杨作新迁坟细节，活灵活现地得到塑造。

其三，就是这部小说的神来之笔。为杨作新迁坟。似乎有点神神道道，但却入情入理，特别是由此情节对小说开首的伏笔，做了完整的照应。这就是所谓陕北人"接石口窑"的理想：杨干大想攒到足够的钱后，为祖上传下的这三面土窑接上石口。为窑接上石口，这是人老几辈的愿望。①

但是，高建群的浪漫气质却与小说这种偏重叙事性的体裁似乎不大匹配。我们当然没有说浪漫主义原则不适合创作小说的意味，我们只是要强调，小说需要作者更加丰富且绵密的想象力，无论是历史还是现实的场景，都必须在作者的虚构下还原得细节逼真、线索清晰，故事充盈；但是习惯于诗与散文的作者，则往往止于即兴的灵感、粗线条的勾勒和主观的感情，对故事的过程以及细部不大关心，所以，高建群笔下的历史与现实状貌就显得散漫、干瘪甚至抽象。

《最后一个匈奴》的写法更像是一篇抒情色彩浓厚的散文，作者对很多零散的资料并不进行有机的梳理与重构，只是觉得他们都围绕一个相同或相近的话题，于是就拿来作为支撑其话题的论据。这种创作策略或行为于散文是可以的甚至是优势，但与小说很不搭调，小说至少是一个完整的世界，哪怕是虚构的，也要与客观生活的步伐、节奏相一致，而不是完全主观的感叹。"陕北大文化现象"无疑是这部小说的主旨之一，高建群也自觉地选择了匈奴人与中原人的媾和传说、陕北人冬闲时节"下南路"的习俗、黑皮的民风、信天游的酸曲、剪纸艺术的超时代思维等素材。然而，遗憾的是，这些原本很好的素材却被作为整个小说的背景因素。实际上，它们应该被内化为人物性格的成分，换句话说，小说的灵魂恰恰在这些所谓背景的素材之中，作者应该泼洒笔墨去塑造陕北人的这种放达、悍勇、洒脱、浪漫，也就

---

① 高建群：《最后一个匈奴》，作家出版社1993年版，第32页。

是通过这些承载着陕北大文化内涵的人物形象传达出这块神奇的土地的灵魂，而不是把他们作为道具、背景和衬托。高建群现有的这种处理等于是把原本需要转化的原材料直接作为商品零碎地出售，这就与他的创作初衷大相背离。

他说："本书旨在描述中国一块特殊地域的世纪史。因为具有史诗的性质，所以他力图尊重历史事实并使笔下脉络清晰，因为他同时具有传奇的性质，所以作者在择材中对传说给予了相应的重视，其重视程度甚至超过了对碑载文化的重视。"①"于是他选择了依然风行于现代时间流程中的种种陕北大文化现象，作为人物活动的诗意的氛围和审美背景。他带领你结识了一群人物……他们隶属于四个家世迥异的家族，即吴儿堡与最后一个匈奴联姻的杨氏家族，自宁塞川南入高原的回族后裔黑氏家族，那古老的自轩辕氏时代就在这里定居的白氏家族，以及被我们戏称的'赵半城'和'赵督学'的赵氏家族。"②

很显然，作者在情节的设计上就是明确地把"陕北大文化现象"作为人物活动的诗意的氛围和审美背景。"最后一个匈奴"的引子只是对这个杂合民族后代的一种血缘交代。他说，"这个家族故事，也许是对这一方人种形成的一个唯一的解释"③。而这个人种的特点就在于作者在小说中多处提到的具有"获得性遗传"④，"这话的意思是说，在人类漫长的行程中，他获得的一切，经验、智慧、苦难、失误、成功、屈辱、思考、教养、吃过的咸盐、跨过的桥梁、晒过的太阳，等等的这一切，并没有在一个人躺进棺材的时候，完全地带走，深埋于地下，他有可能通过遗传基因，将这一切'获得'遗传给后世"⑤。"也许在我们体内，真的有许多遗传的基因，他们来自我们上溯的每一位祖先的生命体验。大自然将这些获得储存起来，经过不知怎样的淘洗，在一定条件下，可能将它交给家族中的某一个以便去应付挑战

---

① 高建群：《最后一个匈奴》（后记），作家出版社1993年版。
② 同上书，第293页。
③ 同上书，第23页。
④ 同上书，第295页。
⑤ 同上书，第516页。

那些脚趾光滑的后裔，他们的性格像他们那眉眼分明额面孔一样，身上则更多地呈现出一种桀骜不驯的成分，他们永远的不安生，渴望着不平凡的际遇和不平凡的人生。"①

这也就是作者极力寻找和张扬的所谓匈奴人的野性。

酸曲所传达的就是陕北人骨子里的奔放精神：穷欢乐，富忧愁，讨吃的不唱怕干毬。"白格生生的大腿，水格灵灵的屄，这么好的东西还活不下个你。"②

这种处理，在我看来，正好是本末倒置，如果反过来或更理想。这就是高建群在小说立意与本文上的错位。

此外，高建群的创作观念与其在艺术上的设计同样有所错位。他的创作观在《最后一个匈奴》的第517页借书中人物杨岸乡之口有所表露：

> 小说艺术难道与人类的艺术实践者和理论总结者开了个玩笑，在经过几个世纪的探索之后，又不可避免地走成一个圆，转回到"讲故事"这个起点上去了吗？
>
> 而那些或者被他称为魔鬼或者被他称为天使的人物，他们既不是魔鬼也不是天使，他们是被自己命运的咒符所掌握的活跃在人生舞台上的芸芸众生，即便是最丑恶的人物，他也在字里行间为他的行为辩解，为他的行为的合理性搜肠刮肚地寻找最充分的行动根据，即便是最善良的人物，他也没有把他们写成理想的人物，他用调侃的揶揄的口吻，嘲笑着他们的无所作为。

企图恢复小说讲故事的原点，强调人物的平凡性。这就导致此书对事的重视，对人的忽略。《最后一个匈奴》中的人物除过黑寿山具有自身性格的逻辑运动及其血肉之外，其他人基本上只是概念化的扁平符号。或者说，人物只是叙事的工具而已，而不是相反。

---

① 高建群：《最后一个匈奴》，作家出版社1993年版，第24页。
② 同上书，第29页。

而且，高建群的平凡人物的理念，也与他的浪漫主义风格不相合拍。浪漫主义风格小说中的人物恰恰应该是传奇性的，大善大恶，就像《统万城》中作者设计的赫连勃勃与鸠摩罗什。而《最后一个匈奴》中的杨作新、杨岸乡、丹华，包括黑寿山、杨娥子等却都是性格平凡的普通人。

> 他们渴望以与生活同样的朴素，同样多样性和同样多义性的状态表现出来，渴望突兀的峰巅与和谐的构建支撑起更大的空间；而在作者本人思想的旗帜也渴望招展在更广阔的空阔的领域里，或者说有一块更广阔的草原以便作者精神上的驰马。①

作为高建群初试长篇小说创作的一番试探、一种追求，本无可厚非，但由于主客观的严重错位，作者企图"为20世纪创造一部史诗"的宏图就成了泡影。史诗主要在史，其次在诗。而且这里的诗也是泛义的文学，而不是诗本身。我相信，高建群不会犯如此低级的认识错误，但是，实际上，他确实在用诗的写法来构筑小说，这显然也是违背文学创作自身规律的。我们不否认，有诗小说的体裁，但不是指用诗的方法、思维去写小说，每种体裁都有自己无法替代的特征，如果完全打乱，就不存在牛马之分了。

《统万城》的创作萌芽其实可以追溯到《最后一个匈奴》的写作时期，在这部小说的第383—384页，作者为了描述榆林城的三次搬迁，明确提到了"统万城"以及赫连勃勃的故事。由此可见，陕北的这段传奇早就在他的脑海中储存了很久，但他的正式动笔却完全处于一种偶然。

在此之前，高建群把全部精力用在创作传记小说《鸠摩罗什》上，由于陕西省政府拟将统万城遗址作为世界文化遗产申报，需要做某种宣传，他才答应写一个剧本（《最后一个匈奴王》）。恰在此时，《鸠摩罗

---

① 高建群：《最后一个匈奴》，作家出版社1993年版，第515页。

什》的创作出现了瓶颈，用他自己后来的话说，有点写不下去，于是他"灵光一闪，何不把两段在时间上有交叉的故事融在一起呢"？

我曾经问过高建群，《统万城》是否达到了你的预期？他说："基本上达到了我之前的预想。不过，现在年龄大了，缺少写作《最后一个匈奴》时的激情，没有了倚马千言的感觉，写得很吃力，强自为之。"①

问题的根本还不在这里，而在于，即使写两个人的合传，也应按照他的设想，写出一个大智之花鸠摩罗什和大恶之花赫连勃勃。"我们的这部小说，是写一个大恶人的故事，这个大恶人叫赫连勃勃。同时，也是写一个大善人的故事，这个大善人叫鸠摩罗什。"② 严格地说，智与善是两个不同的性格特征，由此也不难发现，作者对鸠摩罗什的定位是不明确的，他并没有完全想清，自己应该侧重从哪一方面来塑造这个高僧的形象，是智还是善？也许有人会说，这两者并不矛盾，作为一个僧人，他的本性就是善的，他是既善又智。那就权当作者要同时描绘鸠摩罗什的智与善，但作品中的描绘却不能让读者信服。鸠摩罗什的智不如说是术，魔术，变戏法，障眼法。这种智不但让人怀疑，甚至无须推崇，因为其有伪善的成分在内。鸠摩罗什为什么不在前秦皇帝姚兴"使坏"，用宫女破他的修行时，就想方设法来化解，如果他事前就能成功地摆脱世俗的诱惑，那才真正显示他的智慧。可是，鸠摩罗什却是在破戒之后，针对文武百官，全体僧众的轻侮时，用一种魔法——吃钢针的行为来证明自己的修为。这种情节的处理，自然是史出有据，却与他的智与善毫无关系，在一定程度上，近乎魔与怪。③ 如此一来，就完全违反了作者良好的初衷。

更何况，作者企图表现智与善与恶的"大"。所谓超凡的智慧，极致的恶。然而，由于作者过分拘泥于史实，不敢也没有充分地展开想象的翅膀，小说中的智与恶，基本上是我们在史料中，或其他作品、其他人身上常见的能力与行为。没有新的故事，没有新的发现，所以，

---

① 参见"高建群访谈录"。
② 高建群：《最后一个匈奴》，作家出版社 1993 年版，第 108 页。
③ 同上书，第 130 页。

这两个形象也就没有让人产生震惊的感觉。高建群自己也不大满意："歌者试图走近他，试图把这个草原英雄还原出他的真实……那么，歌者做到了吗？也许并没有。因为歌者更多地屈从于那些史籍和传说，而那些史与传说，从它产生的那个年代起，就已经有了许多的对当事人的偏见在内。"①

再进一步，我们期待从这部小说读到的是，强悍的匈奴民族究竟是因为什么情势，突然间从地球上消失？汉传佛教又是如何一步步为中国人所接受的？这两个历史之谜，是高建群对这部小说的初始设计，但最终我们没有得到答案。

有一番感叹或只局限于灵感的闪现，对一首诗、一篇散文而言，大概从题材的容量上基本够了，但对一部长篇小说来说则显得特别单薄。故事，丰富的故事，哪怕这些故事完全虚构，但只要合情合理，一部小说才能完全立起来。

匈奴是千年行族，后来却建起了历史上唯一一座城堡，想变成永久居国。这说明，这个民族是在汉化中逐渐被消融的，匈奴的消失再一次证明了汉文明的强大。历史上的赫连勃勃对汉人中的知识分子大加重用，他也张口闭口就是汉典诗经，他为统万城东南西北四个城门所起的名字，包括自己的赫连之姓无不来源于汉文化，所谓：招魏门、朝宋门、服凉门、平朔门等，就是明证。

在《统万城》中，我们也看到这样的表述："在那个年代里，草原民族以接受中原文化、崇拜中原文化为时尚，我们的赫连勃勃也不能免俗。"② 当统万城建成，《统万城铭》揭牌时，"赫连勃勃摸着上面的字。仰天长叹曰：此石碑是一个历史的拐点，经典时间。千年行国，自此改换门庭，终于变成永久居国了。列祖列宗们有知，当含笑于九泉之下了"。③

这就发生一个疑问，高建群究竟要传达一种什么思想：是匈奴民

---

① 高建群：《统万城》，陕西出版集团、太白文艺出版社2012年版，第231页。
② 同上书，第123页。
③ 同上书，第204页。

族的强悍、自由精神对汉民族温婉、保守传统的冲击，还是汉民族的博大、包容、文明对野蛮、弱小民族的同化？根据历史的事实以及作者客观的描写无疑是后者，但从高建群对这本书的主题设计，又似乎是前者。

> 一部中华民族的历史，是以一种另外的形态存在着的。这另外的形态就是：每当那以农耕文明为主体的中华文明，走到十字路口，停滞不前，难以为继时，马蹄踏踏，胡笳声声，游牧民族的马蹄便会越过长城线呼啸而来，从而给这停滞的中华文明以动力和生机，以新的胡笳之血。①

这不能不说是一个巨大的矛盾。无论是对最后一个匈奴的民族还是对最后一个匈奴王的迷恋与叙述，高建群的主观倾向都是很显然的，他赞美、呼唤匈奴民族的勃勃生机，他要把这个民族的优势与传奇呈现出来，这个愿望与雄心不能不让人敬佩与期待。然而，两部小说时隔二十多年，换了角度，或者运用了多重视野仍然没有达到理想的效果，这不能不是一个遗憾。当然他受到某些批评家的"纵容"，如李星先生所说："上天生下高建群这个作家，就是为了让他写作《统万城》的。它将成就高建群的文学高峰。"

> 这本书出版以后，批评界有很多鼓励与肯定的声音。李星认为："这是白话文以来中国小说真正意义上的史诗。"以前，大都是不符合史诗的文本。但《统万城》与西方荷马史诗的传统相连，是真正意义上的史诗体、圣经体，使用的是《圣经》《古兰经》的文笔，给人以崇高的感觉，而这一点正是中国文学最缺乏的。②

---

① 高建群：《统万城》，陕西出版集团、太白文艺出版社2012年版，第232页。
② 参见"高建群访谈录"。

很显然，高建群很自信《统万城》的史诗体，用他的话说是"歌行体"，但他恰恰忽略了史诗的核心是史而非诗。而且，他把史诗之诗也机械地理解为作为纯粹体裁的"诗"或抒情类形式，这显然也误导了他的创作走向。众所周知，史诗是指具有文学性质的历史描写，而非用诗写成的历史。大概正是这一点，让高建群把更多的精力花在小说的形式探索或创造方面，而对小说的内涵却大大轻视。更重要的是，他的创作立意与文本的存在脱节。这就是这两部小说最终没有完全树立起来的根本原因。

长篇小说的机杼与火候

——吴克敬《初婚》评鉴

吴克敬的长篇小说《初婚》，我读了两遍。由于小说开头的奇异性设置，第一次读的重心自然放在小说的结构上，我要静观作者如何推进，怎样收结。读罢掩卷，我强烈地意识到，整部小说，作者进行了精心的策划，情节的几个关捩点以及某些人物的出场、谢幕安排得严丝合缝，少有闪失。尤其是谷冬梅的亮相恰到好处，闹洞房已到了不可收拾的地步，眼看着新郎谷梦梦要与骚怪动手，谷冬梅及时赶到所发出的一声断喝瞬间就平息了风波；而且任喜过家也因为她的到来打破了没人哄场祝贺的尴尬；同时，一个作风凌厉、不计前嫌、心胸宽广的前粮食局局长的形象巍然屹立在读者面前。不愧为一石三鸟。

与此同时，惠杏爱在小说中由边缘趋于中心的转变也很有意趣。起初，惠杏爱并不引人注目，读者的目光聚焦在上官乐身上，她的打扮、谈吐、风采莫不吸引着人们的眼球，很多读者大概都以为她就是小说的主角。可是等到惠杏爱正式上场，局面完全颠倒过来。家境寒酸、结婚仪式平淡的惠杏爱一跃而为小说的中心，小说的大半篇幅几乎为她设计。这种安排无疑会给读者带来一种意料之外又在情理之中的快感。

甚至包括个别让我们感觉过于突然或者"蹊跷"的细节也都能看出作者精心的营构。为了替惠杏爱的发展扫清道路，作者很麻利地"消灭"了她的丈夫谷门坎，顺便也"牺牲"了她的婆婆贾桂仙，同时又顺便带出了惠杏爱的同学与恋人陈增强。

其实，小说的难度主要在于如何为主人公设计一连串的性格动作。在这一点上，往往能体现作者的创造。如果说快速地把惠杏爱置身激烈的矛盾冲突中的写法源于我国古典小说塑造人物的传统，还不大新鲜，那么让人物主动地展现自己的才能和品德则显得难能可贵。因为，置于冲突中有点顺理成章，尽管人物的个性最容易在这里得到表现，但毕竟有点被动。在一种特定的情境中，人难以有所选择。

按照陕西关中西府风俗，新媳妇过门不到三天，丈夫横祸而死，她完全有理由重新回到娘家，以后另嫁他人。在农村，遇到这种不幸的媳妇，大都选择这条道路。人们不以为怪，反倒觉得符合人性。不让女人守寡，是社会文明的表现。惠杏爱也曾经想过走这条路，但看到瘫痪在床的公公，脑子不够成数的小叔子，还有年仅十四五岁的小姑以及六七岁的小小叔，她怎么能转身而去？作为一个有同情心的人，她不能弃这些弱者而去！作为一个富有责任感的人，她更应该主动承担起这个重任。尽管她还是个刚过门的新媳妇，其人生的历练、对苦难的承受能力还远远不够，但没有办法，她真的别无选择。她只有留下来，我们才认为正常，她只有不走，我们才觉得真实。至于说，对她为此的牺牲而产生的崇敬倒在其次。小说的情境其实给作者也留下了一条路，读者希望惠杏爱如此表现，人的良心不愿意看到一个家庭更加破败。如果，惠杏爱回了娘家与谷门坎家一刀两断，那么小说就无法延续，所谓无戏可唱。至少惠杏爱这条线索将会切断。而这条线索的中断就意味着小说的另一番格局。作者可以继续写下去，但绝对不是现在所看到的样子，小说的开头也就失去了意义。因此，惠杏爱的"临危受命"是情理之中的举动，是一种不得已所为。

我们赞赏作者的如上处理，不过我们更看重此后的情节。人物的个性主要依赖于他的自觉自为而不是生活的必然或被迫。惠杏爱的思想、心理、才干必须借助她独立思考后做出的行为来完成。自愿拉扯一个五口之家并承揽这个家庭遗留的所有债务，这需要很大的勇气；依靠丈夫生前留下的拖拉机脱贫致富，这是惠杏爱智慧迸发的证明。这两个情节的设计富有创造性，既展示了惠杏爱的与众不同也符合生活的必然逻辑。

  但是，此后的一些描写就暴露出作者某些火候的拿捏尚有欠缺，不是过就是不及。一是让三个新媳妇进行"卫生革命"，惠杏爱用她的拖拉机拉来沙土遮盖了村子街道的粪便和污秽；二是让惠杏爱与现任村长兼支部书记谷大房竞选村长，这就有点跳跃或者喜剧化。惠杏爱单凭着在村里落下一个好媳妇的美名或者再加上的她的致富气概就能成为一个基层组织的管理者，这有点太天方夜谭或者理想化了。

  特别是谷门墩一家为了达到让惠杏爱死心塌地留在谷家的目的，竟然全家老少合谋，指使谷门墩强奸了他嫂子。从作者的角度，这个情节的设计大概有两层意味。一是间接表现谷人房的阴险；二是正面传达谷门墩家对惠杏爱的留恋。如果单纯是第一点，倒也无可厚非，但第二点就实在让人难以接受。出发点或者动机都可以理解，但是采取如此损害一个人尊严的行为就有点不大真实，也太让读者大跌眼镜。惠杏爱可是他们全家所爱之人啊！我们可以设想，使用其他挽留的行为，哪怕是谷门墩自残或者公公以死要挟或者小弟哭闹不止，以至全家人下跪求情都未尝不可，为什么非要用这种毫无人性的方式？也许，唯有一种解释尚有某些依据，那就是霸王硬上弓的野蛮民俗。的确，农村不乏这样的合家先例，但是毫不征询当事人的意愿，似乎不合常情，尤其与惠杏爱和谷门墩家所形成的良好关系大相径庭。

  小说到这里又戛然而止，似乎给主人公惠杏爱又一次出了难题，她是再次留下来还是出走？答案留给读者去想象。作为一个中短篇小说，如此收束未尝不可，但作为一个长篇就不大合适，这个地方恰恰是作者需要着力的所在。在我看来，惠杏爱的第一次去留选择还带着无奈，那么这次选择对她来说才至关重要。这时的她已带领谷门墩家走出贫困，在理智上、在感情上，她都可以离开。可是，作者却停笔了。其实，作者只需让惠杏爱茶饭不思几天后突然从谷寡婆村消失就足矣，可能比这个所谓"含蓄"的结尾更加合理合情。

  也许因为惠杏爱成为主角转移了我的注意力，我在第一遍的阅读中并未完全理解作者的真实意图，或者说理解偏了。《初婚》究竟要告诉读者什么？间隔了两个多月，我再次拿起小说寻找答案。与上次不同的是，我这次首先翻到了作品的后记，尽管说这样的读法不合常规，但我知道它能提供一些线索。小说的主旨当然只能从作品的表现中去感受，作者的意图不妨参考。吴克敬是一个具有先锋思想的作家，他敏锐地捕捉到当下乡村面临的文化危机，从而发出了保卫乡村文化的呐喊。也许，这正是中国农民获得温饱后所面临的主要困境。

在当今描写农村题材的小说中，尚未见有作家表现出这样的自觉与领悟，更没有人用小说传达出这种危机。吴克敬的这种意识与作为值得大书特书。只看到商品经济对农村的冲击所带来的村社文化的土崩瓦解，并表现出一种无奈的喟叹是远远不够的，贾平凹的《秦腔》就是代表。我们更期待正面的、建设性的拯救乡村文化的作品，《初婚》恰恰是做了这种开拓性的探索。而且，作者真实地选择了这个意图的担当者——谷冬梅和谷正芳，两个现代乡绅式的人物。的确，只有他们有能力、有意识完成乡村文化的恢复与重建。从这个意义上说，《初婚》的主人公并非惠杏爱，而是退休的谷冬梅与谷正芳。谷寡婆祠的重修与启用是这种精神的实践。

商品经济在冲击着美好的传统文化，如何保持善良、互助、自强的乡村传统，这是当代知识分子或者乡绅阶层共同思考的话题。乡村文化不能依靠乡民自身而是需要有一定知识背景、一定经济力量支撑，一定声望和资历的人物来引导、提倡、推行。他们相对地较早觉悟，同时也有余暇。作为退休干部的谷冬梅与谷正芳刚好符合这种条件。谷冬梅在任的时候忙惯了，刚退下来还真不习惯，正愁着找不到有意义的事情做；谷正芳右派平反，心情大好，也想反哺村民。加之，他们都忧虑当下农村道德沦丧，祖宗精神难以为继的现状，两人一拍即合，商量重整谷寡婆祠。而且立马动手，速度惊人，不到一个下午，谷冬梅家的闲房就被改成了祠堂，谷正芳献出了他偷藏的谷寡婆挂像以及祭器，村里同日结婚的三个新媳妇首先领受了谷寡婆精神的熏陶。村人为之振奋，好像过节一样，自发的锣鼓队前来助兴，家家门口燃起了鞭炮。是老百姓呼唤祖先的光荣传统还是单调的生活需要一些调剂？在我看来，也许后者的成分更多一些。普通村民其实是懵懂的，他们当然不拒绝美德的弘扬，可是他们不会如此自觉。清醒的只有谷冬梅和谷正芳这些少数人。在这个过程中，惠杏爱的挺身而出恰逢其时，成了谷寡婆精神的现身说法，也成为谷冬梅与谷正芳推行乡村优秀文化的活教材。小说中有一个提法，惠杏爱就是谷寡婆的再生。这句话也曾经用到谷冬梅身上。如此说来，在这两个女人身上分别灌注了谷寡婆村的祖先精神，概括一下就是坚强、独立、良善、奉献。

但不用讳言，这种表现还有些遗憾。因为，惠杏爱的榜样并不是谷寡婆祠树立的，而是上官乐借助现代传媒宣扬的。虽然殊途同归，但作为乡村文化的自觉传承与发扬，谷寡婆祠就显得苍白无力。既然小说的主旨是鼓吹和重建乡村文化，作为活动的发起者和主人公却没有建设性的作为，这就让人不由得怀疑，到底谁是小说的主角？前文说过，从小说的客观情状，当然是惠杏爱；可是，从作者的主观意图却分明是谷冬梅（谷正芳不过是个配角）。既然如此，谷冬梅的表现空间就得广阔，她的走向也应成为小说的主流，也就是要为她量身打造更多的戏份。特别是在弘扬乡村文化方面，谷冬梅必须有正面的、丰富的表现。然而，我们看到的却非如此，谷冬梅的事迹在小说中主要是侧面描写的，是回忆性的补叙，是过去时态。她最多不过成为惠杏爱的影子或者精神支柱。

乡村文化如何恢复与传承不只是建立一个宗祠或庙宇而且要在乡民的心里点燃道德的火种，是要用实际行动惩恶扬善，要借助祖先的名义树立现代精神的楷模，要给予惠杏爱一个好媳妇的民间称号。只有这样，谷寡婆宗祠才不会沦落为一个摆设。但是这一切其实都让位给政府的宣传部门，县委副书记带领妇联主席等有关领导亲自到谷寡婆村为惠杏爱的孝行义举召开现场表彰会。不是说政府不应该插手这种民间活动，精神文明理应是政府分内的工作，但是相对而言，民间文化的主持者更应该有所作为，尤其是利用祖先的力量，甚至打着民间信仰的旗帜对村民的言行给予引导或矫正，这样才最容易为民众接受，也能最大限度地发挥这种精神的教化作用。

不过有一个细节很值得玩味。传说中的谷寡婆是怀着身孕独自来到渭河滩边的这个村子并定居下来的，谷冬梅同样是怀着身孕从外地涉河来到这里，她们都有着一段不为人道的情感辛酸，不难想象，让她们怀孕的男人绝对是她们不愿接受的对象，不然，她们也不会逃到异地他乡。所以，她们跨越历史的相似行为正好昭示的是一种母性的情怀与追求独立尊严的愿望，这种情怀与愿望就是谷寡婆精神。但是，这种精神没有在另一个谷寡婆的传人惠杏爱身上得到延续，因为她没有出走！

附 录

一 "笔耕"组成员简介

胡采（1913—2003），汉族，文学评论家。原名沈承立。河北蠡县人。1947年加入中国共产党。1938年后历任山西第二战区文化抗敌协会《西线》《西线文艺》主编，延安《大众习作》主编，陕甘宁边区文化协会创作组组长，《群众文艺》主编，西北文联副秘书长，《西北文艺》主编，西安市文化局局长，陕西省对外友协副会长，中国作家协会西安分会专职副主席兼《延河》《小说评论》主编，陕西省作家协会主席，陕西省文联主席。中国作家协会第三、四届理事，中国文联第四、五届委员，全国第六、七届人大代表。从1933年开始发表作品。1954年加入中国作家协会。著有评论集《主题、思想和其他》《从生活到艺术》《新时期文艺论集》《胡采文学评论选》等8部。

（由于胡采的官员身份，他还不算"笔耕"组的成员，但他却是"笔耕"组的核心人物，他几乎参加了"笔耕"组的所有活动。故首录之。）

胡义成（1935— ），陕西陇县人，教授。1958年毕业于重庆大学建筑学专业，先后任《红旗》杂志编辑、陕西省委和省政府决策咨询委员会委员，咨询委员会环境组副组长，陕西省社会科学院发展与政策研究中心主任，欧亚学院艺术设计学院专家委员会委员，获"陕西省有突出贡献专家"称号，并享受"国务院特殊津贴"。公开出版和主编专著十余本，发表论文500余篇，约600万字，涉及美学、建筑学、环境设计规划等多方面内容，先后11次获中央级和省级科研成果奖。

姚虹（1923—　），回族，籍贯：江苏南京市。曾用笔名方涛、孔淦等。1949年在北京华北大学学习，1979年调西安市文联《长安》编辑部工作。

陈贤仲（1937—　），笔名陈深，湖北红安人，编审。1961年毕业于武汉大学中文系。历任《延河》月刊评论组长、常务编委、领导小组成员。1986年调任长江文艺出版社小说编辑室主任。1987年任湖北少年儿童出版社副总编辑、总编辑，后任社长兼总编辑。1992年获国务院政府特殊津贴。中国现代文学研究会会员，中国儿童文学研究会会员，中国作家协会会员，省作家协会理事，省编辑学会副会长。曾编辑《延河》月刊200期，组织策划、终审的《少年科学瞭望台》《怪老头》获国家图书奖提名奖；《我是中国的孩子》《师魂》获中国图书奖；《少年知识大全》获全国首届少儿知识读物优秀编辑奖。发表文艺理论研究文章近百篇、50万字，代表作有《重读〈现实—广阔的道路〉》《一个感应着时代呼唤的作家》等，主编《儿童文学新论丛书》等。1996年获省首届出版名人奖。

文致和（1941—　），1960—1965年在陕西师范大学中文系学习，毕业后分配到西安三桥车辆厂子弟中学任教，1978年开始写作。

蒙万夫（1938—1988），汉族，陕西兴平人。中共党员。1963年毕业于西北大学中文系。历任西北大学助教、讲师、副教授、现代文学教研室副主任。1963年开始发表作品。著有专著《论柳青的艺术观》《论曹雪芹》《柳青传略》（均合作）等。

蒙万夫是贾平凹1972年在西北大学中文系读书时，教授现代文学的一位老师，他对贾平凹在文学方面有很大影响。贾平凹的一篇文章——《念蒙万夫老师》中写了关于他的几件事，介绍了他的性格。

费秉勋（1939—　），陕西蓝田人。1964年毕业于西北大学中文系。历任陕西省群众艺术馆编辑，西北大学中文系教授。陕西省作家协会理事，陕西中国神秘文化研究会会长，中国舞蹈家协会理论研究委员，西安市文史馆馆员。1991年加入中国作家协会。著有专著《舞蹈与社会生活》《中国神秘文化》《八卦占卜新解》《奇门遁甲新述》《飞盘奇门遁甲》《易学万年历》《白话易林》《方术异闻实录》，《贾平凹论》及论文《黄庭坚诗艺发微》《论红楼梦的悲剧精神》等。

刘建军（1935— ），陕西省蒲城县人。1953年入西北大学中文系汉语言文学专业读书，1957年7月毕业，留校任助教。1959年考入中国社会科学院文学研究所与中国人民大学中文系合办的"文艺理论研究班"，就读于何其芳、蔡仪、唐弢门下，专攻文艺理论。1963年毕业后回西北大学中文系任教。历任中文系讲师、副教授，教授，兼任中文系主任。中国作家协会会员、中国作家协会陕西分会主席团成员、理事。陕西文艺评论家协会副主席。代表作《论柳青的创作道路》《换一个角度看人生》等。

李健民（1939—1989），《长安》杂志副主编，《小说评论》编委。

畅广元（1939— ），山西临猗人。1959年毕业于西安师范学院中文系。历任陕西师范大学图书馆馆长、文艺理论教研室主任、中文系文艺学教授。陕西省作家协会常务理事，陕西文艺评论家协会副主席。1960年开始发表作品。1984年加入中国作家协会。著有专著《主体论文艺学》《二十世纪西方文学理论》《中国文学的人文精神》《神秘黑箱的窥视——路遥、贾平凹，陈忠实、邹志安、李天芳创作心理研究》等。

李星（1944— ），笔名刘春，汉族，陕西兴平人。1969年毕业于中国人民大学中文系文艺理论专业。历任《陕西文艺》杂志编辑，《延河》杂志编辑，《小说评论》杂志编辑、主编，享受国务院津贴专家。陕西省作家协会常务理事，陕西文艺评论家协会副主席，中国小说学会副会长，陕西生态文学研究会副会长，陕西图书评论学会副会长，当代文学研究会常务理事，陕西省影视评论学会常务理事。1977年开始发表作品。1984年加入中国作家协会。

著有评论集《读书漫笔》《书海漫笔》，专著《路遥评传》（与人合著）等，另外发表《怀旧与招魂——〈读梅林心曲〉》《道德、理性、文化和人》《在现实主义的道路上》《男子汉的自省和自审》等论文、评论数十篇，部分作品选入各种专集。

《王汶石短篇小说创作再认识》《农民命运的艺术思考》分别获第一、二届陕西省社会科学优秀学术研究成果奖，评论集《求索漫笔》获 1993 年中国当代文学研究优秀成果奖，《读书漫笔》获陕西作协 505 文学奖，《路遥评传》（与人合著）获陕西第六届优秀社科研究成果二等奖，《邓小平文艺思想研究》（与人合著）获中宣部五个一工程奖等，并获中共陕西省委、省政府授予的"德艺双馨"文艺工作者称号，获省政府炎黄优秀文学编辑称号。

肖云儒（1940—　），四川广安人。1961 年毕业于中国人民大学新闻系。中国作家协会会员，1961 年毕业于中国人民大学新闻系。历任陕西日报社文艺部记者，陕西省文联党组成员、副主席，研究员。中国文联委员，中国西部文艺研究会会长，中国小说学会副会长，陕西省政协委员、评论家协会主席。享受政府特殊津贴，并被人事部评为国家级有突出贡献专家。著有理论集《对视》书系（五卷本）、《雾山》书系（四卷本）、《八十年代文艺论》《中国西部文艺论》《民族文化结构论》《独得之美》，散文随笔集《独步岚楼》《撩开人生的帷幕》《我的风景》等，专著《中国西部文学论》获中国第四届图书奖、1992 年中国当代文学研究优秀成果奖，《邓小平文艺思想研究》（主编）、《国格赋》（电视片总撰稿）获 1993 年中宣部五个一工程奖，电视艺术片撰稿《黄土·红土·绿色的歌》和《长青的五月》（4 集）获 1992 年广电部星光奖。并被陕西省政府命名为"德艺双馨艺术家"。

薛瑞生（1937—　），陕西蒲城人。中共党员。1961 年毕业于陕西师范大学中文系。历任陕西师大附中语文组长，中共西安市碑林区委办公室干事，中共陕西省委文教部干事，西北大学中文系教师，教授。中国红楼梦学会、全国苏轼研究会及李清照、辛弃疾学会理事。1960 年开始发表作品。1988 年加入中国作家协会。著有专著《红楼采珠》《〈中国古典文学作品选〉导读》《乐章集校注》《红楼梦谫论》《东坡词编年笺证》，主编撰稿《中国古典小说六大名著鉴赏辞典》《唐宋八大家文钞校注集评》，论文《论典型的个性化道路及其他》

《给胡适在红学史上以应有地位》《南渡词论略》《东坡前壬子词考证》《东坡南迁词考证》《东坡词编年正误》《苏门·苏学与苏体》《柳永卒年新说》《柳永投献词考证》等。

王愚（1931—2010），又名王倍愚。陕西旬阳人。中共党员。西北军政大学学员。毕业于西北艺术学院中文系。历任中国作协西安分会《延河》杂志编辑、评论组组长，陕西作协《小说评论》主编、编审，陕西作协副主席。中国小说学会副会长，全国文艺理论学会顾问。陕西省有突出贡献专家。享受政府特殊津贴。1955年开始发表作品。1982年加入中国作家协会。著有文艺评论集《王愚文学评论选》《人·生活·文学》《新时期小说论》（合著）、《当代文学述林》《也无风雨也无晴》《心斋絮谈》。1985年首届中国作协优秀编辑奖，作品获1986年、1988年当代文学研究奖，1996年陕西省作协505杯文学评论奖，1999年陕西省人民政府炎黄优秀文学编辑奖。

孙豹隐（1946— ），笔名谷音。山东即墨人。大学毕业。历任《文化艺术报》副总编辑、总编辑，中共陕西省委宣传部文艺处处长，陕西省戏曲研究院院长、研究员。陕西省社会科学院特约研究员，陕西省文联第三届常委，陕西省文艺评论家协会主席。1964年开始发表作品。1992年加入中国作家协会。著有专著《武林奇谭》《时代·人·艺术》《灯下文谭》《云楼碎语》《搏击艺术论》《文坛散论》等。

王仲生（1936— ），笔名仲真。浙江兰溪人。1957年毕业于陕西师范学院中文系。1957年起任西安市中学语文教师，灞桥区教育局教研室语文组长。1982年后任西安联合大学中文系教授，《唐都学刊》主编，并任全国高校文科学报理事，陕西省鲁迅研究学会副会长，西安市作协副主席，市文史馆员。1957年开始发表文学作品。2000年加入中国作家协会。为《中国当代文学发展综史》副主编、撰稿人，《当代文学新编》《邓小平文艺思想研究》编委、撰稿人。个人专著《鲁迅作品试析》1981年获陕西省首届社科学术研究优秀奖，《贾平凹的小说与东方文化》1996年获陕西省第六届文学奖。1995年被评为市劳模，1998年获陕西省德艺双馨文艺家称号。

陈孝英（1942— ），笔名陈思，汉族，上海人。中共党员。1962年毕业于西安外语学院。历任西安外语学院教师，陕西省社会科学院文学研究所党支部书记，《社会科学评论》副主编，陕西省艺术研究所所长、研究员，《喜剧世界》主编。1957年开始发表作品。著有专著《幽默的奥秘》《喜剧美学初探》《苏联文学史》，译著《托翁轶影》等。论文《论王蒙小说的幽默风格》获1985年中国社会科学院优秀论文三等奖，译著《幽默理论在当代世界》获全国第二届图书金钥匙纪念奖。

薛迪之（1938— ），籍贯：河南省孟州市，西北大学文学院教授。1960年毕业于西北大学中文系，后留校任教。从事外国文学、电影理论的教学研究工作，教授《西方文学》《欧美现代主义文学》《莎士比亚戏剧论》《电影艺术概论》《电影美学》等课程，并先后指导世界文学、文艺学（电影美学方向）两专业硕士研究生。课余从事文学评论和影视评论写作。与人合作撰写有《外国文学史话》《欧美现代主义文学30讲》《现当代外国现实主义文学40讲》《外国浪漫主义文学30讲》《世界十大文豪》《莎士比亚戏剧赏析词典》《中国历史文化名城大辞典》《邓小平文艺思想研究》《电影剧作八讲》等14部书出版，著有《莎剧论纲》一书，发表学术论文30余篇、短文50余篇。其中，《邓小平文艺思想研究》获中宣部五个一工程优秀著作奖，《莎剧论纲》获陕西省政府1993—1997年度社科研究成果二等奖、陕西省教委1995年度优秀著作二等奖、陕西省1994年度优秀教材二等奖。

历任陕西省外国文学学会副会长、陕西省艺术美学学会副会长、西安市影视评论学会副会长，为中国电影家协会会员。

二 《陕西日报》(1979—1982年)中有关陕西文学信息

时间	作者	文章名称	相关事件	备注
1979-1-15		《保卫延安》重见天日	作家作品平反	
1979-1-24	胡采	为《保卫延安》平反昭雪		
1979-1-28	新华社		中央关于地主富农摘帽的决定	
1979-2-5	周恩来	在文艺工作座谈会和故事片创作会议上的讲话		1961年6月19日讲话全文转发
1979-2-7	文丕显	关于主题与生活关系问题的答复		
1979-3-17	胡采	解放思想 总结经验,更好地为四个现代化服务——在中国作家协会西安分会会员代表大会上的报告		
1979-3-29			全国短篇小说评选在京颁奖	
1979-4-13	刘庆荣、黄建军	农民诗人王老九		
1979-4-14			中组部、中宣部、文化部、全国文联召开座谈会加快落实政策,调动文艺工作者积极性	
1979-4-22	赵熙	月夜		

续表

时间	作者	文章名称	相关事件	备注
1979-4-22	段国超	莎士比亚		
1979-6-3	陈忠实	信任		小说
1979-7-19	《延河》月刊记者	当前文学创作的几个问题——记一次创作座谈会		
1979-8-4		西安文艺界就"歌德"与"缺德"一文展开讨论		
1979-8-10	丹枫	人物形象必须多样化		
1979-8-10	李黎	一个具有新时代风貌的新人形象——简评短篇小说《信任》		
1979-8-16	冠勇	"杀伐"有术		杂文
1979-9-16	姚虹	从法海到灰姑娘		杂文
1979-9-21	白描	美的生活 美的赞歌——看朝鲜故事片《金刚山姑娘》		
1979-9-26				"文艺评论"专刊正式开辟
1979-9-26	《延河》月刊记者李星、王愚,本报记者肖云儒	从深层批《纪要》入手补好课——记一次文艺评论工作者座谈会		"笔耕"研究组成员第一次集结
1979-9-29			《长安》杂志(筹备)征稿启事	
1979-10-11	费秉勋	是尊重现实还是无视现实——谈关于恩格斯《致哈克莱斯的信》错误阐释		
1979-10-25	韩梅村	词必己出		
1979-11-9	薛迪之	作家们,奋起追赶时代的步伐		
1979-11-18	薛瑞生	包拯和他的诫子碑		杂文
1979-11-21	武原	要把根本问题弄清楚		文艺评论专栏
1979-11-21	高华	母亲		小说

续表

时间	作者	文章名称	相关事件	备注
1979-12-6	文致和、马骖	说"派头"		杂文
1979-12-23	蒋金彦	广柑		小说
1980-1-10	李健民	塑造什么样的工农兵形象		
1980-3-7	胡采	关于文艺创作的出新问题		
1980-3-27	胡义成	有追求是好的,但要真实——看《樱》小感		
1980-4-8	李健民、陈深、肖云儒	成绩可嘉,希望更大——谈我省去年以来小说创作		
1980-5-15	李星	在生活中发现——读陈忠实近年来的小说		
1980-6-12	胡采	青年作者要多读点书		
1980-7-13	姚虹	牧歌·浮雕·印记——读《山地笔记》		
1980-7-22	胡采	关于"心灵破碎"问题及其他		
1980-7-22	李星	作家要下功夫熟悉研究新农村——农村题材创作座谈会综述		此次"太白会议"于1980年7月10—20日在太白县
1980-9-18	韩梅村	透过生活的"窗口"——谈莫伸的小说创作		
1980-9-18	胡义成	《庐山恋》的哲学意义		
1980-10-16	王愚	挚爱这片土地——谈李天芳的散文		
1980-10-16	孙豹隐	以乐境写哀		
1981-1-9	赵相如	写了最新的农村和农民——读陈忠实的小说《第一刀》		

续表

时间	作者	文章名称	相关事件	备注
1981-1-22		"笔耕"组关于文艺真实性问题的讨论发言摘登	(1) 肖云儒：当前创作中的的问题在哪里？(2) 陈深，正确理解"写真实"的口号；(3) 刘建军，还是要从真起步；(4) 李健民，马克思主义的"写真实"包含着写理想；(5) 胡义成，要提倡进步的倾向性	
1981-1-31	胡采	满足群众新的要求		
1981-1-31	费秉勋	《巴山夜雨》的艺术技法		
1982-2-6	陈孝英	心灵美漫谈		
1982-3-29	李健民	表现人的灵魂的真理		
1982-4-1		文学应该深切感受时代的脉搏——贾平凹近作讨论会旁听记		

三 《文艺报》目录(1978—1984年)中有关陕西文学信息

时间/期数	作者	文章名称	事件	备注
1978/2		全国部分高等院校在京召开当代文学学术讨论会筹备会		
1978/5	邹狄帆	生活之歌——读贾平凹的短篇小说（33—36）		
1979/1	刘建军	真挚的感情 动人的描绘——读莫伸的短篇小说		
1980/2	王愚	有益的探索——去年出版的几部长篇小说读后		
1980/8	刘建军	流贯作品的炽烈的血液——漫谈中篇小说的革命人道主义精神		
1980/9	肖云儒	为"土命人"造影——评介邹志安的短篇创作		
1980/12	阎纲	这个路子没有错——关于李小巴的小说创作		
1981/3	半月文讯/胡采	西安地区成立"笔耕"文学研究组（黎云）/谈谈陈忠实的创作		
1981/6	李健民	西安"笔耕"文学研究组讨论文学真实性问题		

续表

时间/期数	作者	文章名称	事件	备注
1981/8	李健民	淳朴而动人的歌——李天芳和她的散文创作		
1981/8	肖云儒	时代的聚光镜——中篇小说的社会主义新人塑造		
1981/11	李星	艰苦的探索之路——谈路遥的创作		
1981/12	王愚、肖云儒	生活美的追求——贾平凹创作漫评		
1981/12	晓蓉、李星	深入农村,写变革中农民的面貌和心理——在西安召开的农村题材小说创作座谈会纪要		
1982/5	姚虹	怎样做——读反映农村生活的短篇小说有感		
1982/9	刘湛秋	在追求的道路上——读路遥的中篇小说《人生》		
1983/2	胡采	给贾平凹同志的信		
1983/2	畅广元	正确认识创作主体的能动性——与《审美主体与艺术创造》一文商榷		
1984/5	胡采	在生活的大海面前		
1984/5	王愚	贾平凹创作中的新变化——读《小月前本》和《鸡窝洼的人家》		
1984/5	王愚	广阔的生活视野——近年来文学创作题材的开拓		

四 《延河》(1977—2002年)中有关陕西文学信息

时间/期数	作者	文章名称	事件	备注
1977/4			《人民文学》编辑部召开短篇小说创作座谈会	为繁荣社会主义文艺事业多做贡献
1978/1		毛泽东思想光辉始终照耀着文艺战线——本刊编辑部招考文艺工作者座谈会愤怒批判"文艺黑线专政"论		
1978/1	本刊记者	迎接百花争艳的春天——《延河》《群众艺术》编辑部召开座谈会讨论《毛主席给陈毅同志谈诗的一封信》		
1978/3	刘建军	反形象思维论与文化专制主义		
1978/3	何文轩	一个全面篡改无产阶级文艺性质和方向的理论口号——评初澜对"根本任务论的鼓吹"		
1978/3	刘梦溪	不准篡改文艺的基本任务		
1978/3	冠勇、建中	眼睛、长衫及其他		
1978/4	沈太慧	繁荣创作的重要课题		
1978/4	冯日乾	理直气壮谈艺术		
1978/4	孙豹隐	文艺批评要抓住作品的特色		
1978/4	费秉勋	喜读《土司机》		

续表

时间/期数	作者	文章名称	事件	备注
1978/4	韦昕	"高大完美"论必须批判		
1978/5	柳青	生活是创作的基础——在《延河》编辑部召开的短篇小说创作座谈会上的发言		
1978/5	本刊记者	探讨当前文艺创作中的几个问题——本刊编辑部召开的短篇小说创作座谈会要		
1978/5	畅广元	形象思维论不能否定——对《文艺领域里必须坚持马克思主义的认识论》一文的反思		
1978/7	白描	豪迈悲壮的英雄颂歌——读杜鹏程《历史的脚步声》		
1978/8	王向峰	摒弃"四人帮"的"主题先行"论		
1978/9	胡采	提几个问题来研究——在中国文联全国委员会扩大会议上的发言		
1978/10	段国超	从苏东坡乱改"咏菊诗说起"		
1978/11		从《伤痕》谈到题材人物悲剧等问题——本刊编辑部召开的文艺评论工作者座谈会纪要		
1978/11	徐岳	要多样化,也要鼓励作家写重大题材		
1978/11	牛玉秋	我对"重大题材为主"的几点看法		
1978/11	陈深	题材多作品并非无关紧要		
1978/11	李星	题材多样化的障碍必须扫除		

续表

时间/期数	作者	文章名称	事件	备注
1978/11	李健民	谈《工人》的形象塑造		
1978/12	刘建军	时代的最强音（天安门诗抄）		
1979/1	本刊评论员	文艺要为实现是个现代化服务		
1979/1	胡采	论《保卫延安》的艺术特色		
1979/1	蘜果	读《领夯的人》		
1979/1	胡义成	试论悲剧		
1979/1	段国超	关于社会主义时期的悲剧		
1979/1	夫宝		宝鸡文艺创作组举行座谈会讨论《领夯的人》	
1979/2	谷方	《保卫延安》重见天日——中国作家协会西安分会《延河》编辑部召开座谈会为《保卫延安》及其作者平反		
1979/2	胡采	为《保卫延安》平反昭雪——在为《保卫延安》平反昭雪会上的发言		
1979/2	魏钢焰	颠倒不了的历史		
1979/2	李若冰	发扬艺术民主——祝《保卫延安》重见天日		
1979/2	霍松林	彻底解放文艺生产力		
1979/2	权宽浮	战士喜欢《保卫延安》		
1979/2	畅广元	这是为什么——从《保卫延安》的遭遇谈起		
1979/2	李星	从《保卫延安》的遭遇所想到的		
1979/3	杜鹏程	《保卫延安》的写作及其他		

续表

时间/期数	作者	文章名称	事件	备注
1979/3	阎纲	史诗——《创业史》		
1979/4			中国作协西安分会召开第二次会员代表大会	
1979/4	李小巴		从五六年何直的文章谈起	
1979/5	文致和	寓教育于娱乐		
1979/5	商子雍	从胡适遗著的公开发表谈起		
1979/5	陈深	重读《现实主义——广阔的道路》		
1979/6	柳青	在陕西省出版局召开的业余作者创作座谈会上的讲话		
1979/6	贾平凹	需要十二分的雄心和虚心		
1979/6	冠勇、建中	"长期积累,偶然得之"		
1979/6	韩梅村	"含不尽之意见于言外"		
1979/7	本刊记者（与《陕西日报》同）	当前文学创作的几个问题——记一次座谈会		
1979/7	贾平凹	夏夜"光棍楼"		
1979/7	刘建军、蒙万夫、张长仓	作家应是人民群众思想情绪和革命要求的表现者——论柳青的艺术观和艺术创造之一		
1979/8	蒋金彦	谁做结论		小说
1979/8	刘路	心是肉长的		
1979/8	高建群	将军山		诗
1979/8	王向峰	文艺服务与政治的特点		关于现实主义问题的讨论
1979/8	张兴元	要坚持社会主义的文艺方向——读《窗口》所想到的		
1979/8	黄放	对反映社会主义真实的一些看法		

续表

时间/期数	作者	文章名称	事件	备注
1979/8	薛瑞生	谈文苑风骨		文学谈
1979/9	京夫	过去的，过去吧		小说
1979/9	艾菲	一定要站在革命现实主义的"基点"上		关于现实主义问题的讨论
1979/9	薛瑞生	文学是真实的领域——关于现实主义之一		
1979/9	王愚	严峻的现实主义——从《鸽子》谈起		
1979/9	畅广元	无产阶级文学批判的战斗作用不容否定——驳《"歌德"与"缺德"》		
1979/9	解洛成	装腔作势吓谁来		
1979/10	王蒙	表姐		小说
1979/10	路遥	夏		小说
1979/10	陈忠实	七爷		小说
1979/10	陈深	文艺与政治关系三题		
1979/10	商子雍	前事不忘，后事之师		
1979/10	王愚	艺术民主及其他		
1979/10	孙豹隐	究竟是多还是少		
1979/10	冯日乾	从僵死的批评框子里解脱出来		
1979/11	《陕西日报》文艺部	深批《纪要》，恢复实践在文领域的权威	《延河》编辑部召开的文艺评论座谈会纪要	
1979/12	刘建军	"树碑立传"说质疑		
1980/1	启治	"基点"究竟在哪里——评《一定要站在革命现实主义的"基点"上》		
1980/1	白贵	准确理解革命现实主义的含义——与艾菲同志商榷		
1980/1	刘斌	在歌颂与暴露之外		
1980/1	肖云儒	洗濯精神的污垢——读《肥皂的故事》		

续表

时间/期数	作者	文章名称	事件	备注
1980/1	冠勇	载水之舟可以覆舟——读《谁做结论》		
1980/2	陈辽	现实主义——探求的道路		关于现实主义问题的讨论
1980/2	薛瑞生	倾向性浅识——兼谈现实主义		
1980/2	白描	一个深刻的艺术典型——评短篇小说《表姐》		
1980/2	李怀埙	细腻的心理描写——谈小说《夏》		
1980/3	张绍宽	文艺是认识社会的一种独特形式		
1980/3	贾文昭	文艺与政治断想		
1980/3	文致和	正确认识文艺与政治的关系		
1980/3			中国作家协西安分会举办青年业余作者读书会	
1980/4			扉页刊登《延河》杂志社广告承接启事	
1980/4	王蒙	漫谈文学的对象与功能		
1980/4	王瓒叔	对文艺,人是唯一的点		
1980/4	畅广元	发扬文学批评的现实主义传统		关于现实主义问题的讨论
1980/5	宗杰、柳志	文艺要伴随时代的步伐前进		
1980/5	金碧辉	作家应在思考中		
1980/5	韩望愈	镌刻在人民心上的歌——评散文集《神泉日出》		

续表

时间/期数	作者	文章名称	事件	备注
1980/5	杨田农	新时代儿童的新风貌——评徐岳、李凤杰的三本儿童文学集		
1980/5	薛迪之	捕捉和运用偶然性的艺术——《项链》的情节构思		
1980/6	肖云儒	乡情的抒写——谈邹志安的小说创作		
1980/6	王愚	现实主义的厄运及其教训	关于现实主义问题的讨论	
1980/7	孙皓晖	学问的镜子		小说
1980/7	李炳银	激情与诗意——谈谈魏钢焰的散文		
1980/7	楼适夷	为了忘却,为了团结——读夏衍同志《一些早该忘却却未忘却的往事》		
1980/8	费秉勋	试论贾平凹小说的艺术风格		
1980/9	王愚	二十五篇之外——《黑旗》等五篇小说漫评		
1980/9	刘宾雁	历史的回声——读刘真的短片《黑旗》		
1980/9	本刊记者李星	探索新生活,表现新农村,农村题材短篇小说座谈会综述		此即著名的"太白会议",参加者有贾平凹、陈忠实、邹志安、蒋金彦、王晓新、徐岳、郭京夫、王蓬、肖云儒、蒙万夫、白冠勇、胡采、王丕祥、余念、陈贤仲、路遥、方杰、韩望愈、王润华

续表

时间/期数	作者	文章名称	事件	备注
1980/10	陈深	生活的波涛与艺术的足迹——我省近年反映农村生活短篇小说漫评		
1980/10	蒙万夫、曹永庆	在现实主义的道路上——陈忠实小说创作漫论		
1980/11	周忠厚	"写真实"不容否定		
1980/11	肖云儒	李天芳散文散谈		
1980/11	韩望愈	小苗、小树和大树		文艺随笔
1980/11	刘斌	谈《我对"表现美"的看法》		
1980/12	胡采	简论柳青		
1980/12	陈登科	文艺体制必须改革		
1980/12	解洛成	培养文学新秀，壮大创作队伍——《延河》编辑部召开小说、散文新作者座谈会		
1981/1				总194期：陕西青年作家小说专号，刊有莫伸、路遥、王晓新、邹志安、陈忠实、王蓬、贾平凹、李天芳、京夫的小说
1981/1	胡采	延河水流长——写在陕西青年作家小说专号的前面		
1981/1	肖云儒	论陕西小说创作形势		
1981/1	王愚	大胆探索，促进诗歌创作繁荣		
1981/2	李星	农民命运的艺术思考——谈高晓声的四篇小说		陕西中年作家小说专辑 李小巴、蒋金彦、徐岳、峭石、赵熙

续表

时间/期数	作者	文章名称	事件	备注
1981/2	曹永慈	向生活深处突进——读《上任》（贾平凹）		
1981/3	曾镇南	向现实的深处开掘——读《延河》陕西青年作家小说专号		大学生诗选蒋韵、叶延滨、孟尼、秦天行
1981/3		关于真实性和倾向性的讨论		姚虹等的发言摘登（其他成员的发言刊载于1981年1月22日《陕西日报》文艺评论版）
1981/4	李健民	新颖·细致·动人——读张虹三篇小说的感想		
1981/5	冠勇	冲击人心的思想力量——评蒋金彦的小说创作		
1981/5	王润华	意境美的探求者——读赵熙同志短篇小说的艺术特色		
1981/5	聿之	总结经验 肯定成绩，继续前进——《延河》编辑部召开小说创作座谈会	来自全省各地的部分中青年小说作者三十余人以及《延河》编辑部的有关同志自参加了会议，主编王丕祥做主持会议，胡采、王汶石、李若冰登参加会议，宣传部长与参加者见了面	
1981/5		短讯：陕西青年作家小说专号反应强烈		西安钢材改制厂孙豹隐读到读者来信的末尾："伸出一双握钢枪的粗手与编辑同志一握，感谢编出这一期《陕西青年作家小说专号》；延安地委农工部权海帆在此期崭露头角"

续表

时间/期数	作者	文章名称	事件	备注
1981/6	陈孝英	生活的一课		
1981/6	程海	组诗《母亲》		1947年出生，乾县人，1968年在乾县文化馆工作，1971年开始发表诗歌
1981/6	孙豹隐	文章不厌百回改		全文700字
1981/6	朱子南、秦兆基	一任浪花飞卷而去——谈李若冰关于柴达木的报告文学		
1981/7	刘建军	倾向性寓于真实性之中——简谈几部中篇小说		
1981/7	董墨	云横秦岭		小说
1981/8			陈世旭、张石山的小说	
1981/8	雷达	贺抒玉的创作个性		
1981/8	胡德培	艺术规律探微		
1981/9			纪念鲁迅诞辰100周年专辑，陈早春、王富仁、范伯群、曾华鹏等有文章收录	
1981/9	秦兆阳	夫妻俩		小说
1981/9	叶广芩	在同一个单元里		小说
1981/9			刘湛秋、傅天琳作品	
1981/10			林志浩、蒋孔阳文	
1981/11			李希凡文	
1981/11	黄建国	赶场		小说
1982/1	王安明	红十字		小说
1982/1	雷抒雁	故乡的鸟语		
1982/1		深入农村，勤奋耕耘——农村题材小说创作座谈会纪要（第54页）	参加此次会议的成员有：阎纲、王蓬、王汶石、王吉呈、王晓新、陈忠实、邹志安、胡采、贺抒玉、贾平凹、路遥、韦昕、路萌、陈贤仲等	原载《文艺报》1981年第22期

续表

时间/期数	作者	文章名称	事件	备注
1982/2			《延河》优秀短篇小说评奖揭晓，8人获奖：王晓新、莫伸、路遥、邹志安、陈忠实、王蓬、贺抒玉、余君亮	
1982/2	（1）李星/（2）叶广芩	（1）莫伸小说创作的思想艺术特色 （2）溥仪先生晚年轶事		散文
1982/3	王愚	扎根在沃土之中——王蓬的四篇小说读后		
1982/4			王蒙、蒋子龙小说	
1982/4	本刊记者	记"笔耕"组贾平凹近作讨论会		
1982/4	费秉勋	贾平凹1981年小说创作一瞥		
1982/5	李星	评贾平凹的几篇小说近作		
1982/5	冠勇	染印着时代色泽的艺术花朵——也谈贾平凹近年的小说创作		
1982/5			壮大作者队伍，繁荣文学创作——《延河》编辑部召开青年业余作者创作座谈会	
1982/6	郭建模	倾向性损害真实性吗？——与姚虹同志商榷		
1982/6	白冠勇	寓美于情趣之中——谈徐岳的儿童文学创作		
1982/7	畅广元	作家应该具有穿透力——读贾平凹几篇近作的感受		
1982/7	李健民	探索中的深化与不足——评贾平凹近期小说创作		

续表

时间/期数	作者	文章名称	事件	备注
1982/8	李星	总结经验 增强信心，为新的时代呐喊——《延河》诗歌创作座谈会纪要		
1982/9	温儒敏	海明威：简明而蕴藉		
1982/12	李正峰	看茂陵石雕		
1983/1		议论纷纷看突破——"笔耕"文学研究组京夫作品研讨会综述		
1983/1	李星	进入艺术创造的境界——京夫的小说创作及其启示		
1983/1	薛瑞生	好驴不逐队行——由京夫的迁拙谈小说的创新		
1983/2			关于小说创作提高与突破的讨论（一）：陈深、孙豹隐、陈孝英、刘建军	
1983/3			关于小说创作提高与突破的讨论（二）：王晓新、李健民、京夫、吴肇荣、胡德培	
1983/4			关于小说创作提高与突破的讨论（三）：肖云儒、王愚	
1983/4	胡采	既已开始，就坚持做出成绩来——在作协西安分会举办的短篇小说讲习班开学典礼上的讲话		
1983/5			关于小说创作提高与突破的讨论（四）	
1983/5	蒙万夫	为文学的更高真实而努力——兼谈斯大林的"写真实"观点		
1983/5	费秉勋	浅论生活		

续表

时间/期数	作者	文章名称	事件	备注
1983/6			关于小说创作提高与突破的讨论（五）：谢望新，历史会记住这些名字	
1983/6		新的队伍，新的希望——记本刊载的小说	诗歌新作者座谈会	
1983/6			西安市召开评论工作座谈会	
1983/7		实事求是，以理服人——"笔耕"文学研究组讨论现实主义和现代主义问题		
1983/8			关于小说创作提高与突破的讨论（六）	
1983/8	陈孝英	突破创新与风格、流派、守法的多样化——从王蒙对意识流技巧的接见谈起		
1983/8	李国涛	看稿琐谈		
1983/8	张孝评	献给故乡的痴情——闻频诗作印象谈		
1983/9			关于小说创作提高与突破的讨论（七）	
1983/9	缪俊杰、何启治	不断探索新的领域和寻求新的高度——关于小说创作的提高和突破问题的几点意见		
1983/9	阎纲	以简代文——关于文学创作的通讯		
1983/9	于伟国	现实生活的剖视图——从京夫的几个短篇小说谈起		
1983/10	光群	现实随笔——浅谈小说如何反映现实		
1983/10	李星	小路		中篇小说

续表

时间/期数	作者	文章名称	事件	备注
1983/11	李康美	寻找		小说
1983/12			中国作家协会陕西分会第三次会员代表大会召开,陕西省委书记曾慎达做《高举社会主义文学的旗帜,攀登文学的新高峰》讲话,王汶石、胡采、杜鹏程参会	作协陕西分会第二次会员代表大会为1979年
1984/2	权海帆	正确反映新时期的城乡关系		
1984/3	白烨	创作奥秘的执着追求——读《从生活到艺术》兼谈胡采的文学评论特色		
1984/3	肖云儒	王宝成披沙拣金谈		
1984/6	秦歌	生活呼唤着作家——作协陕西分会农村题材创作座谈会纪要		参加会议的有陕西省部分从事农村题材创作的小说作者和部分评论工作者
1984/7			北方抒情诗专号	全国著名诗人皆出现,公刘、魏钢焰、周涛、杨牧、章德益、昌耀、邵燕祥、雷抒雁、牛汉、绿原、邹荻帆
1984/8,9,11	全国部分获奖作者		优秀青年作者小说专号	
1984/8,9,11			中国作协文学讲习所(第8期)集中了一批全国获奖作者和近年来崭露头角的青年作者	

续表

时间/期数	作者	文章名称	事件	备注
1984/10	李国平	诗歌要起飞——《延河》召开诗歌创作座谈会	献给国庆三十五周年	此时的文学会议报道中从不突出个人，而是以"与会同志"这样的称谓表达。如：与会同志热情肯定了《专号》取得的成绩……，与会同志指出……，作协陕西分会主席胡采、副主席杜鹏程、诗人玉杲、魏钢焰等同志参加了座谈会
1985/3			开始实行承包责任制，评论文章退了出来。白描任主编，开始在版权页标示：主编，常务编委：闻频、晓蕾，编委：毛锜、白描、李小巴、邹志安、陈忠实、京夫、杨韦昕、闻频、贾平凹、莫伸、晓蕾、路遥；顾问：胡采、王汶石、杜鹏程、李若冰、王丕祥、魏钢焰、贺抒玉、董得理、玉杲（1985年第9期、第10—12期取消），栏目有："中国新类型小说""北方抒情诗""西北诗坛""青年诗窗""作家天地""读者之声"并开始设立"延河文学奖"奖金分别是1000、800、500元；开始有内容提要	
1985/4	吴克敬、马友庄	井台		小说
1985/4	张志春	一个有深度的文学形象——读中篇小说《极乐门》		

续表

时间/期数	作者	文章名称	事件	备注
1985/5			陈忠实，答读者问：九，我最近酝酿的作品，尽管属于两种情况，但有总的一点考虑，就是探索和揭示我们的民族心理意识和心理结构。因为仅仅是一种考虑，是否能如人意，尚不敢吹。1985-2-27于西安东郊	
1985/6	黄建国	北来风		中篇小说
1985/7	程海	漆彩		1985年三等奖头篇，一等奖空缺，二等奖《极乐门》蒋濮
1985/8	沈奇	隆中山·定军山		
1985/8	高建群	关于城市的断想		
1985/11				封2，陕西省长篇小说创作促进会议活动剪影①蓝天黄沙之间②会场一角：路遥、陈忠实；封三，陈忠实、京夫、路遥、贾平凹等小憩
1986/1				版权页只标：主编白描，副主编：闻频、晓蕾，主编助理：张沼清
1986/1	冯积岐	舅舅与外甥		探索与争鸣
1986/1	肖云儒	写历史和道德的错位		
1986/1	莫若言	多一点时代的投影		
1986/1	李国平	悲剧性冲突和冲突的悲剧性		
1986/1	黄希惑	我的丈夫莫伸		原名孙树淦
1986/2			探索与争鸣：陈孝英、畅广元、李健民	

续表

时间/期数	作者	文章名称	事件	备注
1986/2	赵熙	海思		
1986/4			开始用彩色照片（封面、封二）本期加码为128个页码，1985年第3期后为72个页码，第2期前为80个页码	
1986/4			《延河》三十年纪念	本期刊发了6张老作品手稿照片：(1)《创业史 题叙》1959年4月号；(2)胡采，《延河水流长》1981年1月号；(3)李若冰，《柴达木手记》1958年4月号；(4)王汶石，《新结识的伙伴》1958年11月号；(5)杜鹏程，《在和平的日子里》1957年8月号；(6)魏钢焰，《红桃是怎么开的?》1963年7月号
1986/4	路遥	水的喜剧	多卷部长篇小说《普通人的道路》节选发表	第一部中26—28章
1986/5	孙见喜	商州糊汤		
1986/8			贾平凹《浮躁》长篇连载	
1986/12		面对大西北文学世界的思考——西北五省（区）文学期刊编辑工作座谈会纪要		
1987/1	简明	错位（中篇小说）	再次取消了主编标示，本期为80个页码，每篇作品后加责任编辑	
1987/1	柏言	热闹与寂寞		恢复了评论栏目
1987/1	谢昌余	第二个十年		

续表

时间/期数	作者	文章名称	事件	备注
1987/1	李沙铃	时代·个性·联合		
1987/2	胡采	从多层面着眼谈有关文艺问题		
1987/2	白烨	是叹号,又是问号		
1987/2	夫炼	面对难描难画的历史		
1987/4	贺绪林、黄虎			
1987/5	邢小利	白云深处的回忆		
1987/6			陕西文学新军三十三人小说展览	本期为96个页码,每个作品后都有老作家或评论家的点评
1987/7			续上期,点评者有:肖云儒、王愚、李星、李健民、陈孝英	
1987/8	肖云儒	柔的刚化和梦的实在——《唐古拉之梦》读后		本期为80个页码
1987/9			本期无评论文章	
1987/10	程海	人之母		
1987/10	朱鸿	三秦与九州		
1987/10	姚逸仙	黄土地上的崛起——陕西文学新军三十三人小说创作座谈会纪要		
1987/11	周介人	一代人有一代人的心事		理论
1987/11	李星	多样化的新格局		
1987/11	白烨	延河逐浪高		
1988/1	冯积岐	日子		
1988/1	陈忠实	地窖		
1988/3			封二再次用彩页	
1988/5			陕西作家农村题材小说专号,本期为96个页码	
1988/6	权海帆	我对《地窖》的感知和估量		理论

续表

时间/期数	作者	文章名称	事件	备注
1988/10	叶广芩	洞阳人物录		首篇
1988/11	李天芳、晓蕾	柔情沉甸甸		长篇选章"月亮的环形山"中第21—22章
1988/11	吴克敬	双寡		
1988/12				此期为"中国潮"报告文学特辑（共9篇）
1989/3	析梦	关于海南的报告诗——刘小荣《为了梦中的椰子树》读后		评论
1989/3				1989年只出版3、5、10三期
1990/1	邢小利	我的两个同窗		版权页只标主编白描之名
1990/2	张浩文	驴换		小说
1990/4		走向另一种潇洒		评论
1990/6	常智奇	雨巷幽情		
1990/8	马玉琛	冬浴		小说
1990/9	杨莹	出嫁		散文
1991/1	李星	雨夜中，心灵的倾诉——《恋爱受挫》及朱鸿的散文		评论
1991/1	姚逸仙	准确把握自己的感觉世界		
1991/2			开始有"改革之声"的栏目：企业家领导的访问记等	
1991/4	陈忠实、田长山	高原魂魄		散文和报告文学
1991/4	李国平	无雪的冬天（忆张昭清）		
1991/5			《平凡的世界》获茅盾文学奖	女性的世界（女作者散文专辑）

续表

时间/期数	作者	文章名称	事件	备注
1991/5	小雨	寻出人的心迹——匡燮散文集《野花凄迷》研讨会纪要	3月26日，作协陕西分会理论批评委员会……参加研讨会的评论家、作家、编辑有：畅广元、肖云儒、李星、费秉勋、刘建勋、薛迪之、马家骏、孙豹隐、董子竹、王仲生、王磊、李若冰、李天芳、晓蕾、徐子心、吴祥锦、程海、沙石、田长山、李国平、常智奇、王治明、李昙、牛宏宝、邢小利等三十余人，仵埂寄来了书面发言。研讨会由作协理论批评委员会主任王愚和《延河》编辑部主编白描主持	第69页
1991/8	冒炘、江滨	自然美与心灵美的勘探者——李若冰散文论		
1991/10	马玉琛	耽搁		主编未标
1991/10	李炳银	愉悦的美		
1991/10	贺抒玉	闪光的年华		
1991/10	权海帆	读《高原魂魄》想到的		
1991/10			杜鹏程1991年10月27日逝世	
1991/11	李若冰	序文三题		
1991/11	李星	人生和理想 人格和良心		
1991/12	杜光辉	冬浴		小说
1992/2	吴然	《稀世之鸟》的文体意义——致周涛		
1992/2	邢小利	散文报告文学的现代生机与活力——散文报告文学研讨会纪要		
1992/2	马进军、于茜	当代大学生的生命变奏曲——西安联大朱鸿座谈会纪要		

续表

时间/期数	作者	文章名称	事件	备注
1992/4	傅查新昌（锡伯族）	呼图壁		小说
1992/5	张静涛	新的视角调度与审美追求——毛锜散文创作论		
1992/6			陕西省作家协会首届"双五"文学奖评选结果。文学突出贡献奖：路遥、贾平凹。最佳作品奖：李天芳、晓蕾，《月亮的环形山》。优秀小说作品奖：陈忠实，《四妹子》；邹志安，《多情最属男人》；程海，《我的夏娃（中篇集）》；王宝成，《爱情与饥荒》；竹子，《黑谷》；杨争光，《黄尘（短篇小说集）》。奖金：1500、3000、5050元	
1992/10	吴然	周政保其人：作为作家的评论家		
1993/2	刘亚丽	诗三首		
1993/3	孙豹隐	进军的第一步——王鹏文学创作漫评		
1993/4			主编：陈忠实，执行主编：徐岳，副主编：晓雷、闻频、王润华《白鹿原》（选载，第21章）开始设"企业家列传"	
1993/5			版权页增加董事长：张振英	
1993/5	京夫	八里情仇（选载）		
1993/5	李星	命运和他的影子——读《重奏》		
1993/5			1993年3月23日陈忠实《白鹿原》研讨会在陕西省纺织品进出口公司大楼多功能厅隆重开幕	

续表

时间/期数	作者	文章名称	事件	备注
1993/6			首届小作家征文评奖活动作品专辑：小说苗圃。6月8—10日，陕西省作协第四次会员代表大会闭幕。陈忠实当选主席，王愚、贾平凹当选副主席	
1993/7	薛保勤	透视延安潮		报告文学
1993/9			长安影视制作公司创作中心成员作品专辑：陈忠实、贾平凹、张子良、王蓬、竹子、杨争光、高建群	
1993/10			大学生校园在作品专号 卷首语：今天的刊物处在异常艰难之中，但是我们的编辑还是迈开双脚，走到年轻人中去了	
1993/11	阎安	隐居西北（外一首）		纪念毛泽东100周年华诞诗歌专号
1995/1			徐岳，新年语丝：不论是功成名就的，或者正奔向一个新制高点的大手笔，多在苦苦拼搏，为文为钱，几乎无暇旁观短篇，旨在专心致力于"枕头"（陈忠实语）之作	作家专辑 王祥夫始，成立《延河》月刊董事会，主编增加子心（常务）董事长：荣海（西安海星科技实业公司），董事有丁祖诒等（西安翻译培训学院副院长）
1995/1	肖云儒	被拷问的中国人文精神		
1995/4			1995-2-19 魏钢焰逝世，73岁	
1995/6			陕西青年作家小说专号	
1995/7	方英文	森林边的洗衣妇		散文专号

续表

时间/期数	作者	文章名称	事件	备注
1995/8	田长山	阅读与思考——关于长篇小说创作的几点意见		专题研究
1995/9			诗专号 西部诗坛，副主编闻频易为张艳茜，其他未变	
1996/1	李星	危机与拯救——当前文化文学论争感言		延河论坛
1996/3	孙豹隐	文学的困顿与出路		延河论坛
1996/3	李建军	小说的精神及当代承诺		
1996/4	刘醒龙	信仰的力量		延河论坛
1996/4	李继凯	人文学说影响下的文学		
1996/5	陈虹	中国新时期女性主义文学概观		延河论坛
1997/3	李星	尴尬的城市人——吴声雷小说读解		
1997/4	杜文娟	立冬		
1995/5		肖云儒、王愚、李星、刘建军、王仲生五人谈：为了中国的"哈佛"		
1995/5	洪治刚	谈章柯小说印象		
1995/6	王鸿生	关于瘦谷及小说		
1998/1			主编：陈忠实，执行主编：子心，副主编：张艳茜。陕西青年作家小说专号黄建国、张虹、红柯、秦巴子、夏放、庞一川、蒋劲松、寇挥、峻里、姚鸿文、童素心	杜文娟从1998年第2期在该刊开始发文
1998/6	李敬泽	藏歌之痒		
1998/7	李星	超越苦难		冯积岐小说专辑
1998/11			封二：《延河》《小说评论》订阅广告	
1999/1	李星	诗意的居所		红柯小说专辑

续表

时间/期数	作者	文章名称	事件	备注
1999/2		方英文随笔（四章）		
1999/4		蒋劲松小说专辑		作家爱琴海已出现多次
1999/7			1999年6月5日王汶石逝世	短讯
1999/9	陈忠实、肖云儒、李星、王仲生、刘建军、费秉勋、李国平、畅广元		民办教育事业的辉煌足迹——陕西文艺界人士在电视连续剧《荒原足迹》研讨会上的发言摘要，首次刊登署名发言内容	
1999/9				2000年《延河》栏目：(1)名家走廊；(2)有话要说（文论视点）；(3)百姓故事（人生百态）；(4)家园；(5)新诗栖居地；(6)校园你好
2000/2			开始有作家访谈录，并附全国性专家点评：杨争光、张艳茜	
2000/5	李国平	有话要说		
2000/6	周燕芬	批判的另一种堕落		
2000/7	杜爱民	失去与获得尊严的文学创作		
2000/8	李国平	批评的媒体化与媒体化的批评		
2000/10	王愚	"落难人生"		名家走廊
2000/11	肖云儒	世纪末的检索		
2000/11	高建群	好大一棵树——肖云儒先生也能够印象		

续表

时间/期数	作者	文章名称	事件	备注
2000/12	常智奇	写意象征的浪漫诗情——论红柯小说创作的艺术特征		
2001/1			董得理（1928年12月23日—2000年12月3日笔名董墨	短讯
2001/5	李建军	超越于"狭隘"与"仇恨"之上		
2001/11	炜评	成熟的喜剧		
2002/1	李建军	小说里的语言病象——通过《檀香刑》的个案分析进行考察		有话要说
2002/2	炜评	文人的生态与趣味		

五　开展文艺评论　促进创作繁荣

——记陕西"笔耕"文学研究组的活动

王　愚

　　文艺评论和文艺创作、评论家和作家，应该是彼此互相帮助、互相促进的两翼。作家以他对生活的熟稔，对艺术的追求，写出给人以美的享受和思想启迪的作品，为时代造型；评论家则以对生活本质的认识，对艺术规律的探讨，对作家的创作进行研究，给作品以客观的评价，提高读者的欣赏水平。从文学发展的历史看，曾出现过不少评论家鉴文如衡，作家从善如流的佳话。我国古代，虽然很少有专业评论家，但赏析文章，评骘得失，还是源远流长的。曹丕《典论·论文》开其滥觞，陆机《文赋》扬波于后，刘勰《文心雕龙》集其大成，更有后世浩若烟海的诗话、词话、曲话，概括了历代文学创作的经验，推动了中国文学的发展，流传至今，还没有失去光泽。外国19世纪俄罗斯的革命民主主义批评家别林斯基、车尔尼雪夫斯基、杜勃罗留波夫蔚为大宗，他们和果戈理、冈察洛夫、奥斯特洛夫斯基、托尔斯泰等作家的关系，或识慧才于初现，或排众议而支持，或总结其经验，或指责其失误，成为俄国文学史上散发着光彩的篇章。

　　建立在马克思主义基础上的文艺评论，是整个革命事业的一部分。它从具体作品的分析、研究出发，站在马克思主义的立场上，总结作家认识生活、反映生活的经验，评论其得失，帮助作家更深入地掌握马克思主义基本原理，创作出具有高度思想和艺术水平的作品。而且也通过对作家、作品的研究，不断丰富发展自己的理论。繁荣和发展社会主义文艺，当然主要是依靠一支有马克思主义理论修养、有雄厚生活基础和丰富艺术经验的创作队伍；但建立一支掌握马克思主义美学原则，通晓艺术规律的评论队伍，也是保证社会主义文艺健康成长不可缺少的一支力量。因此，开展有组织的文艺评论，对加强这两支队伍的建设，有着十分重要的作用。

但是，多年来形成的一种偏见，重创作，轻批评，没有重视评论队伍的建设。就陕西而言，除了个别同志，几乎就没有专业评论家。中国作家协会西安分会"笔耕"文学研究组，就是为了开展有组织的文艺评论活动，在陕西省委宣传部和作协西安分会的直接关怀下建立起来的。其宗旨是：团结、组织西安地区文艺评论工作者，面向当前文艺创作特别是我省的文艺创作实际，用马列主义、毛泽东思想做指导，开展文艺理论研究、作家作品评论，促进社会主义文艺创作的繁荣。

粉碎"四人帮"以后，陕西成长起来的一批中青年作家，辗转于生活基层的时间较长，经历也比较复杂，在解放思想的浪潮推动下，对尖锐的社会问题感受强烈，头脑里旧的框框较少，创作的起点都比较高。从历年来的获奖作品看，象莫伸的《窗口》、贾平凹的《满月儿》、陈忠实的《信任》、京夫的《手杖》，包括近年来路遥的中篇小说《惊心动魄的一幕》《人生》，都是作家初露头角之作。但起点高不等于步步高，如何在今后的创作中超过最初的水平，是一个严肃作家不能不认真考虑的问题。怎样认真解决这个问题呢？要靠作家自己去思考、去探索，同时，也需要取得真正的具体的帮助。简单化的一般号召，他们不感兴趣；就事论事，他们也不满足。只有评论工作者从一定的理论高度帮助他们总结经验、教训，分析创作中的得失，才有可能使他们开阔眼界，解除困惑，在创作上步履扎实地走下去。1980年，"笔耕"文学研究组尚未成立，作协西安分会和《延河》编辑部在同一些中青年作家接触中，深感怎样帮助他们百尺竿头更进一步，文艺评论应该起到一定的作用。于是，由编辑部出面，邀集我省部分文艺评论工作者和作家，在太白县召开了农村题材创作讨论会。会议集中在如何提高对新时期农村生活复杂变化的认识水平,树立对生活的全面观点,按照文艺的特点着力塑造典型形象特别是社会主义新人形象等问题上展开讨论,既有对具体作品的分析研究,又有对具体作品的意见,也有对共同关心的创作问题的探讨。与会的作家和评论家都感到受益匪浅,青年作家陈忠实很有感慨地说:"我从事创作、发表作品以来,还没有这么多同行和评论家给自己的作品挑毛病。希望作协以后把力量集中到这种会上来。"事隔几年,参加这次讨论会的青年作家京夫,还颇有感情的回忆起:这次会议使我的眼界比原来开阔了。眼前出现了更多的领域,让我思索和探寻。他的短篇小说《路》,初稿在会议以前就写出来了,但他自己还毫无把握,在会上和评论工作者一起研究了提高的途径,会后做了修改。小说发表后,引起了广泛的注意,有的评论文章认为作品中的主人公形象"社会生活内涵是丰富深刻的"。

文艺评论要真正评到点子上,要有助于不断开创社会主义文艺的新局面。这就需要在评论工作中,以马克思主义美学原则为指导,全面分析作家创作的成就与不足,结合时代的发展、生活的变化和整个文艺形势,指出努力的方向。这样,一方面帮助作家扩大视野,开阔思路,不沾沾自喜于已经取得的成绩,看到尚待克服的弱点和不足,在创作上有一个飞跃。另一方面评论家也可以从总结作家的创作经验中,丰富自己的理论,充实自己的研究。双方互为启发,相得益彰,成为携手共进的伙伴。

1981年"笔耕"又一次召开了农村题材创作座谈会。陕西地区老一辈作家像柳青、王汶石等,他们是写农村题材的,而且写出了不少名篇佳作。新时期成长起来的中青年作家,也有不少人是写农村题材的。会上在总结新老作家写农村题材经验的基础上,就如何通过对农村变化的反映透视整个时代、更深入地反映农村生活变化中的矛盾冲突、着力塑造农村社会主义新人形象等问题进行了深入的讨论。从当前小说中对农民富起来后生活简单化描写,也进行了认真的分析,认为单纯写农民怎样把钱拿到手又怎样把钱花出去,不仅不能真实地反映出农村变化的时代意义，而且会产生肤浅的和新的公式化、概念化的作品。这次会后，不少文艺评论工作者在会议精神的启发下，写出了一批有针对性的评论文章，促进了反映农村伟大历史变革的创作，出现了一批较好的作品。

我们的文艺创作和文艺评论，以对社会主义事业有利与否为共同目的，评论家对任何作家作品的评论都应该敞开心胸，坦诚相待，真正做到"好处说好，坏处说坏"。在对作家作品尤其是青年作家的评论上，"笔耕"组总是抱着这个态度，既充分肯定他们对生活和艺术探索上所取得的成绩，也指出他们在思想和艺术上存在的进一步提高的障碍。像京夫这样的作家，他已经写了一些较有影响的作品，有的作品如《手杖》在全国评奖中得了奖，但是他的作品水平不尽一致，怎样帮助他进一步提高，不仅"笔耕"的评论工作者有这样的想法，作家本人也有这样的要求。因此，1982年9月召开的京夫作品讨论会，首先肯定他长期扎根在自己熟悉的土地上，对新的生活变化充满信心，艺术上有一股刻心镂骨、反复体味的韧劲等优点；同时也直率地指出他眼界较窄，观察生活有时失之于肤浅，对塑造丰满复杂的人物形象尤其是社会主义新人形象注意不够，作品存在写得冗长、驳杂、粗糙等短处。参加讨论会的同志认为这样的评论，有助于作家们清醒地意识到自己在创作中的优势和劣势，便于他们今后在创作上有较大的发展。评论家不能老当"事后诸葛亮"，要积极参与到作家的创作过程中去，理解其甘苦，品评其得失，这样作家才会感到是一种真心诚意的帮助。在这次讨论会上，京夫自己就诚恳地表示："我没有系统学习过马列主义文艺理论，也未受过正规的文学教育。由于先天不足，步子迈得很艰难，有时走了几步，也并不完全清醒。这次'笔耕'组专门讨论我的创作，从理论和实践的结合上帮助我提高，无疑对我是一次文学补课。"与会的其他中青年作家也说："写东西的人要研究生活，但我们常常想不清楚生活中的某些问题。现在大家都苦恼，想突破……'笔耕'这类专门讨论创作的会，要继续开下去。"

文艺评论对创作中出现的一些问题，一定要做出鲜明的回答，展开批评,不能顺水推舟,含糊其辞。当然,这种批评首先必须力求准确,要充分说理;其次必须与人为善,不能心存偏见;同时也必须允许批评与反批评,通过讨论,辨明是非。要把文艺评论看作对作家的爱护。我们以往有过打棍子式的文艺批评,摆出一副审判员的架势,做简单的政治判决,指责作家应该这样,不应该那样,这已经远远超出了文艺批评的范围,有的甚至为了整人。随着党中央从指导思想上完成拨乱反正的任务,打棍子式的文艺批评,已为大多数人所唾弃。但从某些地方、某些单位看,仍然有进一步肃清"左"的流毒的问题。因此,文艺评论对"左"的那一套,不仅要彻底摆脱,而且要勇于抵制,当作家的创作受到一些无端责难,或者简单化的批评,包括无限上纲、人身攻击,文艺批评家要敢于挺身而出,维护真理,否则是不利于创作繁荣的。但是,也应该看到,"十年动乱"的影响,马克思主义原则受到了极大的破坏,加上党内和社会上不正之风的存在,使得少数青年对社会主义和共产主义理想丧失了信心,资产阶级的个人主义、虚无主义等错误思想,有所抬头;开放政策的实行,国外资产阶级思想的侵蚀,也随之而来,这些也不能不反映到个别文艺工作者的头脑里。文艺评论必须开展两条战线上的斗争。对于个别作家创作中出现的一些带有原则性的错误,要旗帜鲜明,通过细致的分析,充分的说理,把问题指出来,这样才会有利于作家的健康成长。常言说:"良药苦口利于病。"这是一种真正的同志式的爱护。看到作家的缺点闭口不谈,甚至把痈疽当宝贝,貌似对作家尊重,其实是害人,理应受到抵制。

"笔耕"于1982年初召开的关于贾平凹近作讨论会,就是抱着这种态度召开的。会前,省内省外一些评论工作者和热心的读者,对贾平凹的创作有不同的意见,有的已经形成文章在报刊上发表。"笔耕"的不少成员过去写过评论贾平凹创作的文章,肯定了作家对生活美的追求和敏锐的艺术观察能力。但是,面对当时一些不同意见,"笔耕"成员认真阅读了贾平凹新发表的一些创作,反复交换了意见,都觉得其中出现的一些问题值得思考,并认为这些问题和当时文艺思潮中出现的某些倾向有一定关联，便决定召开一次讨论会。会前，作协西安分会的领导还提出会议要坚持实事求是、与人为善，充分说理、留有余地的原则。根据这个精神，"笔耕"的成员和贾平凹同志反复交换了意见，请他参加讨论，还注意邀请了对贾平凹新作持有较多肯定看法的评论工作者参加。讨论会上，与会者对贾平凹在创作实践中顽强的探索精神，对他最初发表的作品，给予了充分的评价。但对某些作品在思想倾向和审美情趣上存在的问题也提出了意见。有的同志指出，作者对什么是生活、抱什么生活态度、生活的归宿在哪里这三个问题的回答都是不够正确的。他追求的是一种类似超脱现实的宗教境界，表现了一些消极的出世思想和对生活的冷漠态度。有的同志认为，对艺术的探索必须以对生活的探索为先导，以马列主义、毛泽东思想作指针，这些方面，恰恰是贾平凹比较薄弱的环节。会上，即使对贾平凹创作基本持肯定态度的同志，也指出作者对生活中的阴影看得过重，存在对生活把握不准的问题。会后发表的一些评论文章基本上做到了实事求是，既不抹杀优点，也不掩盖缺点。这种诚挚的态度和发自肺腑的谏诤之言，是文艺评论真正对人民负责、对历史负责的表现，也是对作家负责的表现。贾平凹在讨论会上，阐释了他在创作上的追求，并且表示要系统地读点马列著作、历史著作、哲学、美学著作，深入生活中去，而且认为大家对他的批评是真诚的帮助。

　　创作和评论，尽管有着不同的方向，毕竟是遵循着不尽相同的思维规律，有些意见一时还不易沟通，不免会发生各执一隅、见解相左的情况。这种矛盾，不仅现在有，今后还会存在下去。就陕西的实际看，这些情况都发生过。有的评论家对马克思主义美学原则、毛泽东文艺思想的掌握还不是那么融会贯通，对现实生活的发展还不是那么了然于心，对艺术规律的把握还不是那么通晓，常常会发表一些偏好之辞，悠谬之说，引起作家们的抵触。但这并不是创作和评论，作家和评论家的正常关系，更不能因此而论定文艺评论对创作不起作用。自然，解决这些矛盾的关键在于评论家不断提高自己的理论修养、生活知识和鉴赏能力。而作家也要关心评论，虚心听取批评。"笔耕"

在作家的谅解和帮助下，就这方面做了一些工作，不仅没有因为小有矛盾就互相抵触，而且彼此的关系还在日趋融洽。

　　发挥文艺评论的作用，不是把评论当作创作的附庸，也不是要创作服从于评论，而是要通过评论，促进创作的繁荣和队伍的建设。鲁迅先生说："必须更有真切地批评，这才有真的新文艺和新批评的产生的希望。""笔耕"开展有组织的文艺评论活动，虽然还有许多尚待改进、提高之处，总的水平还不是很高，但其所以逐渐引起文艺界和评论界的注意，也正是在这一点上提供了一些有益的经验。

（原载《红旗杂志》1983 年第 19 期）

六　青年博士直谏陕西作家

李建军

记者：《白鹿原》出版已八年，八年的时间已证明它是一部杰作。杰作也不可避免地有突出的弱点。我注意到您在发言中认为它有"狭隘的民族意识"。能说具体点吗？

李建军：狭隘的民族主义是指那种纯粹以本民族利益为中心，缺乏博大的人类意识、世界关怀和普遍同情的情感和意识。这种狭隘的民族意识，很容易滋生出一种非理性的狂热的爱国主义情绪，像马克思批评过的那样，这种爱国主义是"私有感的理想形态"。事实上，至少有两种完全不同的爱国主义。一种是理性的、健康的爱国主义。它培养人们的世界公民意识，并在此基础上，让每个人都成为生活于特定民族之中的独立而自由的人。另一种是非理性的爱国主义。它崇奉权力和暴力，强调服从，要求牺牲，以整体遮蔽个体，常常将公民异化为实现民族或国家的野蛮意志的工具，很不利于现代公民意识的形成。不仅如此，这种爱国主义还是专制暴君的盟友和队伍，集权政治的阳光和土壤，因此，也就不利于现代政治理念的形成和现代政治制度的产生。

由于封闭的地缘政治格局，自明清以来在国际冲突中一直属于弱势国家，我们有些中国人一方面以泱泱大国自居，另一方面对世界尤其是西方充满恐惧和敌意，渐渐地形成了一种病态的狭隘的民族意识。这一点影响到了中国的文学。中国的文学叙事一旦涉及国际矛盾和民族冲突，就陷入一种简单的愤怒与仇恨之中，缺乏更博大的人道情怀。

这一点在《白鹿原》中有极为典型的表现。《白鹿原》中的民族冲突是中日战争。日本是中国的近邻，也是自明代以来，给中国人民造成骚扰和伤害最多最深重的国家。中国人对这个尚武、偏执的民族怀有戒备甚至仇恨心理，是完全可以理解的。但是，人类是凭着爱意与人道才能活下去的，才能使自己生活的这个世界真正变成人的世界。而文学正是为人类提供这种伟大启示和精神支援的，所以，伟大的文学可以表现民族情感，但不能狭隘，而应该有更博大的人道情怀。在这一点上，《白鹿原》是不能令人满意的。它写朱先生等人发表抗日宣言等都是可以的，但在这之外，我们没有看到陈忠实为我们提供更博大的情感空间和更可取的人道立场。

我们可以通过与《静静的顿河》的比较，来具体说明这一点。在这两部小说中都写了民族战争，都写到了敌人的死亡，但读者感受到的作者的情感态度是完全不一样的。肖洛霍夫谴责战争，对所有死于战争的生命都给予同情和怜悯。陈忠实没有做到这一点。例如，两部小说都写到了一绺头发，在《静静的顿河》中葛利高里杀死了一个奥地利士兵，他非常痛苦、难受，慢慢地走到死者的身边，发现他的口袋里有一个小夹子，他打开来，看到一个德国姑娘的照片，与照片一起，还夹着姑娘的一绺金黄的头发。"可怜无定河边骨，犹是春闺梦里人"，实在催人泪下。肖洛霍夫的伟大，就在于他能超越战争状态下的民族对立，来关注这一绺金黄的头发。陈忠实也写到了头发。那是鹿兆海每杀死一个日本兵，就要割取一绺头发，最后集成一束，被交到了朱先生手中。朱先生燃烧它来祭奠鹿兆海时，竟然被那股焦味恶心得嗷嗷地呕吐起来。说老实话，我读到这里极不舒服。我的原则是仇恨止于死者。人都死了，还要这么过为已甚，不是狭隘的民族主义是什么？所以，就这一点看，陈忠实显然远不如肖洛霍夫的。其实，在一点上，很少有哪个中国作家是达到了及格线水平的。

记者： 您是否关注贾平凹的创作？他的新著《怀念狼》，许多读者反映此书可读性差，您对这部作品怎样评价？

李建军： 贾平凹的创作我一直关注。我希望他的创作能有新的突破和实绩。但他先生阁下常常令我失望。自《废都》以来，我在他的小说中较少看到让人略感满意的东西。没有新的精神视境，没有新的话语风格，没有智慧的叙述形式，没有塑造出真正活的人物。永远是那副样子：不今不古、不死不活、不阴不阳、不明不暗、不人不鬼、不冷不热、不文不白。食之既已无味，弃之亦不可惜。然而，贾平凹的书一直卖得很火，这真是一种怪现象，中国特色的怪现象。我把这看成文学腐败的一种典型样态。这种腐败是由多种腐败主体合谋的结果。难道在中国，腐败真的无孔不入，真的成了一种气息、一种氛围、一种生存方式了吗？难道连文学也避免不了被腐败打垮的命运吗？《怀念狼》一出来，我就读了。读后的感觉用一句时下流行的话说，就像落了一头雾水。我又一次体验了被戏弄的感觉。乏味、苍白、浅薄、混乱、虚假、做作、了无新意，真可以说一切坏小说的毛病，都让它占全了。还有半通不通的病句，别别扭扭的修辞，像爬上脚背的癞蛤蟆，让人雾数得浑身起鸡皮疙瘩。还有偶尔露峥嵘的常识性错误，诸如"鲁迅的小说《祥林嫂》"啦、"《唐·吉诃德》里有个星期五"啦，简直叫人怀疑作者是否认真地读过《中国现代文学史》和《外国文学史》之类的书。总之，这是一部消极意义上的后现代主义文本。它也许会获得某个后现代评奖委员会颁发的"国际大奖"，但这对普通读者来讲，是毫无意义的。《怀念狼》的基本性质是虚假和苍白，它的叙事策略上的突出特点是拼凑和编造，而它对读者的态度则是戏弄和缺乏平易待人的诚意。它是一场游戏，但从中感受到乐趣的，只有作者、商人化的编辑和乡愿式的评论家；它是一次成功的商业行为，但拍着鼓鼓的钱袋、满脸堆笑的是《收获》杂志和作家出版社；最后，据说它还是一次"大地震"，震中在北京，震源来自这部小说的作者、编辑和不负责任的评论家，但受灾的却是全国各地的轻信、盲从而慷慨的无数普通读者。

我和平凹是很好的朋友，正因为是好朋友，我觉得应该对他提出忠告，他现在急需的是澡雪精神，梳洗五脏，同时放下手中的笔，好好读一些有现代性价值的书，认真地思考一些切实与现实关联的重要问题。

（这最后一段话加得很有意思，好像担心贾平凹生气，所以要专门解释一下。而且这段话，在后边发表的完整答问中并没有出现，不知是李建军的原话还是编者有意所加？——笔者注）

后　记

　　笔者从事学术研究以来，还没有一个课题像这本书一样拖延七年之久，尽管，2013年，关于"口述陕西新时期文学思潮研究"的课题就已经收官了，当时的结题报告及其成果与现在成书的情形相差不大，但是，笔者却一直不能自信地把其加以付梓。笔者总觉得缺一样东西，一种贯穿所有事件与人物的线索与灵魂，所以，这个初稿就一直压着不能脱手，笔者的心里也总是由于这个沉重的负担而不能放松。

　　笔者选择"笔耕"文学研究组以及"陕军东征""博士直谏"这三个发生在陕西，也是在全国造成很大影响的事件，一方面是因为这几个文学事件中有些事实被人们忽略或遗忘，还有一些事件存在争议的困惑没有解决；另一方面是这三个事件恰好分别能代表陕西新时期文学的三个十年的某种文学走向，在一定程度上有历史的意味。

　　但是，做完了十几位作家与批评家的访谈以及这三个事件的考证、梳理之后，笔者却发现这些资料有些零散，尽管他们都出现在1977年至2007年这同一个区间，但相互之间似乎没有严密的内在关联。直到有一日，关于陕西新时期第四个十年的大事慢慢明晰以后，这本专著的思路才基本打通。

　　20世纪80年代的"笔耕"文学研究组是民间文学批评的组织的首次集结，是在中国当代文学拨乱反正、回归振兴的背景下发生的事实；20世纪90年代的"陕军东征"现象则是长篇小说在酝酿、积累了较长时间后的丰收，也是纯文学作品的又一次振作；2000年，刚进入21世纪以后的"博士直谏"则是批评领域的自我净化。那么，逻辑上，也该有 21 世纪文学创作的新转向与发展，因此，当陕西的民间文学社团与刊物兴起以后，这个文学自身演变的、螺旋式向上发展的轨迹就很自然的合了辙。

每一次文学批评的转型都附带着文学创作的变化，经过了 30 多年文学历史的进步，中国当代文学又向前跨越了应有的一步，完成着文学自身的蜕变。这似乎构成了一个小循环，但不是原地踏步，而是更高层面的盘旋。我们无意做一种巧合的或者牵强的人为划定，似乎十年是文学的一个小周期或者 30 年是文学的一个大周期，但事实好像就是这样。

历史在不断延伸，30 年或 40 年都只是一瞬。文学作为生活的一个领域，尽管狭窄有限，却有着人类的诗意在其中。我们不会也不应该忘记那些推动历史发展的人，我们更应该从中领悟我们的责任。让我们抒写历史也同时创造新的历史。

最后，需要说明的是，本书曾得到陕西省教育厅专项基金资助（项目号为 2010JK143），同时在采访作家与评论家的过程中，薛龙同志做了不少协助性的工作，在此一并致谢！

2017 年 7 月 27 日记于酷暑中